李知展

著

# 流动的宴席

LIU
DONG
DE
YANXI

天津出版传媒集团
百花文艺出版社

图书在版编目（CIP）数据

流动的宴席 / 李知展著. -- 天津：百花文艺出版社, 2023.1
ISBN 978-7-5306-8412-2

Ⅰ.①流… Ⅱ.①李… Ⅲ.①中篇小说-小说集-中国-当代②短篇小说-小说集-中国-当代 Ⅳ.①I247.7

中国版本图书馆 CIP 数据核字(2022)第 202679 号

# 流动的宴席
## LIUDONG DE YANXI

李知展　著

出　版　人：薛印胜
选题策划：汪惠仁　韩新枝
责任编辑：刘升盈　　美术编辑：郭亚红
出版发行：百花文艺出版社
地址：天津市和平区西康路 35 号　邮编：300051
电话传真：+86-22-23332651（发行部）
　　　　　+86-22-23332656（总编室）
　　　　　+86-22-23332478（邮购部）

网址：http://www.baihuawenyi.com
印刷：天津新华印务有限公司
开本：880 毫米×1230 毫米　　1/32
字数：184 千字
印张：9.75
版次：2023 年 1 月第 1 版
印次：2023 年 1 月第 1 次印刷
定价：60.00元

# 目 录

# 流动的宴席

## 1

落日潦草。大半天都是阴的,临到傍晚,太阳才露个红脸,没撑多大会儿,就匆匆下山。钟占宽眯眼抽了一锅烟,有了笑意,对孙子说:"行,明天能开席。"钟必行却黑着张脸,不作声。

祖父在桌角敲了几次烟袋锅子,咚咚咚咚,如擂战鼓。几番催促,钟必行才不情不愿地往车子上收拾厨具,炖锅、炒锅、马勺、菜刀、火钳、一摞摞海碗,都搬完,出了一头汗。祖父这时也做好了晚饭,一盆挂面,一碗乱炖。祖父喊了他,他嘀咕一句:"又是这两样猪食。"钟必行实在搞不懂,宴席上能翻出花儿的祖父,对自己的一日三餐怎么就这么能对付?

钟占宽笑笑:"有的吃就不错啦,小狗日的,还挑三拣四。"他笑呵呵的,从桌子下摸出个盒子,是袋装的烧鸡,前几日小女儿买来孝敬他的,他没舍得吃。钟占宽拆开,敲敲桌面,唤了声喂猪仔时的吆喝。钟必行哭笑不得,臊眉耷眼地过来,撕扯着烧鸡,蘸着辣椒面,吃得倒也痛快。祖父给他也倒上一杯烧酒,钟必行嫌弃地扭着头,老头儿笑笑,自个儿咻溜有声,喝得悠然,吸溜了一口汤面,又向孙子举杯相邀,钟必行不理会他的怂恿。祖父损一句:"和你爹一样儿,喝酒不行,人也不行,黏糊糊的。"

这是说钟必行和他没出息的爹一样,不似祖父性格里风火。钟必行也只能驳斥一句:"谁像你,酒晕子一个,还多骄傲呢。"可父亲确实温吞懦弱,只会跟着工头在建筑队里做木工,勤扒苦做,钱其实也没少挣,可是呢,到头来,却连个媳妇都看不住,又有什么用?钟必行的母亲,尖酸强势,个子高,尖下巴,说起话来踮着脚,架势如登高一览众山小,落下个唾沫星子都似如来佛手里的巨石,将父亲压得死死的。父亲并无怨言,对传得到处都是的风言风语也不在意,毕竟,她抚育着儿子,操持着整个家。直到母亲连最后一点脸面也不给他留下,在钟必行三岁时,跟镇上开饭店的老李跑了。父亲自此一蹶不振,常年在外,也断续处过几个相好,大约是伤了心,再没续娶,这几年身体不好,木工不做了,在工地上看守材料。

钟必行跟着爷爷奶奶长大,省里大学毕业后,在沿海城市找了工作,做网页设计,工资不高不低,做稳了互联网大佬口中"有福报"的996社畜生活。年后就没再返回公司,不是不想漂泊打工,疫情中公司不景气,他干得憋屈,暂时没处可去。祖父还豪气："不想干就算了，听你讲好像干得也不开心，不差再养你几年。"不过祖父又眯着眼补刀："唉，养头猪半年就能出栏，养个你呢，二十多年了，就会个叽叽犟嘴。"

说得钟必行感与惭并。常想，自己真没用啊，还要七十岁的祖父养活，可有时和祖父斗着嘴，他又想，多么幸运，二十多岁的人了，还有祖父可以依托。钟必行跟别人不哼不哈，对祖父可不示弱："老头儿，我到城里哪儿不能找个活儿干，再不济送个快递总行吧，为啥不去呢，你还不明白？"

老头儿明白，孙子在家想多陪陪他。钟占宽笑呵呵的，还要加酒，被钟必行夺了杯子："行啦，喝两口，有个意思就得，还真以为自己英勇呢。"祖父就笑，想起当年结婚踩着板凳和人猜拳行令喝烧酒的情景："再老十年，爷也能喝趴下你兔崽子。"钟必行没酒量，一杯下去脸就通红，他爱喝各种可乐。"行行，老头儿，你厉害，说你胖你还喘上了，小心我告诉姑姑哦。"

上次中风恢复后，姑姑就明令祖父戒酒。小女儿的话，钟占宽不敢不听。不是他怕小女儿，是她过得更难些，或者说，钟占宽觉得她更苦些。小姑两个儿子，还要供养多病的公婆，才四十多岁，鬓角就有了杂色。几个子女里，钟占宽自小最偏宠小女儿。其实，贫户人家，能宠溺到哪里呢，无非是言语亲昵些，允许她撒个娇使个小性儿，赶集时买点儿零嘴，过年添件鲜艳衣裳罢了。可心里亲。两个女儿一个儿子，就他的小囡囡能解心意。所以，想到这娇憨的小女儿为人妻为人母，也要受种种艰辛委屈，钟占宽就格外心疼。

小女儿现在偶尔能来看看他，就很好了，他不忍心给她添乱。不过钟占宽还是倒了一杯，才拧上瓶盖："你姑还说帮你介绍个对象呢。"

"就别让她费心啦，谁会看上我呢。"

"别说丧气话，我觉得我孙子挺好的，除了懒点、馋点、说话冲点，其他没啥大毛病。"

"让你夸了？经你一说，我还有个样儿吗？"

祖孙俩又斗了一会儿嘴。

"行，早点睡，明个好出活儿。"钟占宽又特意叮嘱孙子，"少玩会儿手机，起不来，当心揍你。"

钟必行嗫嚅着，祖父没给他说出"我不想去"的机会，就将他推出屋门。

## 2

恰如祖父预料，日头已高，钟必行还没起床。不是睡过了头，他一早就醒了，到底年轻，好赖床，晨间半醒半梦，心绪飘摇，他爱想事情。其实也想不清，可就是那种混沌朦胧，烦心事没那么刺刀见红，美好的回忆和畅想缭绕绕绕，似乎一切都还没那么糟糕。钟占宽往车上装零碎的佐料之类，收拾完了，也不喊他，自个开着电动三轮车走了。钟必行这才火速爬起，从窗口喊："老头儿，你走了我咋吃饭？"

"有泡面。"钟占宽心说，小兔崽子，不帮我干活儿，还想吃呢,吃大黄拉下的吧你。大黄是祖父养的一条狗。连它也嗅出钟必行散发的颓废气息,狗眼看人低,对他爱搭不理的。

钟必行没脾气,起来发现老头儿将厨房门锁得死死的。他回屋翻了翻,果然仅有泡面可以充饥,不过呢,就一桶,是他回来时坐火车吃剩的,一直放在茶几上,过没过期都不好说。"嘿,老头儿,你挺绝。"

他接着去祖父床头的木盒里翻了翻,除了藏的零钱和奶奶的照片,箱子底下,压着一册病历。

熬到半上午,钟必行坐不住了,骑上摩托车,大黄跟着,去了邻村。远远地,就听见鞭炮唢呐齐鸣,越走近,钟必行越伤心。到了热闹的发源地,钟必行似乎耗尽了所有力气,脸色都是不自然的虚白。大黄闻到炖肉的香气,兴高采烈,撒欢儿奔过去,丢下他,门外孤立。

朱红的大门旁边,立着新郎新娘放大的婚纱照,展示牌上,胡向东踮着脚露着龅牙,眉开眼笑,揽着娇媚的新娘,急于向全世界宣告他的幸福。让钟必行难过的是,亓欣欣也配合地笑着,水汪汪的大眼睛款款深情,望着夫君胡向东,妆后晕染的眉眼放大了她的崇拜效果。钟必行总以为,她怎么也得似被俘获的羔羊,带着点被迫而嫁的委屈呢,没有,看得出来,亓欣欣满意、甜蜜。

那之前她的无奈,都是装的喽。钟必行苦笑,刚想口吐一句脏话,肩膀被人拍了下,回过头,是来丈人家送东西的胡向东。

"老同学好啊,多久没见啦,听说去南方发展了,挣到大钱了吧？哈！"

钟必行心里骂，哈你妹呢，我又不像别的人跟着你混饭吃，在老子跟前摆什么谱，你钱多钱少关我屁事？可是呢，大家心目中的女神，他执拗暗恋的亓欣欣，毕竟被胡向东抢去了，再对比自己失业在家的处境，钟必行的硬气就有些跑风。他不尴不尬地笑笑，不打算和他深聊。

可胡向东紧追不舍，孔雀开屏似的，要展示他的优越："欣欣就在楼上，昨晚玩得晚了点儿，还在睡呢，一会儿我接她去试妆，要不要一起去呢，路上聊会儿？"你的女神，陪我，玩得晚了点儿。都是歧义空间。钟必行一阵恶心，又泛着心酸。没等他表态，胡向东一拍脑袋，朝钟占宽那边看了一眼，钟占宽正埋头砌着简易灶台。"哦，忘了你是来给你爷帮厨的，这两天辛苦老同学了，该开席了，你去忙吧。"说着，喜笑颜开地走了。把钟必行气得，攥着拳头，呼吸急促，杀意四起。

钟占宽看看孙子，本来想逗弄奚落他的："不是不来吗，泡面味道怎么样呀？"但没说出口，只努努嘴，旁边小灶上给他留着饭，"快吃点儿，干活儿。"

钟必行脸色铁青，没吃，一声不吭，搬砖抹泥，帮祖父将三个大小灶台垒起。正忙活着，亓欣欣从楼上下来，被胡向东拥着。路过时，不经意间，和钟必行打了个照面。亓欣欣倒也没太诧异，掠起鬓发掩面过去。胡向东停下，热情地散了一圈烟，收获了一众恭维话，才携着亓欣欣上了大奔。

车子走了很远，人们还在议论，啧啧称羡中隐隐地嫉恨，这远近驰名的小美人，自此以后，连多看一眼都不能了。谁都知道胡向东的霸道凶狠。

钟必行向隅而立，心还是尖锐地疼了一下，就是那种往事呼啸拍来，岸却承受不住的程度。可在现实里构筑一道坚固的堤岸，太难了，金钱、地位、运势，一样不能少。岸不牢靠，美人如水，自然要流入别个怀抱。此时再想起之前两人上学时的暧昧和朦胧诺言，就觉得真讽刺，钟必行气愤之余，体会到一种真切的无力感，他借着系鞋带，蹲下来，肠胃心肺都绞痛，似乎被人照肚子上揍了一拳，闷闷的，疼。

明天是亓欣欣的婚礼。

灶台垒好，要试火。钟占宽将烧火的任务派给了孙子，钟必行心不在焉，要点燃梨木和硬炭，祖父掐来一把柴草："先来软的，硬材硬火，炉膛一下就裂了。"

柔软的火光，舔在钟必行脸上。祖父炼猪油，润润锅，以油渣熬白菜粉条，所有帮忙的人员，自己拿海碗，随意吃。明天是正席，吃完抽袋烟，钟占宽就要忙活开了，炸制整鱼、肘子、丸子，切配各种菜，饶是后疫情时代，村委限定宴席人数，还是忙活了半天，到了傍晚，才将预先炸制的、切块的及清洗的菜码配齐，就等明天宴席开场，集中火力烹蒸煎炒。

祖父明显累了，打起精神，给主家炒了三桌菜。晚上，新娘子家的亲戚、邻居得聚聚，喝喝喜酒，礼事上帮忙的，也得闹会儿酒。主家也邀钟占宽坐上去，一道吃点喝点，他照旧摆摆手，沿袭着他的规矩："一个厨子，来给主家忙事儿的，得守着灶台，哪能上桌显样呢，不合适。"就和孙子不离灶台，伺候三桌依次上完菜，等着，确认再没有加菜，钟占宽才坐下来，抽会儿烟。

钟必行打小节假日跟随祖父走村串乡做宴席，祖父的流程都在他心里。不等祖父吩咐，他就炒了个酸辣白菜，盛一小碟下午炸好的花生米，端给祖父。钟占宽摸出自带的药酒，喝上两杯，解解乏。

这么吃，也是钟占宽多年的习惯。在以前，是为主家节约。宴席还没开呢，你一厨子，喝酒吃肉，按理说也是应该的。近官得贵，近厨得食；厨子不尝，五味不香。可架不住那时候都穷，你近水楼台，吃着喝着，难免有刻薄的主家觉得糟蹋东西，让人嫌憎，主家心疼。现在，当然谁家也不在乎那点儿酒肉，钟占宽仍保持着，一碗烩菜，一碟花生，一碗面，再悭吝的人，也不容他说一句闲话。钟占宽做了一辈子宴席，瘦瘦的身子走到哪里，都硬朗朗的，主家都看得起。底子就在这里。

祖父闲酌的工夫，钟必行下一碗葱花汤面，祖父喝完酒，连汤带面吃上一碗，舒舒坦坦的。然后，抽着烟，蹲在炉灶边，取着暖，耳听着主家和主事的聊天。不单为听闲话，也是摸清明天的宴席，哪桌是嘉宾，哪些是撑场面的头脸，哪桌是娘家人，哪些是随礼的，他心里有个数，布起菜来，也如布阵，有个轻重缓急。看人下菜，说起来势利，可天下哪里不如此呢。

钟必行什么也没吃，祖父瞅了他几次，错错嘴唇，还是什么也没说。三桌宾朋吃完闹完，快到半夜了，几个狗日的喝嗨了，因为划拳赌酒，起了争执，还打碎了几个碗碟。钟必行帮着收拾了。都弄妥当，祖父拍下他肩膀："忙活半天，一口饭不吃，你饿着顶什么用呢，她会心疼？没出息。"这么一说，钟必行的眼泪一下就要扑出来，他转过身，咬着牙，不放出喉头的哽咽，等确定自己可以笑得弧度绽开，才转过脸，训斥祖父："老头儿，你咋这么多话呢。还有，告诉你，孙子为啥想来。我翻吃的，找到我奶的照片，我答应过我奶，得替她照顾你，盯着你少喝点儿，你以为我想干这烟熏火燎伺候人的狗屁活儿？"

"嘿，来不来都得是我孙子。"钟占宽挤挤眼，忽然，悄悄说一句，"快看，她回来啦。"

钟必行因为转身太急，趔趄了一下，脑袋里一阵天旋地转，待站稳了，门口什么也没有。祖父在背后嘿嘿笑。钟必行当时就恼了，当着祖父来了句："我去，老头，你没治了。"又不能打他，钟必行气呼呼的。没个正经，这老头儿。

"行，难得我孙儿一笑，把剩下的面条吃了，赶快去睡，明个才是正经忙活。"

被老头儿逗了一下，这一惊一乍之后，还真觉饿了。钟必行捞起面条，正吃着，车声轰鸣，胡向东和几个伙伴簇拥着，这回，她真回来了。亓欣欣下午是去试妆，在名贵化妆品的加持下，越发显得娇艳动人，不可方物。钟必行看呆了，嘴里还含着一团面条。亓欣欣似乎望着他笑。他的脑子里热血呼啸，晕晕的。亓欣欣真的走过来了，在灶台焖住的炉火上烤手，还是那样春水泠泠的声音，说："能不能帮我做碗汤呀？起风了，有点凉。"

钟必行赶紧搁下碗,捅开炉火,朝钟占宽求救。祖父笑眯眯的,摆摆手,让他自己来。"行,老头儿,你行。"钟必行恨恨的,却又心怀激动,洗手调羹,做了一碗粉丝丸子汤,勾了薄芡,她不爱吃香菜,他细细切了几刀水芹嫩叶,她爱吃酸,他又点了一勺香醋。她的一点一滴他都记得清楚。钟必行捧着汤碗送过去,再返回灶台,守着一腔惘然和虚无。

他迷瞪的间隙,亓欣欣又捧着碗出来,坐在灶台边,说:"还是向着火有意思。"钟必行和她一道望着炭火,眼眶热热的。储蓄的满腹话语,一肚子质问,此时却一句也说不出。两人沐着火光,平分着一席沉默。只余她汤匙偶尔碰撞碗壁的轻响。

"我爷说,明天要开三十桌,分三批,应该很热闹。"村里管控,宴席不能超过人数,亓欣欣父母决定风光嫁出女儿,由胡向东送了礼,出面沟通,"我们也不想搞这么隆重的,可架不住大伙儿随礼热情嘛,都是低头不见抬头见的。"经商定,分三个批次,流水席。

"他那人,好面子。"亓欣欣喝了一口汤,说。

接下来,又都不言语。

"听说溪边的桃树都砍掉了,"过了良久,她低着头,说,"我没敢去看。"

靠近黄河古道边,有一段清澈的小溪,两边遍植桃树,结得好大的黄桃,是做罐头的好原料。可惜这几年市场不好,桃树也老了,砍得七零八落的,重新种上了更有经济效益的药材。

桃树被砍之前,每到春天,桃花开得不管不顾,灿烂得如梦如幻。每次上学下学,他们结伴走过桃林。桃花开了又落,他们走了很多年。高三那年春天,周末从县城回家,车子仅到镇上,下来还要走一段。到了溪边,亓欣欣停住脚步,道一声:"啊,开得真好。"斜阳染得桃花灼灼,似一片鲜艳的火。两个人就那么站着,看花,看日落。看了很久。从没有过,却又似早已这么并肩看过无数次景致。亓欣欣望着云霞似的桃花,说:"能一直这么开就好了。"她转头,"你帮我画下来吧。"

钟必行学习一般,画画却好,走美术生的话,可以考个不错的大学,可惜辅导班学费太贵了,就算考上,艺术院校相对昂贵的学费,也不是他能承担得起的。

"你打算考哪个学校?"亓欣欣问他。钟必行说了省会的一所学校。亓欣欣哦了一下。又看了一会儿桃花,天色暗下来了。亓欣欣兴致好,沿着溪边一蹦一跳的,学校如牢笼,此刻她才恢复了一点儿青春活力,天性在暖风花香中舒展。河岸不平,她摇摇摆摆的,钟必行担心她会跌倒,可她总能平衡得很好,像一只羊羔在草地上蹦跳,那份轻盈和生机,格外动人。钟必行并行在稍后的位置,手始终伸着,保持随时搀扶她的姿势。在她再次趔趄时,他小心触了下她的指尖,亓欣欣回视一笑。正是这笑,鼓动他的试探,他终于忍不住,握住她的手。钟必行什么时候也忘不了,握住她的手的感觉,像是抓住一尾跳波的鱼,那份美妙的温柔和滑腻。亓欣欣挣扎了两下,就任由他紧紧握着。钟必行的手心里都是突突的心跳。

那是他最心动的瞬间。烟花一样,美好,却转瞬即逝。

到了村口,亓欣欣停下来,忽而说了句:"我也会努力的,你等着哦。"她成绩还没他好,他明白了,她也要考取他所说的那所学校。钟必行郑重地点头,像是真能守住这段朦胧的情意,只需他深情地等。而事实上,那所学校他们都没考上,钟必行勉强够线读了个二本,亓欣欣本科线都没过,她没再复读,上了两年幼师,就在市里幼儿园工作了。

他们还沉浸在清溪边桃花的幻梦里。胡向东在堂屋和来客说话的间隙,不时地瞥向这边,终于看不惯,走过来,冲亓欣欣说:"看见你吃,我也饿了,炒几个菜,我和几个哥们儿加个餐,喝点儿。"

"还喝,你今天喝几次了?"

"哈,那不是娶了你,高兴嘛,我的宝贝儿。"胡向东说着,弯腰搂着亓欣欣,脸贴上去亲昵。也不嫌肉麻。亓欣欣推不动他。钟必行明白,胡向东故意做给他看的,胡向东在表演宣示着主权。

他刚要起身溜到一边,祖父过来,低声说:"你们聊,我来。"钟占宽洗锅,"新郎官,要吃什么?"

"还是让我的老同学来做吧,见识下他的手艺。"

这就暗含贬损了。

"他呀,过些天还要去广东好大的设计公司做主管,看我忙不过来,过来帮帮忙,炒菜还得我老头子掌勺。"祖父给他撑面子。

"没事,我看刚才他做的汤就挺不错,怎么着,给哥儿几个也来一锅？"

"不怕他往汤里给你来泡童子尿？"钟占宽呵呵笑。钟必行乐了，老头儿真替他扬眉吐气。

胡向东还没发话，手下的伙计不乐意了，推了钟占宽一把，嘴里不干不净的："老头儿，怎么他妈说话呢？"

"你大爷，老头儿也是你能叫的？"钟必行抄起板凳，就要冲过去，被钟占宽及时制止了。

老头儿训他："洗菜去。我们是来做事的，多大的气都得受着。"转身冲着刚才推他的年轻人，"小伙子，挺有劲儿啊，这一下推的，要不是我老头儿下盘还算稳，稍微这么往地上一出溜，新郎官的好事可就被你耽误喽……"

胡向东明白老头儿的厉害，他真要这么往地上一躺，说是推倒的，明天的宴席够呛不说，还不定什么路数呢。胡向东赶忙架住钟占宽的胳膊，端稳了，递上烟，赔着笑，让推他的人道歉。

钟占宽始终笑呵呵的，向孙子挑了一下眼角："小子，生火，炒菜喽。"

胡向东哪还敢劳动他消夜呢，打个哈哈，作鸟兽散了。

## 3

翌日一早，钟必行就起来了，洗漱完后，开始剁肉。按以前的规矩，四喜丸子、红丸子、蒸肉等都得用刀剁，现在大家都要速度,粗糙是避免不了了,绞肉机甚至搅拌机都用上了。可宴席压轴,有一道,白丸子,还得手工。精选肥瘦相宜的猪肉,剁成肉糜,加蛋清,朝一个方向反复上劲儿,然后挤成类似鱼丸的小巧丸子,丸子在文火热水里定型,煮熟后颗颗晶莹,漂在水面,不下沉。上桌时,老母鸡、棒骨吊的清汤,对应入席人数放八颗白丸子,中间是一颗饱满圆润的红枣,丸子莹如雪团,红枣画龙点睛,被白丸子拱卫着,皆浮动在汤面上,煞是好看。可丸子如果漂不起来,人们就笑话了,说这丸子是"死的"。任谁主厨,脸上都挂不住。

钟占宽看到孙子起这么早,嘿嘿笑。他那个样子,钟必行不挤对他两句都难:"老头儿,不要以为我改邪归正啦,是怕你等会儿忙不过来,丸子真成'死'的了,我也跟着丢人。"

钟占宽只笑。

上午的宴席早早开始,祖孙俩忙活得脊背生汗,调停得当,不忙不乱,菜品依次而上。每桌八人,一次开十桌,八凉八热八烧,黄河古道的鲤鱼、雪湖里的鸳鸯鸭、农家饲养的土猪,扣肉、红烧蹄髈都轩昂油亮,每桌还来了一盘甲鱼。大家擦擦油嘴,抽着烟,喝得迷离,都说是近几年最丰盛的一次宴席。

唯独最后一关,白丸子入锅,还是大半沉入汤底,好在每桌就那一碗,钟占宽将浮起的捞出,也够分配。钟必行看见了,略显惭愧。祖父笑笑,没吱声。

到了下午两点多,最后一拨流水席才完。这之前钟必行只顾着端盘子配菜,忙得如拉满的弓,不作他想。这会儿忙完了,箭射出去了,弦松了下来,被压制的思绪纷纷兵变:胡向东抱着亓欣欣进婚车,关上车门的瞬间,亓欣欣朝他看了一眼;而胡向东路过端着盘子的钟必行,似乎也得逞地看了看他……钟必行这才意识到,这射出去的箭,自此和弓一别两宽,再难有交集。他吐了一口气,心下惘然。

大黄风流惯犯,已娴熟地勾搭了一条眉清目秀的母狗,正殷勤地带着新欢满院子寻找骨头,路过钟必行,拱一下母狗,似在对他翻一个嘲讽的白眼。钟必行气不过,踹了大黄一脚,将吊汤的棒骨偏偏扔向别家的狗。

晚上,是亓家帮忙的人一起吃饭,算是答谢,气氛松弛,欢笑连连,厨师炒好菜,解了围裙,也被叫上喝酒。钟占宽被大伙儿恭维,都说宴席菜品漂亮,主家脸上有光。他心里挺美,站着接过敬上来的酒,连喝几杯,摆摆手,谢了好意,不再喝了。

祖父不上桌,人们就怂恿钟必行代祖父出征,他被强拉硬扯着:"小伙子,辛苦两天了,来,好好喝点。"他开始还拒绝。一旦上桌,此地酒风粗悍,劝起酒来火力生猛,钟必行招架不住,只要喝下一杯,接下来就如大堤崩溃。钟必行最后大醉。也许自己本来就求一醉。

醉了的钟必行红头涨脸,抱着胳膊,颇冷的样子,对着桌上的谁都笑眯眯的,却吧嗒吧嗒掉眼泪。在座有约略知底的,就劝他:"人家都嫁人了,你还放不下,哥们儿,别太痴情啦。"其他人懂了,不怀好意地笑笑,劝他继续喝:"这会儿人正入了洞房热火朝天干着呢,你在这哭哭唧唧的,有啥用呀,来,喝酒吧，一醉解千愁哇。"倒满的酒杯，钟必行继续笑纳，也继续落泪。喝到这时候，在座的大都是年轻好酒的，荷尔蒙涌动，有人想想矮胖的胡向东，又想想亓欣欣的花容，对新婚两人此时发生的细节格外着迷，借着酒意，越说越没遮拦，直到说出亓欣欣："以前走路小腿夹紧，风摆柳似的，最近好像两腿岔拉着，怕不是姓胡的早播下种子了吧？"他们勾着头，哈哈笑。

笑眯眯的钟必行忽然变脸，站起来，一把将桌子掀了，抄起酒瓶，就要爆那人的头。

一时剑拔弩张。

旁人一看，分别摁住二人，不尴不尬地说着："没事，喝多了，喝多了。"

钟占宽看不下去，扭着孙子耳朵，开着电动三轮车，载他回去。

出了村子，到了半路，夜色四合，土路颠簸，钟必行胸腔里似揣着万千火团，烈火灼灼，他恨不得扒开胸膛。几声干呕，他要吐了。钟占宽停下车，拍着背，让他趴在土沟边吐。钟必行终于吐完了，也虚脱了，爬不上车，倚着路边的杨树，还笑："老头儿，给你丢人了。"

"没外人了，小子，想哭就哭出来吧。"

钟必行大嘴一撇，真要哭。钟占宽嫌弃地嗨一声："收住吧，丑死了。"他给孙子点根烟，"他们笑话得没错，你这确实挺没出息，别的不说，不像你爷，当年……"钟必行摆摆手，让他也收住，老头儿当年的那段英勇故事，他也听烦了。

钟占宽年轻时,家里穷,他父亲掂了大半辈子勺子,身板小,力气轻,拎不动锄头,常常辛苦一年,到秋收一结算,还要欠生产队的。实在没办法,钟占宽顶着风头,偷偷往交界的邻省县区贩东西,咸菜、粗布袜子、针头线脑⋯⋯无非求个活路。来回一百多里,钟占宽一天一个来回,走时回时都担着一天星。因为年轻,虽苦,觉得也能受住,除了家里能活下去了,也因为她。钟占宽来回要走隔壁村口,她家在村道旁边。钟占宽黑里来黑里去,按说碰不到她,可心里存着念头,黑天黑地反而成了掩护:去时,路过她家,他咳嗽一声,敲敲最西边的墙壁,那是她住的屋;回来,轻轻拍拍墙。就这样,她的那面土墙像是灯塔,拍几下,像在轻叩心扉,去时身上有劲儿,回来心里有盼望。敲了一个月墙,钟占宽在墙下堆着的柴草里留一个小包。第二天再路过,小包裹不见了,放包裹的地方,有几颗花生。钟占宽高兴地跳了几跳,嘿嘿笑。那几颗花生揣在怀里,一直舍不得吃。自此,两人守护着这个秘密,钟占宽买给她的小玩意儿,梳子、头绳、手绢、布头⋯⋯悄悄放草堆里,她能回馈的东西实在有限,但能看出是费了心的,一颗漂亮的卵石、几粒野灯笼果儿、一小块玉米窝头⋯⋯他们没见过几面,却似默契多年,就这样过了一年多,两人添砖加瓦,已情意深厚了。这天,他回来,是夏夜的好天气,虽然累,他兴奋,他在村子里收到了一只银手镯,卖家情愿贱卖换点儿小钱买米面。银镯是以前工匠的老手艺,打得精致。他急着给她。到了屋后,他刚要敲一下墙,却见她就在柴草堆前。见他来了,羞得抬不起头,捂住脸,透过月光，从指缝里看他。钟占宽直接傻在那儿，嘴唇只会哆嗦，忘了要说啥了，回过神来，将银镯子抛给她，竟然涨红着脸，一溜烟跑开了……刚跑几步就懊悔得想扇自己几巴掌，跑啥嘛，可又不好意思再折回去，就停下来，转身望着草堆的方向。她还站在月亮下，像一朵幽幽的花。钟占宽使劲看，看得眼泪都要出来了。他忍不住，冲着月亮轻轻喊了一声，心里开心得像是过年时打铁花一样，啪一下，火树银花，璀璨极了。钟占宽一夜无眠，辗转在懊悔和惊喜之间，懊悔的是存了那么多话，一句也没说利索，惊喜的是，她对他笑呢……一大早，他就出发了，迫不及待啊，只想赶快跑到她屋后，敲响她的土墙，如果她再出来，将昨晚没说出的话一股脑儿说给她，说完了干什么呢，敢不敢拉一下她的手？就这么想着，到了她家跟前，他就愣住了，草堆不见了，被连夜清理了，只留下新鲜露出的泥地……钟占宽想，被她父亲发现了，不会吧？果不其然，很快，听说家里给她定了亲，好像是生产组长家的儿子。钟占宽急了，如热锅上的蚂蚁，团团转，也顾不上怕了，揣上一年多挣下的零钱，求到村里最有能力的媒人那里，说明来意，买了礼品，拉着媒人就去提亲。他出身不好，家里又穷，干的是投机倒把的事儿，还妄图勾搭好人家的女孩儿，她的父母，一口回绝。钟占宽也不恼，反正提亲了，她本人又没明确当着媒人反对，家里不同意，就慢慢磨呗。熬了两年多，生产组长的儿子对她的清白早就怀疑，继而嫌弃，她执拗对抗家里，他们才如愿结为连理……

　　"我要是你呀，有这哭天抹泪的工夫，不如端直到她跟前，就当面告诉她,爷们儿喜欢你,能咋吗?瞧你这出息。"

"老头儿,你懂个屁。"钟必行给他个白眼,"听说和我奶定亲的那家,家境可比你强多了,老头儿,我就问你,我奶如花似玉的,一辈子跟着你生儿育女,临了也没享几天福,你就没有那么几个瞬间,觉得挺亏欠我奶的?"

这一问,把钟占宽问蒙了。

钟必行苦笑,老头儿,时代不同了,婚姻附加的东西太多了,做不到给她幸福,就保持沉默和祝福,也好。

4

初秋,玉米正嫩,钟占宽扯了几穗,煮好。以前肉少,逢年过节用豆子换些老豆腐,切薄,炸了,再卤,切成丝,凉调或者热炖,都有嚼劲有肉味,钟占宽很久不做,这次卤了半锅。摘了屋后的酥梨,梨子带着金黄的光泽。都是妻子生前爱吃的,装了满满一篮。此外,钟占宽还炸了薯片,钟必行拈了片尝了下,就停不下来了,直到被祖父打开。钟必行舔着手指的余味,不得不啧啧感叹,老头儿在做菜方面确实有天赋,厚薄、色泽、口感几乎和超市里的没差别。

母亲五年祭,三个儿女里,就小女儿来了,另外两个根据经济能力也各自寄了钱。钟占宽携着小女儿和孙子,去坟地里祭妻。

妻子的坟墓前收拾得干净整齐,草长在该长的地方,这个季节,还有一丛月季绽放。钟占宽摆上祭品,小女儿和孙子都磕头拜了,退在一旁,留下他再念叨一会儿。

秋日旷远,玉米排行列队为颗粒饱满做最后的冲刺,蚂蚱赶在霜降前及时行乐,众鸟高飞,人、草木和丛中的蝼蚁,在秋天的阳光下聚集。生和死浑然一体。有个瞬间,钟必行甚至觉得祖母并没去世,她不过是以另外的方式,和他们仍在一起。这是钟必行在城市里所未有过的体验,脚下踏着土地,头上顶着太阳,似乎这一枝一叶在风中的律动都呼应着自己的心跳,人是饱满的、安宁的、有根基的,钟必行想,来自这土地的,也终将归于这片土地。

可是,真实的悲伤挂在小姑眉宇间。疼她的母亲,确实不在了。像失去荫庇的小树,小姑要独自面对接下来季节变换中的荣枯。小姑才四十出头,鬓角已有零星白丝,钟必行脑海忽然滑过一个念头:有一天小姑是不是也会化为一抔黄土,他站在外边,只能凭借斑驳的记忆,拼凑她的音容……钟必行被这个念头给吓住,秋风里,望着祖母的坟冢,他的眼泪悄悄滑落。母亲走后,他成长中获得的爱,除爷爷奶奶之外,最多的就是来自小姑。小姑未嫁时,天性里洋溢着快乐,进出常哼着歌,还教过钟必行不少。他喜欢上画画,就是小姑买给他的连环画启蒙的。小姑的青春期正是流行歌曲的黄金时代,她镇子上的同学,能从县城买到磁带,小姑床头贴满港台的明星照,一脑子粉红的梦。回想起来,小姑算是乡村初代的文青,也就是在听歌交换磁带的时候,小姑认识了后来的姑父。可惜的是,姑父清瘦儒雅,落在生活里,却左支右绌,给不了小姑也给不了家庭严实的庇护。

小姑转过身,问他:"毛毛,听说上回你喝多了?"小姑宠他,从来只柔柔地叫他小时的乳名。

肯定是祖父传的闲话,指不定添油加醋编排他多少糗事呢。这个糟老头子,钟必行恨得牙痒。

"那女孩好没眼光,没事啦,姑再帮你介绍好的。"

"姑,你就别替我操心了,我都这么大了,啥也没有,养活自己都费劲,有时觉得挺没用的,可不敢祸害人家女孩了。"他笑着说,"其实,她才是对的。结婚可不是恋爱玩儿,就得实际一点。"

"你这么一说,就姑傻呗。"

"姑,要是你当时不嫌人家丑、粗鲁,选择那个部队提干的,现在生活也该是另一番样子吧?"

小姑不吭声,微笑着,摇摇头。过了片刻,才淡淡地说:"选谁不选谁,又不是做买卖,哪能都算计那么清呢。"她说,"姑没后悔过。这些年,难是难了些,也有过开心。你姑父是没大本事,不是那种呼风唤雨的男人,也没有什么权势,但不管是顺境还是逆境,两人扶持着,包容着,一步步走过来,就没觉得熬不下去。钱多钱少,日子能过,身体还算健康,孩子眼看长大了,心里有份希望。姑觉得没走眼,不是自我安慰,真觉得挺好的。"怕他不相信似的,又说了句,"真的。"小姑说话时,还葆有小女孩的神态,眼神永远这么坦白地望着对方,带着湿漉漉的无辜气质,像羔羊。她不会说谎。

小姑确实也没撒谎。在他们聊天时,姑父风尘仆仆地提着礼物赶了过来。他们在县里经营个水果摊,他上午送完了同城网上预订的外卖单,托付了别人看店,才带着祭品抽身赶来。来了就烧纸祭奠。一年没见,姑父似乎又矮了一点儿,脸上依稀还能看出年轻时的俊朗,但笑起来,褶子里有了生活压下来的疲态和无奈。一个中年男人,守着小小的水果摊,要养两个男孩,还有日渐苍老的父母,肩膀上怎么都像被无形的东西压着,再也轻松不起来。可他看向妻子的眼光里,掩藏不住的,都是温柔和疼惜。那是两个人一起走过风风雨雨,深深的默契。

望着他们夫妻,钟必行觉得小姑是对的,可还是不由得为小姑心疼,虽说姑父对她好,可落在生活里,日历上的每一页,都翻得辛苦、沉重。想起小时候无忧无虑的光景,他一句话,就又把小姑惹哭了,他说:"姑,那时你多爱唱歌,奶可喜欢听了,要是奶再能听到就好了。"

祭奠完了,回到家,祖父做了几道菜,有小姑爱吃的拔丝地瓜,有钟必行爱吃的扣碗,有姑父爱吃的扯面。吃完饭,陪祖父聊会儿天,小姑就和姑父回去了,要给放学的小儿子准备晚饭。

钟必行就在一边玩手机,祖父吧嗒着烟袋,忽而悠悠地说:"小子,你上次问我,我想了好几天,不敢说对你奶没亏欠,但有一点,有啥好东西,都是先尽着她。我把能给她的都给了。确实,她跟着我,养育三个儿女,操持整个家,勤勤苦苦,一辈子没享过啥福。可三个孩子里,除了你爹娇惯得有点懦弱,娶了个强势的老婆,日子过得不如意,你两个姑姑,都还可以,至少他们三个都本本分分地生活,上能孝顺父母,下能抚育儿女,平头小百姓,还求什么呢? 我知足了,你奶也知足了。我们尽心尽力了。"

祖父抓了一把薯片,咔嚓咔嚓地吃。

"还记得不,你有次回来,买了一包薯片,你奶吃得可开心了,吃完了,又不好意思再去买。后来病了,说走就走了,再没吃上。"祖父轻叹,"我是替她吃。"

一下子勾出钟必行的泪。

"爷,给你说个事。"

"哎。"

"把我奶的照片摆上吧。"

"不摆。"

"为啥?"

"放桌上,你小姑来一次哭一回,我都被她哭烦了,再哭能咋,你奶能活过来?"他说。抽了很久的烟,望着天上,祖父忽然低低地说,"我都摆心里了,老婆子。"

## 5

入了秋,红白事渐多。主家骑个摩托车,来到钟占宽院里,递上支烟,说声:"大爷,日子定在某天。"钟占宽点点头。闲聊一会儿,抽完烟,来人起身,奉上个红包,道声:"有劳了。"往常,钟占宽笑笑,就接了,回一句:"放心吧,爷们儿。"这次,来人递来红包时,钟占宽往孙子那儿一指,来人就再次笑着,将红包交给钟必行,不忘恭维:"挺好,您这儿后继有人啦,咱四邻八乡有口福。"

来人走后,钟必行嘟囔道:"他搁这儿咒谁呢,我会这么没出息,去当个乡村厨子?"

"厨子能当好,也算你能耐。"

钟必行撇撇嘴,很不屑。

祖父冷笑一声,小子,不羞辱你都不行了:"你在南方工资多少,拣开得最多的那个月,说!"

"七八千。"

"真有出息。给你,看看。"钟占宽抱出床头的木盒子,他的百宝箱,里面挤挤挨挨都是散乱的钱。这些纸币因为流转频繁,磨损起卷,皱巴巴的,更显得规模可观。祖父豪气地扒拉几下,说:"上个月的,接了九家,每家两千,有一家去世的是五保户,只收了一千,总共加起来,一万七,就这儿,还有主家给的烟酒没算。"

钟必行沉默。他确实够没出息的,上了学,却找不到体面的工作,在公司里做设计改得一天想死几次,对他交上去的设计稿,领导动辄指着自己分头下的太阳穴,不耐烦的嘴脸,轻薄的唇甩出经典的口头禅:"钟生,idea,ok?来,头脑风暴一下,我要创意!"就又开会,开不完的小组会,拉个屎恨不得都在憋创意,钟必行经常做梦领导再说创意时一把将笔记本摔了,创你妈个意!醒来看到微信里房东轻飘飘一句"下个月房租涨三百",再想想日益蹿高的城市房价,一年工资不够买一两个平方,立足无望,更不能反哺辛苦了一辈子的祖父,高不成低不就,现实里弱不禁风,无力招架生活的任何招数,竟还有脸瞧不上老头儿的营生。可还嘴硬:"我工资是吹着空调喝着可乐挣的,不像你,烟熏火燎,再说也就是秋冬几个月生意好,平常也没几单,有啥可傲娇的,老头儿?"他还给老头儿追击一句,"要不下月我就出去?省得你看着没出息,惹你心烦。"

这回,轮到钟占宽沉默了,过了许久,才试探地问:"真要出去?"沟沟坎坎的脸上,带着委曲求全的表情。钟必行于心不忍,却又回复得认真:"那就看你表现呗,反正我到城里总能找个事做,实在不行,"他撸起袖管,露出纤弱的肱二头肌,"我扫大街去。"

钟占宽明白了,骂一声:"小狗日的。"笑眯眯的,"中午我们熬羊汤,我这就去市场。"

钟必行摁住祖父,从他的百宝箱里抓了一把钞票:"你先去刷碗洗锅,我去买肉。"又拿了几张,"这是跑腿费。"

祖父咧着嘴,笑得满足而欣慰。

这小老头儿,就得这么怼他,他才温柔。可一转头,钟必行的眼泪就落了一脸,傻老头儿,还以为我不知道呢,接下来的日子,我怎么舍得再离开你一天?

# 6

自此之后,人们常见钟必行开着电动三轮车,旁边坐着钟占宽，车斗里拉着盘子、碗，行街走巷，去做宴席。祖孙之间的传承关系，自然而然，谁都觉得理当如此。

今天去的这家说起来和钟必行还有点远亲。他得叫姑奶奶，仗着身子骨硬朗，在往梁上挂为儿子晒制的腊味时，只觉膈膜那里"咔嚓"一声，气血上涌，眼冒金星，登时摔倒下来，人就不行了。

祖父照例支锅垒灶，切菜、炒菜。吃完杂烩菜，来帮忙的亲邻就有点群龙无首，去世的姑奶奶有儿子，并且儿子非常光彩，在大城市，任某医院副院长，是区域范围内"别人家的孩子"，每个不努力学习的后辈，都被父母老师拿眼前这鲜活的榜样对比教诲过。可因为疫情，儿子姚远被派往别处支援，母亲去世得遽然，他任务在身，一时赶不回来。

人们于是感慨，孩子太有能耐了，也不行，天上风筝似的，飞出了云外，有自己的世界，再指望不上，这下，亲娘死了，都不能送终，要这样的儿子有何用？特别是那些学习不行，不得不依附村子和土地谋生的乡邻，更觉得此言有理，纷纷点头。又有人说起老太太的固执，放着好好的城里不去，偏要守在家里，摔下来死了两天，才被发现。真是悲惨。

钟必行接了个电话。姚远不知从哪里找到他的号码，想来应该是那年钟必行报考哪个专业时向他咨询过。电话里，姚远委托了他两件事：一是将母亲葬礼的过程尽量多录一些，二是帮他磕个头，在棺材前摔孝盆。第一条钟必行立即答应，第二条他怔了一下。在他迟疑的刹那，姚远鼻音凝塞，央求一句：

"小兄弟,拜托了……"钟必行为之一震,那种中年男人极力想维持得体,不愿在一个后生跟前显露脆弱,而内心储蓄的悲伤,已经快要漫出来了。钟必行回道:"我得和我爷说一声, 您放心,应该没事。"

摔孝盆,是此地葬礼上一道重要仪式。这个盆,连接阴阳,盆为聚财,寓意死者生前吃饭的碗,摔碎了,和这个世上也就一刀两断了,可以安心去往另外一个世界;也有说这孝盆,底下凿着孔,是为了逝者过奈何桥时,少喝一些迷魂汤,不忘阳间还有亲人挂怀。到得起灵出殡,亲邻抬棺行至路口,缓缓落下棺材,孝子将灵位前燃烧香烛纸钱的瓦盆,举在头顶,吉时已到,丧礼主事者令下,孝子将瓦盆在棺前摔破。盆碎了,相当于一声号令,唢呐哀乐响起,逝者要上路了,袅袅青烟为其指引,出殡的队伍开动,一路上棺材再不落地。

摔孝盆的,必得是逝者的长子长孙。

钟必行磕磕巴巴,刚跟祖父说明,怕老头儿不乐意:他还好好的呢,孙子就先摔孝盆了,不吉利。老头儿一听,没犹豫:"嗨,我当多大个事,一分钱不能要他的。"风俗里,不是亲儿亲孙,替摔了孝盆,必先认为干儿干孙,亲族默认是可以继承逝者遗产的,姚远刚就表示会给钟必行一份厚重的酬谢。有了祖父的话,他放心了。钟占宽叹息着,又加一句:

"小子,好好摔。就当是为你奶。"

钟必行的眼泪唰地就下来了。奶奶去世时,正是他高考前最紧张的一段时间,直到他考完回到家,奶奶不在了,只换回原野上一处苦黄的新土。钟必行体会到什么是撕心裂肺，就是那种被无形的手，一片一片撕开心中最柔软的部分，不仅是疼，是抽离了骨骼的瘫软，人呈破碎状态，只感觉血红的眼泪从体内泄洪一般往外涌……他其实恨了祖父很长的时间，怪他自作主张，不让他见奶奶最后一面。祖父在大事上，有着沉默的决断。祖父向他解释，你奶有心脏病，突发心梗，也许是她最后几年信了主，她信的圣母眷顾她，走得没太多拖延的痛苦，挺安详的。

钟必行架上手机，拍丧礼上的场景。他拍得很细致，不能辜负了姚远的嘱托。可只拍灵位前的吊唁，太沉重了，他也拍了些祖父做菜的场面，没别的目的，就想留下祖父的视频，万一百年之后，还有视频可以将回忆穿起来。

刚一拍时，祖父还有点不自在："这是干什么的？"钟必行回："说了你也不懂，好好做你的菜就行了。老头儿，你不是总想着，让我继承你这门手艺？我录下来，想学的那一天，回头慢慢看。"祖父连连点头，以为孙子想通了要跟他学厨呢。

钟必行在公司做设计时，做过类似的宣传视频，单拍画面单调，需要聚焦镜头下的人讲述些东西，省得他旁白。按照他的要求，做饭的间隙，祖父觉得小子既然打算改邪归正，孺子可教，就忍不住卖弄，从豫菜的历史说到他的家世：

"商相伊尹，厨师鼻祖，有说就是咱这儿的人。《清明上河图》上的酒楼林立、饭肆遍布，《东京梦华录》里饭铺繁荣，菜肴数百种，豫菜于此时，达到鼎盛。以后就衰落了，后边，项城的袁大头当了总统，豫菜又有了点儿回光返照，出了不少名菜，糖醋鲤鱼焙面、鸡茸酿竹荪、锅贴金钱牛肉等等。

"说起来,中州地利,得四季天时,调和鼎鼐,包容五味,豫菜五味调和,质味适中。成也其中,败也其中,豫菜缺乏其他菜系的鲜明个性,中和,少有特色。细想下来,这些都和做人是一样的。

"我老头儿为啥做饭好吃,有渊源的,祖辈就干这个的,侍奉的都是开封、洛阳有名的老店,尤其到我父亲,豫菜历史上都留有名姓的,不容易。据说他老人家还曾在北京赫赫有名专做豫菜的'厚德福'干过一段时间。可有一条,他好赌,越混越次,最后到县城的饭店里安身,就这儿,公私合营后店里把他开除了,这才落回老家。"

"行,吹得挺好,您老继续。"祖父说起来家族的历史,没完没了,也不知真假,他都录下来了。他在短视频平台上注册了个账号,名字就叫"流动的宴席":不单是照应祖父操持的流水席,钟必行想,一季季的草木,一茬茬的人,不断叠加的坟,无不是上天在下饺子,给岁月吃。钟必行粗做剪辑,将祖父絮叨的做菜视频传了几条,如他所料,关注者寥寥。他想,就当个记录好了。

本来略显仓促的葬礼,忽然传来消息,市里领导要来慰问,宣传表彰姚院长高尚的医者精神。领导要来,葬礼一下子热闹了。市里相关部门先来,县上镇上村里大小领导争先恐后陪同,探查了一番之后,确定了领导的行车路线、慰问参与人员、电台的镜头取景地点等等。这么一来,原定的丧事从简就推翻了,成了一项任务,领导已逐层指示了,要"在从简的基础上,突显出隆重"。有相关负责人不停地进出指导落实。

老太太的丧礼规格一下子拔高了。

镇上紧急调派一批物资,重新布置了灵堂,老太太的遗像装裱得金光闪闪;县里临时组织了一批师生,前来鞠躬献花……狭窄的村道上,一时车水马龙。

人们于是又感慨,孩子还是要有能耐,风筝飞到云彩上,才能见到天边,谁家老娘的葬礼市里领导会来呢?大伙儿立刻转斥自家小孩,小狗日的,看见没,要以姚家为榜样,好好上学,也当它个什么院长,家里才能跟着沾光。

说是丧事,人来得多,就有交际,除了不喝酒,饭菜还是不能少的。钟占宽更忙。可不管先后多少人,钟占宽始终有条不紊,各种菜品及时有序。来了领导,村里主事的为了讨好,往往临时起意,要加菜。加菜跟吆喝服务员似的,大声武气,以此显得自己有威仪。菜加了,对胃口便罢,有时众口难调,主事的还要向领导赔笑,损一句:"到底是乡下厨子,手艺有限,您对付几口。"

祖父倒波澜不惊,任谁说啥,只要不杵到脸前,都当没听见。钟必行气得不行。祖父还笑:"小子,你才经见几场,有那难伺候的,路数多着呢。"

怎么说,做菜也是伺候人的营生。乡下宴席,再怎么隆重,大家都受过穷,婚丧嫁娶的席面,底子里是节省下的豪掷,厨子来了,总要看主家脸面。各色人等,强人太多,伺候不好,说得就难听。当初,儿子跟着他跑了几年,说什么也不愿意继承他这摊子手艺,原因就在这里。

领导慰问那天,献花的环节,亓欣欣竟然来了,带着一班佩戴红领巾的学生。钟必行才想起,胡向东动用关系,早将她上调到县教育部门。钟必行哑然而笑,她真是嫁对了。亓欣欣富态了,白皙的脸上薄施淡妆,为葬礼吊唁准备的悲意,带点小剂量的憔悴感,更突显出她立体洋气的五官。她应该也发现了他,眼神里含着一汪云烟,静静看他两眼,没打招呼。钟必行自觉退出人群,来到外面,默默抽烟。

终于到了出殡那天,钟必行跪在姚远母亲棺前,主事的一喊,他接过孝盆,应声摔得碎碎的。人们都说摔得好。孝盆摔得越碎,越吉利。可是,孝盆摔碎了,该起棺了,钟必行还趴在地上,长跪不起,压在胸中的委屈,哭得收不住。人们都说,这孩子,挺实诚,假扮一会儿孝子,还动真情了。

只祖父远远地看着,借着烟雾缭绕,悄悄拭了下眼角。


## 7


冬初,大寒,却无雪,天干地旱。许多老人扛不过,在冬天的残夜里耗尽最后一点余温。钟必行给祖父买了电褥子。睡到中夜,风大,刮得窗户呜呜啸响。他起来,摸摸祖父的被窝,一片冰凉,祖父身上,也没多少热气。摸到了祖父胸口,钟占宽嘿嘿笑了,原来他早冻醒了。钟必行起急:"老头儿,开关就在床头这儿,冷了怎么不开呢?"

祖父探出头,笑笑:"费那个电干啥。"他说,"以前那么些年,冬天,不都是这么过的。"

钟必行刚要驳斥他,能费几度电,瞧你抠的?转念想到邻村的孤寡老头就是用劣质电褥子,贪暖,一直开着,老人感受又钝,睡梦里就这么慢慢烤焦了,转过天邻居闻到气味不对,才破门发现。那种烤肉糊掉说不上是臭是香的奇异气味,经久不散。听闻这事的鳏寡孤老,再用电褥子,都不由得心惊胆战。老头儿这是怕呢。其实,老头儿也不是怕死,是怕万一他出了事,谁照顾这小子?他还没和这个会气人的孙子斗够嘴呢。

"我买的是好的,不是劣质货,放心用。"

祖父裹紧被子,不打算开电褥子。钟必行没辙,只好故作嫌弃地叹口气:"往里挪挪,真是的。"祖父这下精神了,挪到挨着墙,将木床大半边都坦露出来,迎接孙儿。钟必行给墙角呜呜叫的大黄垫上旧棉袄,躺下,警告他:"不许拽我被子哦。"老头儿哎哎答应,乐得不行。

两人睡下,都没动静。过了很久,祖父才伸出一只枯瘦的手,帮他掖掖被角。手试探着,在他头上停留了一下,想摩挲又怕惊醒他,就这么悬置在半空,还是收回去了。钟占宽满足地轻吁口气,保持着一些距离,贴近孙子,嗅着他年轻的气息。

"爷……"

夜很静,他孤立的轻唤,如石子,砸破河面,涟漪荡漾开去。

"嗯。"

"嗯啥,老头儿,你晚上又吃蒜了,还没刷牙?"钟必行咽下喉咙里的泪意,嬉皮笑脸的,挠祖父的痒痒肉,凉手插入祖父后脖颈。小的时候他最爱玩这个小游戏。

钟占宽笑得呼哧带喘,连连求饶,钟必行这才罢手,容祖父瘫在那里喘气。

夜,重新冰冷地静下去。

又过了许久,钟必行扭过头,背对着祖父,似是喃喃,才说:"爷,去医院吧。"

"不去。"

他明白孙子的意思。上次轻微中风,以为恢复好了,没有,一检查,高血压不说,心脏也有毛病。人老了,就像衰朽的老屋,看似还是屋宇的样子,可住了七十年了,地基早已松弛,梁木、椽子、檩条都有虫蚀,总有一天会塌。他才不怕,就是有点后悔,诊断书没藏严实,怎么就让孙子翻到了呢。

"孙儿求你,行不?"钟必行终于卸下嬉皮笑脸,绷不住了。

"傻孩子,这有什么好哭的。"祖父一时很无助,倒像是他做错了,不知怎么去宽慰孙子。"转过年,爷都七十一了,还能活几天呢,够本了,攒俩钱不易,留着给你娶媳妇。"

"我不要,爷,我能挣……没了你,我该咋办……"钟必行不敢想,祖父没了,他在这世界上还有什么意思呢,就像是一棵老树,枝叶萧疏,仍撑在他头顶,替他遮风挡雨。更重要的,这棵树没了,留下的天地,该是多么荒凉!他深刻理解了小姑在祖母坟前的恸哭。钟必行越想越怕,眼泪流到耳蜗里,他攥住祖父的手,像是在和想象中的死亡拔河,他要将祖父拉住。

钟占宽也落了泪。哆嗦着,抱住孙子。

"放心吧,爷年轻时吃的苦多了,命贱,身子骨硬,哪这么容易打垮的,还没见到我孙子娶媳妇呢,一时半会儿死不了……"钟占宽还笑,"就算死了,也没事,我问过信主的,爷这辈子没做过啥坏事,该不会下地狱,到时候,在天上,看着你。啥都能看见。"钟占宽心说,我虽风烛残年,可因为有你,爷和这个世界,和将来,还有关联。小子,你要好好的,不要因为一时的挫折就泄气,要像爷爷一样,活一天,都乐乐呵呵的,开开朗朗的,不去想那些悲伤的事。要不然,嘿,爷就算在天上,也骂得你耳朵发热。

风还在刮着。

"爷,睡了没?"

"嗯,咱爷俩再聊会儿?"

"爷,想吃你烤的红薯。"

"好,明天烤。"

小时,他冬天傍晚放学,奔到厨房,炉膛内必定有祖父为他烤的红薯,祖父时间掌握得恰到好处,此时红薯外皮焦黄,不烫,掰开,香气绽放,吹两口,就可大快朵颐。钟必行长大后,再没吃过那样香甜的红薯。

"老头儿,我以后年年冬天都要吃。你得好好活。"

"好,爷听你的。"钟占宽拍拍他,说,"爷应该还能再活两年。"

"你知道,我姑心小,我奶一死,她都哭成这样,你要是……"他说,"不为我,也为我小姑。"

"别惹爷哭哇……爷知道。"

风像是小了,该是下雪了,有冰粒子,沙沙响。

"爷,睡不?"

"再说几句,就睡?"

"爷,问你,下辈子,你想做什么?"

"深山老林里,做棵树?或是做头猪,吃饱喝足,天天睡大觉?反正不想做你爷了,操心费劲,总还叭叭犟嘴。"钟占宽笑呵呵的。

"我还想当你孙儿,除非就不做人了,挨着你,做棵草。"他说,"做人,太苦了。"

"你还没个狗年纪大,有啥好苦的?"祖父笑他。

他睡着了,祖父才念叨一句:"有点儿苦也好,才显得甜是甜。"

## 8

钟必行的账号关注人数慢慢多了起来,是逐渐增加的,大家看的不单是祖父做菜,还有祖孙俩斗嘴好玩儿。有不少留言说像追剧一样,羡慕视频里的这份乡村烟火、祖孙逗乐,是他们午间下饭必备的良器。钟必行想起他上班时,也是这样,吃着难以下咽的外卖,点开常关注的吃播视频,或搞笑段子,是他难得的松弛时刻。只是,当他成了别人关注的对象时,才知道这背后拍摄、剪辑、配字幕、配音乐的辛苦。但能陪着祖父,辛苦还是值得的。

他的厨艺也有了进步。

有几个视频,是小姑来时拍的。架不住他的哄劝央求,小姑唱了几首老歌,邓丽君、叶倩文、徐小凤、梅艳芳等等,小姑唱得有模有样,这几条视频,竟然有了罕见的播放量。有人给小姑送礼物、打赏,钟必行真开心。不仅是有微薄的收益,更是因为他曾美丽的小姑,可以暂时卸下生活的重担,重回年轻时光,并且有不少人欣赏。

人有了希望,就像是有了高利贷的账,你不停地去计算这雪球能滚多大。这天早上,天冷,钟必行赖在床上,半睡半醒间,思绪纷繁,他打算趁热打铁,多拍些小姑唱歌的视频,希望能在平台上爆红,挣到钱,给祖父长脸,同时,也让亓欣欣刮目相看。他甚至促狭地想,胡向东你就嘚瑟吧,老天爷哪天睁开眼,你就是秋后的蚂蚱啦,一旦倒了台,看你还在人前显摆什么……越想越沦陷,似乎敌人已经灰头土脸,自己所有的美梦都能实现。

蒙蒙眬眬间,传来清晰的汽车轰鸣。

开了门,是胡向东。

仇人相见,钟必行瞥了他一眼,不打算寒暄。胡向东也自觉没那么大的脸面,打开车门,架出臃肿的亓欣欣。冬日的朝阳映在她脸上,更显得脸色虚白。几个月不见,亓欣欣裹着羽绒服,也能看出有了身孕。她胖了,也许是因为孕反,眼睛里透着疲倦。未曾开言,她下意识地捂着腹部,先笑笑,歉疚什么似的,湿漉漉的眼睛望着钟必行,问他:"爷爷在吗?"

"前两天可能夜里着了凉,有点咳嗽,刚吃了药,在里屋躺着呢。"

"我家公,快不行了……"亓欣欣声音里含着水分,"老人的意思,丧席一定要你爷来做……爷爷能去吗?"

胡向东匆促笑一下,递上两条"中华":"我知道,我爹以前和你爷有点过节,是他的不对,我替我爹赔不是,现在我爹这样了,还是想请你爷……"

钟必行记得祖父跟他说过,胡向东的爹老胡,在村子里做了多年的头儿,有一年,给老母亲做寿,请钟占宽去做宴席。祖父的规矩,先要向主家咨询来多少人,酒席做成什么样规格,冷菜几个热菜几个烧菜几个,都问清楚了,他报出菜品,根据主家预期的成本调整菜单,等确定了菜品,他就开单子,写明各类肉菜、调料要买多少斤、多少包,单子交给主家去置办。采买的事儿,钟占宽从不沾手,牵涉到钱,总要避讳。

这回,钟占宽还没开单子,老胡已经买好肉菜之类,老钟一看,菜是蔫的、老的,肉尽是些筋头巴脑,一股脑堆在那儿,还散发着腐败的气味。钟占宽明白了,这是打着寿宴的名义,专为收礼金呢。可这样的肉菜,确实没法做席。钟占宽找到老胡,陈述了自己的意见:"主家,这样的菜,不好做哇……"

还没说完,老胡就不耐烦:"这菜怎么啦,好做花钱请你干吗的?"得,没法沟通了,爱咋咋吧,钟占宽递上定金红包:"我本事薄,干不了,您另请高明吧。"

老胡一听,就恼了,"啪"一下打开钟占宽伸出的手,叱问他:"你做不做? 狗日的,给你脸了。"也是颐指气使惯了,他有个堂弟在市局任要职,老胡跋扈一点,大家也都觉得有天然的合理性。

当着村里有头有脸的人们,钟占宽这么忤逆,老胡确实下不来台,人们劝着钟占宽:"快赔个不是,好好做饭。菜不好才显示你水平呢。"不劝还好,一劝,更落实了老胡故意买些赖肉坏菜,就为图谋大伙儿的礼金了。

要说也不能全怪老胡。老胡母亲为人悭吝,按说弟妹家将儿子培养成市里的要员,也带动她的儿子老胡鸡犬升天,可老胡母亲不这么想,她觉得自己各方各面都比弟妹强,儿子长得也比她家的排场,就弟妹那个唯唯诺诺的样子,凭什么超过她这个嫂子? 老胡母亲觉得自己挺委屈。她不反省是不是自己强梁的性格将儿子培养得也骄横嚣张,也不怪儿子不争气,整天气哼哼的,合着谁都欠她似的,说话做事没个好脸色,且执拗吝啬,儿子做了村里的头儿,总以为别人要来占她家便宜。六十六大寿,老胡也不差这点儿酒菜,母亲却将地里种的菜,不分好坏贡献出来,肉是她自个去买的,没几块好的,就这儿,她还觉得亏了,村人不拘上多少礼金,都得好吃好喝伺候他们,便宜了小狗日的们!

如钟占宽当时服个软赔个笑脸,就去支灶备菜,也就罢了,可他递过去定金的手一直杵着，老胡就觉得这人太不识好歹，照他手上打了一下，他还递。

"你妈×，"老胡簸着外衣，照钟占宽膝盖上踹了一脚。这一脚水平挺高，钟占宽应声摔倒，摔倒了他还笑，笑得很轻蔑。老胡气得直叫："我×，我×！"

钟占宽爬起来，拂去膝头上的尘土，叹息一声，不看老胡，说一句："做人不是这样做的。"将定金放在案上，拉着厨具走了。

在他拉车往回走的时候，老胡冲破相劝的人们，挥舞着木棍，砸在钟占宽的木架子车上，打碎了不少碗碟，并叫嚣道："钟占宽，我×你妈，这村里的红白事，以后你别想染指，再踏进村里一步，狗腿给你打断！"

钟占宽一叹。

结果，老胡临时找了别的厨师对付。宴席仍然热闹非凡，平常巴结还没机会，当着祝寿的茬口，谁不来？谁敢不来！都说菜好，酒好，烟好，啥都好。可第二天，出席寿宴的村民，集体没出门，皆蹿稀，裤腰带都不敢系，一趟趟跑厕所，拉得虚脱。过了很多年，一提及老胡母亲的那场寿礼，村里人不由得腿肚子发软。

如今，强人老胡，死之将至。

人们说，老胡死得还是及时的，省得目睹接下来的噩运。老胡的堂弟上个月被双规。胡向东在市里的生意也被波及，没了往日众随行者的风光。虽然老胡家底仍在，人们也知道，这回他家真要倒台。

当初趋附得有多热烈,现在远离得就有多快速。

钟占宽会去为老胡做丧宴吗?

"知道了,主家,等定了日子,我就过去。"钟占宽从堂屋出来,"跟你爹说,放心好了,我老钟会用心的。"他说,"我也老了,快干不动了,就把你爹这回当成最后一次掌勺吧。"

亓欣欣的眼泪落了下来。胡向东弯腰奉上定金,连唤几声:"哎,哎。"说道,"大爷,谢谢您了。我这就回去告诉我爹,说您愿意接……"

胡向东和亓欣欣走了。

钟必行还转不过劲:"爷,你接它干什么,他爹羞辱你成那样,他又这么恶心我……"

"人这辈子,谁不是个几浮几沉,无非他家浮起来的光景气焰拿人罢了,说起来,我和他爹,也不是什么大事,给个台阶,顺坡下驴就好啦。计较得太多,日子还怎么过呢。"

## 9

老胡的丧礼,冷清。或者说他生前太热闹,也或者他母亲当年的葬礼太轰动,对比之下,更显得冷清。

老胡这人,一辈子,强硬。说话做事都是。他虽然独断,因为修路卖地,据说克扣了不少公款,可老胡也做了不少事的:修整了村貌,连通了道路,帮扶了五保户,发展了村里的批量养殖副业,让村人得到了实在好处。他吃了肉,大伙儿也跟着啃上了骨头喝到了汤。平心说,很不错了。可他霸道惯了,在台上时,人们或惧于势力或跟随谋利,真真假假,表现得低眉顺耳,一旦倒了台,树倒猢狲散,被他霸凌过的,当然扬眉吐气,呸一声,骂句:"活该!"得他好处的,或忌惮新上台的,或恐于人言,都不好出面。吊唁的仅余亲戚三三两两,冷淡,凄凉。

老胡的老婆伏在灵前,哭得哀哀的。不光是哭丈夫,儿子被牵连,家境必然陡转直下,人享受过山顶的荣华,再滚下山脚,对苍老的她来说,每一天都必将是煎熬。

胡向东到底是老胡的儿子,没掉一滴泪,来吊唁的,他率领着妻子和妹妹,该有的礼节一点没少。停灵、守灵、通知亲友、选定殡日、联系殡仪馆、火化、亡魂回家、入葬,胡向东安排得当,父亲一死,他得挺起脊梁撑住天空,几天来,他站得稳,挺得住。

钟占宽做菜的间隙,望一眼胡向东灌满悲怆而挺立的身影,也忍不住叹息一句:"就事论事,养儿还当如此啊。"大有生子当如孙仲谋的意思。钟必行一时恍然,不知是否该批判老头儿可疑的立场。老头儿说完,还朝他望了望。顺势时能折腾能轩昂,低处时也能忍能扛。这是嫌他不如胡家儿子了?

"有这精气神在,他家挨过这个坎,将来还会翻身的。"帮忙的人们,有人预判,并说,"亓家的那女子,有点眼光,没嫁错。"

钟必行听来,就格外刺耳。这帮老糊涂,有没有点立场啊,胡向东现在是什么?是多少起非法集资、恶性开矿、暴力征地的调查对象,判他几年还说不定呢,他"将来"个屁啊!

钟必行很气。

可冷静下来,他不得不承认,他不如胡向东。胡家父子性格有一种不服气的匪性,何况家底还在,就算进去几年,出来还能弄出点动静。这一比就没意思了,灰心、挫败、无奈,或许亓欣欣从一开始选择就是对的。钟必行深深叹一口气。

因在孕期,葬礼上亓欣欣并未多露面,但也尽着一个儿媳的本分,在不停地叠元宝,做白幡,脸色肃然。钟必行几次将餐食端到她跟前,她凄恻地看他一眼,就低下头,继续折叠锡箔纸钱。

烧火的间隙,钟必行总下意识地望向亓欣欣羽绒服下笼着的腹部。他真没出息,还替她愁苦。

祖父突然一马勺敲他头上,应声起个包。"火都灭了,想啥呢?别乱撒望,好好干活儿。"祖父心说,别人的媳妇儿,不该你操心的,傻小子。

钟占宽剁好了打白丸子的肉馅,一遍遍摔打肉泥上劲。"学着点儿,小子,就教你一回,下次再有沉下去的,还得敲你。"

钟必行心里烦乱,打起精神看了半天,老头儿只是不停地在盆里摔打肉泥,总以为要结束了,他歇歇手,继续摔打,枯燥至极。

不过他还是架上手机,将祖父调馅的过程录下来。

"是不是以为有啥绝技?"钟占宽说,"啥都没,老老实实摔够千把下,别想着偷工减料,就得经过这么多摔打,它才能浮起来。是不是和人这辈子挺像？"

钟必行似是若有所思，又似在开小差，眼神愣愣的，但及时捕捉到祖父想去拿马勺的动作，赶紧回过神，继续听老头儿絮叨，脑子却想的全都是胡向东牵扯的几桩案子，传得有鼻子有眼，他出事了，亓欣欣怎么办？又想他们毕竟是一家人，她都神色坦然，看来应没大事。老头儿说得对，自己算什么呢，操哪门子闲心？

就这么犹疑猜测间，到了出殡的吉时。亲族抬着棺，在唢呐的呜咽声中，将老胡送入祖坟。墓坑预先挖好，烧了纸扎元宝，祭奠哭毕，棺材入坑。

一代强人，就此入土为安，却仍不能盖棺论定。他的功业，必然在很多年里，活跃于众多乡亲的口舌间，是是非非，都待评判。

"老同学，等会儿再走，陪我坐一会儿，有事跟你说。"胡向东拍拍他肩膀，对钟必行淡淡地说。神情里却都是凛冽之色。

众人都走了。

平原上，朔风横行。落日细小，一掌猩红。

胡向东拔支烟，丢给他，自己也点上，抽了一大口："我家的事儿，你都知道了？"

"外面在传，听说过一点儿。"

"都巴不得吧，等着看笑话呢？"胡向东笑，狠狠抽烟，忽然，破空来一句，"你真喜欢她吗？"

钟必行明白他所指，低声回道："这个，不管你的事。"

"别扯没用的,像个爷们儿,行不?"

"你想说什么?"

"孩子才三个月,打掉,她跟你走。你敢要吗?"

钟必行转过头,盯住胡向东的脸,他以前总是怕胡向东,胡向东气场里有某种不可侵犯的东西。可现在,钟必行真盯上去,对面也不过是一张疲态尽露的脸,眼珠红凸,胡楂儿遍布。

钟必行发狠,道:"我爱不爱她关你屁事?就算爱她,老子也不要你的施舍,你以为你是谁呢?"钟必行被触怒,内心积压的委屈冲决得眼窝生疼,他愤然长吼,"还有,你把她当成啥了,一件东西吗?不想要了就转手?胡向东,我×你大爷的!"他攥起拳头,照他肚子上,给了一拳。这一拳,他想打很多年了。

胡向东没躲,结结实实挨了,弯下腰,大喘气,等痛苦平息,他苦笑。"你以为我不想和她多生几个孩子?我这万一进去,不知得多久,她这么年轻,你说,能耽误吗?"

"算你还有点良心。"

"我还没跟她说这个想法,老实说,我甚至不能保证她是否已有要打掉孩子的念头。"他抽着烟,黑着脸。

"你送她的那个土得恶心的银手镯,她还收着,我几次都想扔粪坑里,可惜,不敢动她的东西。还有,告诉你个秘密,有次她感冒高烧,烧糊涂时,喊的是你的名字。他妈的,你满意了?"胡向东丢掉烟蒂,狠狠踩灭,"再问你一句,她要是跟你,你敢吗?"

钟必行整个人都是蒙的。

胡向东每一句话都是一个炸弹,炸得他五内俱碎。他又有选择了?她会跟他吗?他敢吗?他能给她幸福吗?钟必行真想大哭一场。

"真他妈没出息。×。"胡向东丢下一句,"想好回我,快查到我头上了。"

胡向东刚走掉,钟必行就对着残阳"啊啊"长号,他忍不住内心的万千号啕。他流着泪,想,胡向东说的没错,他真是懦弱,没有出息,活成这个熊样,一点都不亏。

## 10

视频号渐渐有了人气,最不可思议的是钟占宽那个反复摔打肉泥的视频,他简单剪辑上传后就睡觉了,醒来一看播放量,吓了一跳,还以为是大伙儿看到了老一辈人做事的耐心呢。打开弹幕才知道,固然是祖父肉泥打得仔细,白丸子成品漂亮,但大家对视频中惊鸿一现的美女念念不忘,纷纷留言,不乏夸张:"这是哪位?仙女下凡?""这侧颜我承包了。""兄弟再拍下她啊!"不少人刷了礼物,为的是下个视频还要看到她。

这是钟必行视频收益最高的一次,礼物兑换成钱,有好几百元。跟平台上那些顶流相比,他这点钱不值一提,可钟必行看着手机上的数字,觉得沉甸甸的、挺有成就的同时,又哭笑不得。

他熬夜剪辑、配音、费心配字幕解说,前后发了老头儿几十个精心做的各种硬菜视频、流水宴过程的相关趣事、乡村的景致，却一直不温不火，没想到他当时心神恍然，下意识地将手机聚焦到亓欣欣身上，就这么惊鸿一瞥，竟然俘获了大批粉丝。

上哪儿说理去。

说给祖父，老头儿倒是想得开："喜欢好吃的好看的，都是本性，可他们毕竟吃不到，不知味道，还是看女孩更直接。"钟占宽说，"你奶当年不比亓家女娃差的。"说着眯着眼，笑了。

老头儿抽了半袋烟，似乎才从回忆里抽出来："不是催你传新视频吗，给你出个主意，我做个菜，你叫她来吃。菜好人好，养眼。"钟占宽磕磕烟袋锅子，忽而来了精神，"老头儿给你们露一手，让你小子开开眼。"

菊花豆腐，豫菜中历史悠久的传统名菜，和淮扬菜里的文思豆腐有着异曲同工之妙，选用凝脂般的嫩豆腐，置于案板，颤颤巍巍，一碰就要碎掉，却要下大刀，切成发丝，最是考验刀工。妙的是，切完的豆腐，轻轻推入吊好的清汤里，如菊花绽蕊，在汤里载浮载沉，中心以枸杞点缀，娇艳水润。钟占宽用萝卜做了雕花，摆盘的效果精绝。

亓欣欣的吃播带着羞涩，不好意思看镜头，正是这份眉眼藏着的闪躲和娇羞，自然不做作，一经剪辑上传后，打动了无数网友。钟必行刚在旁白里介绍她是他"妹妹"，一众留言就插科打诨纷纷叫哥，争当"妹夫"。他索性说了："她嫁人了，现在，才三个多月，她男人……"

钟必行到上传时也组织不出合适的语言，大家却似乎都懂了,弹幕里纷纷是"节哀"和蜡烛:他们以为她男人死了,留下个遗腹子。可怜的身世,惊人的美貌,超脱村院环境的气质,将这个"流动的宴席"视频号推到夸张的点击量。

钟必行也没法解释。在围观的激情下,趁势做了十几条老头儿做饭、亓欣欣吃播的视频,参照着诸多同类视频,在他的要求下,祖父做饭时讲解每道菜的程序,亓欣欣吃时点评下菜的滋味。镜头下,祖孙饴饴,其乐融融,倒显得他是多余的。

钟必行第一次将收益的钱给她,有光彩从亓欣欣眼里溢出。她没接,头发掩住眼睛,低头说了一句:"你就没有恨过我吗?"

钟必行沉默良久:"说实话,真没有。"他说,"我听说了,你嫁给他,家里施加了很大压力,换位思考下,要是我,说不定也得嫁他。"

亓欣欣轻轻地笑,不知道该说他是傻还是单纯,可她不想推脱:"要是我说,没人逼迫,我自己选择的呢?"

钟必行怔了下,错错嘴唇,还是没说。再纠结这个话题,有什么意义呢?

亓欣欣的眼泪就这么直接落下:"你哪怕骂我几句呢,说我攀高枝,说我瞎了眼……我可能也好受点。"她抬起眼睛,"钟必行,你不傻,我欠着你的,这下,还不了了……"

"你想多了,"钟必行再次将钱给她,"这是你应得的。"没有她,这个号也火不起来。最近,外面的人都在议论,钟必行成了"接盘侠",替人家养老婆娃儿,也有说他两早姘居了,反正都没好话。他说："说起来，我要谢你，有了这个视频账号，让我觉得有了事做，不再是个一事无成的废材，接下来，我都打算在家陪我爷，把这个账号做好。钱你拿着，我拟了个合同，以后就当我们是合作关系吧。"

说着，他将一卷纸丢给亓欣欣，起身出门，去找小姑，也将收益给她。

钟必行走后，亓欣欣展开卷纸，眼泪就啪嗒落下了，一只眼睛哭着，一只眼里却在笑：

纸上是一幅画。一个女孩，在看桃花，背景不是在夕阳下，是海里，有月亮，有星光，星星都如漂摇的海草，头部发光的那种条状海草，一漂一漂的，洒满海面。旁边是远古的鱼类，巨大、安详、沉默，只一个面目模糊的男孩和一个眼睛亮亮的女孩，坐在宇宙的深海，鱼群在身边，海草如灯带，桃花在天上开……

转天，钟必行找到胡向东。

"我想好了。"

胡向东再次苦笑。

"差了。"胡向东说，"我们都想差了，任怎么劝，她都不肯打掉。"胡向东又拔出一支烟，递给他，自己也点燃，"我又想了下，容我说句下作的话，你要是愿意接盘，也好，只要孩子生了给我妈，底下随你们。"

"胡向东，你他妈确实下作，能不能让我看得起你一次？"钟必行啐他一口，"想得真美，让我喜当爹？滚你大爷的。你那点脑子，就别想了，净昏招，还是老子给你指条路！"他说，"你狗日的老实去自首,产检啥的,以后我陪她。"他说,"你不知道吧,我比她大半岁,我们早去庙里求过签,口头结拜过,我妹有困难,我理应照顾。跟你没关系,别得意。"钟必行冷着脸。

胡向东却蹦起,扑过来,一把抱住他,搂着他的肩膀,紧紧的,哽咽着,咻咻呼气,连声说:"好兄弟……兄弟……"勒得钟必行几乎喘不过气,好容易挣脱了,胡向东还激动不已,"以后我算看清了,就认你这一个兄弟!"说着,他将手腕上一直戴着的串珠解下来,塞到钟必行手里。

钟必行摸着犹带热度的手串,翻个白眼,心说,可滚蛋吧,老子可能看上你……

他嘿嘿一笑,似是大梦初醒,所有的希望都已兑现,所有的烦乱都已理清。蒙蒙眬眬间,传来清晰的汽车轰鸣。

# 鬼 爷

## 1

说起来也是很久以前的事了,可有的人事记忆很深,所以即便鬼爷殁了多年,一想起,还是觉得他吧嗒着旱烟袋,小眼睛悠远地眯着,夕阳打在身上,精瘦精瘦的,一身涂着古铜色的静默,蹲在那儿,像尊雕塑,只旱烟袋冒着烟,袅袅的。一晃眼,一切仿佛就在跟前。

人都说鬼爷这个人独。独的意思含着孤倔、独自、孤寡,鬼爷把自己活成了一棵树,离群索居,而且枝叶有刺,别人难以接近,他也不大愿意周旋那些人情客套。一块石头在黄昏里独坐,人们路过,问:"鬼爷,吃了没?"石头轻微动了动,吧嗒一口烟,烟雾飘散,鼻息里嗯一声,就算回应。路人见惯不怪,悄然走开。

怎么说呢,村人对于鬼爷的感情,有点既尊重又躲闪,这两种情绪都来得隆重，所以平常的时候，很少见大人们和鬼爷走动。鬼爷也自觉，知道自己身份，常人避讳，不怎么受活人欢迎，就几乎不往人场里去。镇日里，生火做饭、洒扫收拾，一个人过活，倒也自得其乐。

我们小孩子远远地见了他，猛可的是要被小小惊吓一回的，鬼爷会突然朝我们跑几步，龇牙咧嘴，两只瘦大的手做出抓捕的姿势，很凶恶。我们便呼啦啦跑了，跑一段回头看，鬼爷伫在那儿，眉眼平和，正冲我们笑呢。这个小游戏活泼了许多孩子的童年时光。当然，这小把戏，也只有鬼爷做出来，才有威慑力。

因为鬼爷是挽棺人。

家里有老人殁了，孝子戴一顶白帽，来到鬼爷屋里，行个礼，将跪时，鬼爷便支过去一把凳子，嵌在对方屁股边。孝子便掏烟，鬼爷接过来，仍抽自己的旱烟袋，抽完一锅子，在椅子腿上磕磕，淡淡地说："知道了，回吧。"来人便起身，临走又躬身到底："爷您多费心。"鬼爷不迎不送，眯着眼，似乎没睡醒。也不看刚才孝子屁股坐热的地方留着的一抹红。那是红纸包着的一点儿孝敬。

见惯了生老病死，那点儿事在鬼爷这里，已经云淡风轻。孝子回去得踏实，有鬼爷主持，这丧葬稳得住势，吊唁、宴席的人事安排，挽棺、入土的规矩，一切都有条不紊，孝子贤孙放心。

鬼爷无妻无子，孑然一身。有几个朋友，有个相好。有的短暂，有的长久。

## 2

他原有个朋友老赵,隔壁村的。老赵杀猪,刀进血出,飒然生风。但是生活也不行,那时候,周围民穷,除下年节,谁舍得吃肉?后来才渐渐好了,待宰的猪栏里不曾空下。

不行的时候老赵下了市常找鬼爷喝酒,趁手拎一副心肝下水之类。鬼爷在灶下收拾了,不大会儿工夫,一碟花生豆,一盘卤肉,一桶散酒,两个人相对而坐,平分一桌缄默。偶尔老赵熬不住,会唠叨几句家里婆娘的混账事,无非是孩子多,挣不来钱,婆娘冷嘲热讽,不给好脸。老赵说说叹一番气:"不如三哥你啊,闷了,找找齐庄的小寡妇,闲了,喝喝酒,一个人,快活适意!"鬼爷嘿一声,酒杯倒满,举到黄牙跟前,吱儿一声,喝得又恣又悠。"急什么,有你翻个好儿的日子在后头呢。说不定。"老赵得了安慰,有了点苦黄的笑色,继续喝。到天擦黑了,酒也喝得差不多了,老赵抹抹嘴,胳肢窝照旧夹着油腻腻的屠刀,晃着肥沃的身子,走了。

后来老赵的生意日渐地好了。肉咣咣剁出去,钞票哗哗聚过来,收了案,红的绿的往婆娘那里啪地一甩,便溅起婆娘一脸的灿烂。妇人噗地啐一口唾沫,岔开手指,眉开眼笑地细数。老赵瞥眼桌上,早已热腾腾的可口饭菜摆满。老赵很感慨,钱真是好东西呀。有内在的得意衬着,老赵明目张胆,声色便壮了,接过邻人敬过来的烟,看了看,撇在耳朵上,换成自己的牌子,回敬了一支。对方笑逐颜开,还没笑满,老赵道:"兄弟,你以前不说你家茅厕也比我灶台干净吗?"老赵孩子多,婆娘之前也疏懒,穷得很不体面。邻人听了,急促地红着脸,吞咽着喉结,赔着笑:"嗨,哥,我喝多了胡吣呢,胡吣……"老赵簸簸大衣,豪壮地走开。

还来找鬼爷喝酒。间隙里,话明显稠了。当然是老赵在说,鬼爷旁听。老赵心内一日日添砖加瓦憋着那么多喜悦,喝了几口酒,没办法不说:盖了小楼,飞檐翘角,朱门深院;娶了儿媳,亲家显贵,门当户对……老赵急于分享,桩桩件件,都能显摆半天。对鬼爷的酒也不满意了,自带了一瓶汾酒,鬼爷喝了一口,说喝不惯,仍喝他的老散装。怎么说那塑料桶在精致的瓷瓶跟前,都有了寒酸相。烟也是,以前老赵捉起鬼爷的烟叶袋子,卷一支便吞吐起来,现在换了过滤嘴的纸烟。在桌子上,话语的流向,气氛的浓淡,渐渐地,老赵自领了主动权,对鬼爷的生活也开始信口点评:"三哥,要我说你和齐庄那娘儿们再野下去,这么大年纪了,也不是个事儿……"鬼爷截断:"喝酒,老赵。"老赵耸耸鼻子,酒糟鼻烂红,泛着油光,筷子在卤肉里扒拉了一圈,也没挑出一块中意的,很嫌弃了。"算了,以后不吃这些下脚料了。"抽了支烟,才笑道:"可能杀猪时间长了,再好的肉我也能吃出猪屎味儿。"

一句话坏足了鬼爷的胃口。

老赵下次就带了野味。开始还好,野兔野鸡之类,后边就口味愈刁,斑鸠、黄雀、鹌鹑……一堆死的活的扔过来,要鬼爷整饬拔毛。那些鸟，大多还有点残存的活气，临死，扑棱着，绿豆眼儿滴溜溜转，带着无辜而迷茫的气质。鬼爷拔着拔着就伤心了，摊了手，叹了口气。老赵新和镇政府后勤通了关系，供应机关食堂的肉品，人逢喜事，犹自滔滔，一瓶汾酒已然见底，酒兴正浓，摇摇酒瓶，没了，老赵掏出一把钞票，点出两张，把与鬼爷："老三，去买一瓶来，剩下的你留着！"

鬼爷嘿然一笑，看了一眼老赵，又一笑，出去了。

下次老赵再来，见门楣上新贴了一副联：

算你有万贯财，不分与半毫，我何必低头哈腰；
纵我时命不济，出屋寻乞时，不至你门口便是。

老赵笑笑："这老孤寡，不识逗！"慢慢不来了。

鬼爷还有一个烟友，老宋。知道鬼爷和老赵相交得好，一直隐隐嫉妒，这天二人抽完一袋烟，老宋笑嘻嘻的，随口问道："三哥，最近没见老赵来喝酒？"

鬼爷看看落日，又看看树下的鸟毛："不喝了。话多。"不知是说老宋，还是说老赵。

3

老宋是吹响器的，抽烟却凶。老宋这人，人提起都要随即摇摇头，很有点复杂的况味。老宋打起精神的时候，能唱大套的

《三哭殿》，唱腔华丽哀婉，赚了不少妇人眼泪。因和人媳妇私会，败露了，被那男方家族簇拥着，捆了，一拳一脚打得狠，牙掉了，脸烂了，腿瘸了。这还不算，打完了，还往嘴里灌了半天屎尿水，淋淋漓漓，老宋喝了一肚子。老宋瘪着嘴干呕了大半年，一张嘴，就本能地恶心。

再不唱了。改吹响器。

老宋的响器吹得裂云惊心，全本的《百鸟朝凤》《一枝花》《江河水》《驻云飞》，一气贯通。席场上，众人喧嚷，铺垫的笙瑟呜咽中，但见老宋头微微一扬，唢呐栽到豁牙的嘴上，人好像忽地拔高了一截子。平常蔫儿吧唧灰扑扑的人，猛地有了孤松独立的气势。接着，老宋眼一闭，吸口气，腿挺直，上了弦一般，紧绷绷的。那气概如立山岩，众山一览，腮帮子鼓胀，脚往下蹬，丹田气上顶，嗖的一声，先抛个锥子似的，一下子刺入云根，然后再云上地下循环流连。一会儿万马奔腾，一会儿燕语呢喃，那个气息啊，九翻十八转。响器散了，人的耳朵眼儿犹嗡嗡半天。

可老宋不好好干，常吹了一个序曲，一忽儿，没人影了。找了半天，蜷缩在墙角跟人赌小钱呢。正热闹上，赌得天昏地暗，哪里管你那边的婚丧嫁娶。渐渐地，婚事没谁敢请他了，正他妈《抬花轿》吹了个过门欢喜调，新娘子上了轿，接着拔个高音往下吹呀，一晃神，唢呐放那儿，人没了，这算什么事儿，这不胡屌操嘛！

老宋沦落到只有搭班葬礼胡乱吹几下子。鬼爷也管不住，说急眼了，他给你笑笑，下回照旧找不到人影。鬼爷纳闷，问他:"赌就那么有瘾吗？"

"三哥,和你喝酒一个理,就这事儿,让你松快。怎么说呢,像纫绣花针,眼儿那么小,你不钻进去,心里痒痒。"

鬼爷懂了。人活一世,好歹是得有个心头好。鬼爷想想,人真是贱呀,得自个儿哄着自个儿玩,这么一想,又觉得一种苦。

可鬼爷有时也顶瞧不上他。你没见他输了钱那四处求告的狼狈样,臊眉耷眼,恨不得给人跪下来,可一旦得了钱,又手舞足蹈,继续鏖战。骨头轻。鬼爷没少给他钱,却看不上眼。大丈夫行于天地间,撑起两根穷骨头,养活一团春意思,何能畏畏缩缩,胁肩谄笑,败坏自己。鬼爷想。

所以他们的交情,仅限于一起抽袋旱烟,扯两句闲篇儿。老宋却不然, 总以为鬼爷是他唯一知交。换你你也只好这么觉着,别人狗一般嫌,只鬼爷不时还把几个零钱给他,过过赌瘾。

老赵不来找鬼爷喝酒的日子,老宋来得勤。响器,老宋那烟嗓子早吹得四处漏风,再不要脸,也不好去吹了。丧礼上,给人刷碗,完事了,能混一碗杂烩菜吃。谁承想呢,那蹲在地上撅着腚露出破烂内衣的跛脚老头儿,三十年前,是这一带舞台上最响亮的角儿。

老宋却浑不在意,刷了碗,吃了饭,油腻的手也不擦,捏起盘子里待客的散烟,缩在向阳的墙角,抽起来。烟雾盘旋,老宋整个人都似乎被熨平了,舒坦地倚在墙上,没多久,头一勾,睡着了,涎水披挂下来,阳光下,绵长而晶亮。那些之前和他相好过的女人,也都老了,看见他这副模样,扭过头,一阵唏嘘。

老宋年轻的时候,拖着腔调,在草台子上咿咿呀呀唱曲儿,底下老是跟着一帮刚开怀的女子,满村庄地追着听他的唱腔看他的扮相,还一脸的幸福模样。当他唱到伤情的地方会止不住泪眼迷离,她们不知道他那是在台上做戏,底下女子的双眼早已下雨……下了台,都是夜里,拖过那仍等着他的痴傻女子,就往槐树林里摁……老宋确实祸害了不少女人。最后打断了腿,还有女人与他聊赠一枝春,潦草苟合一番。鬼爷对他总结:"谁叫你狗日的长个招风眼,一眨,一眨,桃花闪闪,那些没见过世面的女人,不眉间心上,也难。"

　　老宋笑笑。他心底不那么看。这鄙俗的乡间啊,难得一个头面齐整的男子,而非那些响亮吐痰形容猥琐粗蛮的村人,虽然是台上逢场作戏,女人们把他当成生活里的一道光,他觉得他在普照她们,借助她们怀春的身体,成全她们一霎时的逃离。从那低矮混浊一眼可以望到头的乡村女人命运轨道里,逃逸一下。所以老宋并没有愧意。

　　鬼爷对他这个谬论,当然鼻子里哼一声。

　　"村上的女人,一茬一茬,像什么呢,就如黄土里开的那种小兰花花,可她们也爱美呀,我在台上,那时候,多美……她们活得苦,没人懂……三哥,你不懂。"

　　鬼爷没吭声。是的,他懂,狗日的老宋懂女人。

　　鬼爷喝口酒,叹了口气,人活一世,不就为个人懂嘛。鬼爷想,老宋说的好像也有道理。

　　老宋后来是喝药死的。

那天老宋给人刷碗,刷完了,搬运的时候,一拧身,跛着的腿蹲得久了,没使上劲儿,趔趄了下,怀里抱着的一摞粗瓷海碗掉了,噼里啪啦,纷纷跌了一层碎云。主顾很扫兴,跟旁边的人嘀咕了句:"老不死的,不中用,刚白吃我两碗杂烩菜了。"

老宋没吭声。

从来不喝酒的他买了一瓶酒找鬼爷,一杯酒抿了几口就不行了,脸通红,呼呼地喘,嘴也松了,那些话胡乱往外窜,夺路一般,说得很快,都是他某年某月和某个女人相好的破事。那些细节老宋惊人地逐一还原,啰唆了半天,末了,老宋嘿嘿笑:"这地上跑的,好几个都是我的种,三哥,你看,我不亏。"

鬼爷仔细想想,有几个确实和老宋相像,都是那种桃花眼的白净贫薄相,鬼爷摇摇头,道一声:"你呀你呀,作孽呀。"

老宋忽然掉了泪:"可没一个喊我爹啊,三哥。"

"你也没生养他呀。"

"也对。"老宋呷呷嘴,"是这个理儿。我死了,没人烧纸,也不亏。"

## 4

鬼爷有个搭伴儿,很多年了,叫四朵。无非是在娘家时,女儿,行四,第四朵花儿。挺好听的。熬到快三十岁上,四朵才终于称心如意做了寡妇。平日里,在村头开个油盐酱醋的小卖部过活。她那个小卖部,嗨,成了三村四坊光棍后生耍笑的俱乐部。四朵很风流的,都这么说,雪白的小屁股一扭一扭,像泥鳅,哎呀,身上滑溜溜那个浪哇……他们说着说着,就两眼放光,底下遂也揭竿而起,向谁致敬似的。

可这条美泥鳅,也没见谁抓得住。

三十岁之前四朵一直巴望着自己男人柴狗横死。不是说她想做寡妇,而是除了这个,也看不到别的什么出路。柴狗打她。打到他死。刚一开始男人也不咋动手,后来就不行了,特别是过了两三年四朵都没生出个什么。别人打老婆大多雷声大雨点小,显显脾气,摆摆威风,摔个盆砸个碗,骂一顿揍几拳,吓唬吓唬,老婆相应地哭号几声,有个样子,也就过去了。柴狗不是,那是真打,如逢敌军,短兵相接,血肉纷飞。四朵也反抗,寡不敌众。真的,男人打起来虎虎生风,四朵脑袋嗡嗡的,密集地踢、踹、扇,四朵总感觉是很多人向她围攻。平日里这个狗一样夹着尾巴没出息的小男人,只有在打她时,才焕发光彩,蓬勃生动。

四朵被打得熬不住了,想过给他下药,想过趁他睡着点把火将房子烧了,想过拿刀砍他……都想过,总是在最后关头溃了心,哪样也没做成。那就接着挨打。四朵那些年蓬头散发,不是牙掉了半个就是腮帮子肿着,头脸瘀青身上疼痛,一心委屈,又因为被愤怒和抗争撑满娇小的身体,浑身散发着戾气,像个斗败的鸡,没个女人样了。

鬼爷那时候在莽山石料厂做记工员,有点清闲,下了工,时不时地,去偏峰孤步岩散散心。黄昏里,看看景,想想事,坐一会儿,发会儿呆,抽根烟,再下来。那几年常在山下见一个穿草绿裙子的女人，背个小包袱，在那片石料开采后留下的巨大深坑边徘徊。坑里蓄满积水，绿莹莹的，又蓝汪汪的，透着一种不自然的阴寒。十里八村常有那受了气的小媳妇儿，一时想不开，来此寻死。鬼爷那时还年轻，尚未经惯生死，常来劝劝，为啥呀，才多大啊，你来我往，一句一句也就说下去了。说了一茬子话，女人回过头再看那堰塞湖，就觉得一股子沁骨的冷，不觉后退几步。回去吧，好好活着，人呀，哪能事事样样都顺心呢，可不就是个熬着。来人听劝，顺势就回去了。当然也有那心意坚决的，另寻一处，投进去。那就没办法了，山下深坑有的是。

鬼爷原也想循例下去劝劝，可观察了几回，女人没个跳水的意思。放下包袱，坐在那儿望着水面，愣愣的，山风吹过去，裙角飞舞，鬓发扑面，也看不见哭没哭。坐到夕阳西沉，起来拍拍衣裳，挎着包袱，扭头又走了。

到底有天忍不住，下来主动找人家说话。哪村的，叫个啥，有啥烦心事啊？四朵不搭理。鬼爷也不恼，嘿嘿笑笑，坐那儿抽烟。久了，鬼爷自个儿打听到了哪个村的、叫个啥、有啥烦心事。也不说破。还是那样，她盯着水坑，脸上空荡荡的。他不远不近地抽支烟，溜达一圈，再走开。

忽而有天，四朵走过去，夺过他手里的烟抽起来。抽完了，扒开衣服，在石板上躺下。

鬼爷烟掉在地上，仿佛烫住了，后撤一步，看她。

"来呀。"四朵喊他。

鬼爷乱了。

鬼爷没来。

"我要死了,我熬不住了。"四朵说,"我这回一定要把他杀了。"四朵说得淡然,神情里是那种下了决心后的平静。绝望分摊到每一个日子里,打算咬牙熬着,可到底还是熬不下去了。

鬼爷替她叹息一声。

"真没有别的法子了?"

"没有了。"她说,"除非他死,要不我过不下去。"

"杀了他,你咋办?"

"想不了那么多了。"她说。看了看黄昏,落日辉煌,温暖明亮。"哥,你要是可怜我,就睡我一回吧。"四朵说,"这么长时间你来回地转,不就憋着这个心思嘛,来吧!"四朵喊他:"来呀……"似乎带着回声,周围有一千个四朵在喊,"来呀,来呀。"四朵一件衣服一件衣服地脱啊,那些小岗平阜渐渐水落石出,很耀眼,更耀眼的是上面新鲜的陈旧的伤痕……鬼爷攥着拳,一双眼红彤彤的。到最后,四朵抖抖衣服,又穿上了,说了句:"没种!"走了。

四朵走了很远,鬼爷才把浮起的喉结咽下,心里有点恨,也有些惘然。一连好多天,四朵那白溜溜的身体和身上殷红的伤痕都浮现在鬼爷眼前。

然后,鬼爷和柴狗成了朋友,经常约他喝点酒。

这事很诡异。柴狗那样的祸害,别人避还来不及。柴狗喜得眉开眼笑,总算有个人把他当人待了。但是对四朵仍然兢兢业业地打。鬼爷纳闷,喝点酒,问过他为什么,柴狗也回答得爽快:"打习惯了。"然后呵呵笑。

鬼爷叹气,这就不单是打了,这就没得劝了。

那一年,冬天,雪很大。一夜大雪后,人们发现柴狗冻死在沟里,被雪埋了。扒出来时,一身酒气。哦,喝大了。终于把自个儿作死了。人们看着,都替四朵松口气。

后来只有四朵知道,那晚上的大酒,是鬼爷一杯一杯劝着柴狗喝的。

半年后一个夜里,鬼爷守石料厂,眙了一会儿,一抬眼,见柴狗血赤糊拉地坐在对面,盯着他,对他笑。柴狗笑得持续而妖娆。鬼爷在面前拂了一把,柴狗就换了个角度,张个脸,继续笑。鬼爷懂了,这是过来要和他说道说道呢。

"别怪我,爷们儿,"鬼爷说,"我没那么毒,不是存心想着害死你,图谋你媳妇,不是的。"

"那你那天为啥一个劲地灌我,三哥?"柴狗还笑咧咧的,和平日一样,没个正形,好像此刻在谈论别人的死亡。

"是,确实那天憋着让你多喝点儿,喝多了,回家兴许就没劲儿打媳妇了,就这么点心思,"鬼爷说,"没想你死。"鬼爷也直勾勾地看着柴狗,"你该知道,她叫过我好几回,这大半年了,我也没去,"鬼爷歉意似的,笑笑,"也不是怕你。咱当初就没存那个心,只可怜她,一个妇道人家,天天被你打。"

柴狗收了笑。"这我都知道,不怪你,三哥,可是,我还是死得亏。"他说,"老想拉个垫背的。"柴狗很落寞地说,"在那边也没人搭理我,我孤得很。"

鬼爷摇摇头，最近石料厂上突然石方坍塌的几回事故，可能都是他阴魂不散，捣的鬼。"原想着帮你在石料厂也说合一份临时工，谁知道你没那个命。这都是四邻八舍的爷们儿，挣点儿苦力钱，你以后别再捣蛋。"鬼爷说，"以后闷了，来我这拉拉呱，喝喝酒。"

柴狗呜呜嗬嗬哭了，哭得很哀，哭完了，忽然赧红了脸，咬着鬼爷耳朵说："三哥，是我不中用，那事儿撑不大会儿，她老埋汰我，才打的。"柴狗说，"这下便宜这个浪娘儿们了！"又说，"三哥，你去她那儿吧，别顾忌我，她活得也孤。"又说，"这一死，凡世好些事儿才开悟了，晚个屁了……"

从此人们常见鬼爷半夜还不睡，在那儿明明自斟自饮，却好像和谁叨咕着什么，一句一句的，仿佛真有个人和他对坐。有人大着胆子问一句："三哥，一个人，说梦话呢这是？"鬼爷喝高了，脸色酡然，哈哈一笑："还有哥儿仨呢，这不都坐这儿呢嘛。"那人一凛，揉揉眼，顺着鬼爷手指方向，是山坡上两坨快被湮灭了的小坟冢。"和柴狗一样，他们也孤单，夜长，一起聊聊，你也坐？"那人目瞪口呆，一身冷汗，连滚带爬，跑回山下。

人们于是知道，三哥通了阴阳，成鬼爷了。

## 5

死而为大。此地和北方许多乡村一样，丧事办得虚荣而隆重。其间装裹、叫魂、移尸、哭街、报丧、停灵、殃榜、吊唁、守灵、入殓、出殡……一系列烦琐而郑重的程序，都要有懂的人操持。这人要胸中有丘壑，胆大心细，识文断字，还要威仪能压住场子。

鬼爷小时念过几年私塾，颇写得一笔大字；孑然一身，没什么忌讳；重要的是沉得住气，调停得各方面都顺风顺水；所以，这几点都具备。上一个挽棺主事的死了，没得说，顶上吧，就这么成了最后一个挽棺人。

丧礼上那些繁缛的细节没人管，人们爱看的是出殡时鬼爷立在棺头，指挥杠夫时的那份悲壮磅礴和气定神闲。这时的鬼爷仿佛出征的将军，那些杠夫是他临时召集的兵士，一手挽棺，一手下令，各就各位，酝酿一声：走！四方杠夫齐发力，沉重的棺木被稳稳抬起，缓缓前进。遇到沟坎坡湾，鬼爷要提前谋断方案，或前面绕转或高度升降，及时发号施令，化险为夷。要不然四方杠夫有一方闪失，其他方位一旦乱了方寸，极有可能造成压伤。因为那时候贫户人家的棺材大多是现做的，选材一般为门前路边立等可取的杨树、槐树，这些新木，湿、重、滑，很吃力。是得需要一个能调度场面的能人。而鬼爷以前在石料厂经常指挥工人协同搬运长条的石方，有经验。

就这样鬼爷浪里弄潮般指挥挽棺二十余年，村人们也津津有味地追着看了多少个日月。直到连海那场豪华的丧礼。

二十年前，连海把成天和他在穷家破院里吵架的三儿子三峰打出了家门，十年后三峰就带着满脸的刀疤挟着女人背着一杆气枪衣锦还乡，到家对着他爹"砰"地放了一枪——打的是窗户——然后扬眉吐气喊一声："爹、娘，儿回来了！"立刻给家里盖了三层的楼房。两个死缠在一亩三分地里的窝囊哥哥也被他带走，跟着他大世界里吃香喝辣。

到了这天，连海也死了。三个儿子越发要弄出场面，让村人夸耀。葬礼的豪奢自不必说，纸扎的金童玉女、彩楼寿山、元宝锦缎堆满灵堂，十冷十热的流水宴摆了三天，歌舞响器吹打得热闹非凡，到了出殡那天，附近几个村子的人乌泱泱地出来看，再加上三峰哥儿仨率领着一帮子江湖兄弟，一律白衣白裤带着黑箍在前面开路，那架势，人们都说，连海这狗日的，死得排场。可是，眼气不来，生得灵长得乖，骑马坐轿有人抬，你得有那个命。谁有三峰那个能耐呢？

吉时已到，香盆摔地，炮手鸣响，震动三界。但见那挎斗的、提篮的、引幡的、祭路的、陪哭的，都仰着脸，等着鬼爷一声将令。

"起！"

棺材离地，缓缓前行。

截止到现在一切都如鬼爷预期的那样顺利。阳光温暖，眯着眼，看看天，真是好天气啊，连海这狗东西真有福气，哀荣已极，谁想得到呢？鬼爷不禁感慨。抬眼瞥见西南方位的合营，不由心内一紧，但见他步子目前还算安稳，也就松了一口气。

这合营是一矮小猥琐之人，和连海家有点沾亲带故，也早已出了五服，但是人一显贵，这点儿亲戚关系就有了单方面的热度，合营极力制造出和连海一家走得近的印象，跑进跑出，随叫随到。平常路上见他急慌慌又兴奋涨红的模样，人问他，干什么去？他必说，给我叔帮忙干啥干啥去呀！很受宠的口气。这么多年，也没见三峰真的给他点儿什么切实的好处，合营却还是一副黏糊糊的样子。要说这人的贱哪，嫌贫爱富，天下一般。

这下他叔死了。合营肯定要全力表现，本来就他那个儿头身段，怎么也不适合抬杠子，可合营说了，是他对叔的一片孝心。鬼爷有什么办法呢，安排他在后面做副手跟着抬一下意思意思算了。合营还不愿意，一定要前面的大杠，做显眼的主力。他是要表现给三峰看呢。鬼爷明知是个祸患，却能怎么办呢，人家以富贵门前的红人自居，只有私下嘱咐副手多吃点儿力，把合营亏欠的力气多分担点儿。

一路步步为营，都还平顺。眼看要入祖坟，前面过桥有一段凸凹的老路，年久失修，坑坑洼洼，特别考验这支队伍。鬼爷将烟袋往裤腰里一插，直起身子，站立棺头，如一面旗，紧紧盯着前面两个方位的杠夫。两方杠夫余光瞥见鬼爷如临大敌一样警觉，也各自脊背绷紧，心说，瞧好吧老爷子，咱爷们儿可都是你精挑细选的强兵良将，这点儿小沟坎定不在话下。

鬼爷还未来得及出口气，只听咯嘣一声，地陷西南！原来是合营一脚踩空，却不赶快直身拼命顶住，反而借机身子一滑，出溜下去了。他可是西南主杠，力道立马全部流向副杠肩头，那汉子憋得脸色乌青。

鬼爷见状，子弹出膛一样，冲西南副手喊了一声："顶！"

待得稳住，合营已撂下丧棍就地滚落一旁。

鬼爷身子往上冲，像一杆标枪，再掷出一句："抛！"

众将听令，开始抛棺。不到万不得已鬼爷不会下此令，为了避免有伤亡发生，总不能为了抬个死人再搭上活人的性命。但抛也是有讲究的，先让里一层的杠夫撤出，俟其逃开，然后外一层人见机齐喝一声，一起把丧棍迅速撂地，整个过程在几秒内完成，要不然极有可能因为四方力不均衡而导致压伤。

这一抛之下，如同巨石落地，鬼爷在棺头被高高颠起，棺材触地，闷然一声巨响，小型地震一般，噗噗溅起一片浮尘。随着轰的一声，棺材底座开裂，露出寿衣来。三峰见状登时血气上涌，虽然骂人已有很好听的普通话味道，但爷还是要喊的，一步奔来，上去抓住鬼爷花白精瘦的脑袋，兜头给了一个大嘴巴子："爷，我×你妈，这是怎么说？"——不怪三峰，换谁见自己老爹的棺椁被甩出来还震裂，不也得恼？

鬼爷被刚才剧烈一颠，还没缓过劲儿来，等了许久，方才挣扎着爬起来，扶着棺咳出一口瘀血，然后冲着棺材作了个揖，道声："对不住了，爷们儿。"

众人回过神，知道根由，各个挥拳撸袖，就要去揍合营。鬼爷摆摆手，吁口气："罢了。"

从此鬼爷再不做挽棺人。

人就像芦苇被掐了穗，还是那么瘦，还是那个人，可人们感觉得到，精气散了。人塌相了，再坐在黄昏里，就真有点苍老的意思了。

# 6

院里有一棵梧桐,一大群麻雀蹲在枝干上,叽叽喳喳,言辞激越,像在争吵又似在谋划什么事儿。四朵也老了。老了的四朵仍收拾得利利索索的,坐在那儿,嗑着瓜子,瞅那些小东西认真讨论的样儿,到最后,仰得脖子酸了,也没听懂它们一句话,不耐烦,一扬手,雀儿们呼啦啦飞走了。大树粗枝大叶地单脚站着,忽而就空荡荡的,看着显出一份寂寞了。四朵就有点后悔,叽儿叽儿唤了半天,也没一只鸟儿再来停泊。四朵气性蓦地来了,不来不来去屎,稀罕!

她是在怨鬼爷。

鬼爷有日子没来她这儿了。

她可能忘了,这已是十来年之后了,鬼爷也死了三年多了。肉体凡身,谁不是过个草木性儿,叶子绿呢,叶子黄了,就枯了,就没了。鬼爷死之前的那段日子,来得勤,来了圪蹴在那儿,吧嗒吧嗒抽烟,也没什么话,也不做个啥。没话也就罢了,四朵还是希望他能对她做点什么。也不是没暗示过,扑打扑打床铺,取下簪子,理理头发,很明白了。鬼爷嘿嘿笑笑,不接这茬儿。四朵以为他在怄她呢。除了他,四朵还有别的相好,且不止一个。他知道,可是不说,也不问,就是看见别的男人留下的痕迹,比如一个烟蒂,一双袜子,他就这副样子,跟她怄气。

四朵才不劝他。怄就怄去。四朵算是活明白了,男人都逃不过一个"贱"字。你在一棵树上吊死,巴心巴肺只对他好,他还不承你的情;你招蜂引蝶浪得一帮子相好,对哪个都不当回事,他们反而哈巴狗一样舔着舌头围着你团团转。很长一段时间,四朵很享受这种众星拱月的待遇,她不是固定谁的,今儿三两明儿半斤,花枝招展地零售自己,却反而每个相好都觉得她是自个儿的,争着抢着来献殷勤。

鬼爷不大参与。但到底是个男人,熬不住的时候,还是要来的。四朵笑着拍他几巴掌,敞开怀,给他的也足斤足两。

有那一段时间闹运动,四朵脖子上挂个破鞋,挨斗,人们明面上朝她吐口水,入黑,还是围着她的小院转。斗的时候,人们审她:"说,到底有几个相好?"相好过的,没人吭气,退潮似的,往后缩。不说就打,打了几下,人群里站起一人,说:"别打了,就我一个。"是鬼爷。人们就捉起两个放一对,接着审,什么时候相好的,都在哪里搞的破鞋,怎么搞的?审得凶狠又津津有味。鬼爷到底羞愧,夹住脑袋不出声。四朵无所谓,顺着人们的询问,补充细节……人们听得聚精会神,于是哄笑,然后吐痰,纷纷骂道:"破鞋,骚货,呸!"人群里有和她相好过的,也挺出身,朝她啐:"啊呸,真不要脸!"第二天再斗,就找不到人了。半夜鬼爷扛一袋粮食,喊她:"跑屎吧。"她望望他,哭了,又笑:"怕啥,有啥好羞臊的,做过的事他们想听就说给他们呗。"鬼爷懒得分辩,扛起她就走。莽山上到处是山洞,一时半会儿,也找不到他们。他们一辈子就这么切切实实做了几个月好夫妻。

有一回四朵动了情,问他:"就没想过娶我?"鬼爷也实在:

"你还会嫁?"也是的,好不容易跳出火坑,野惯了,谁还愿意再回去呢。批斗过去了,相好们又涨潮而回,围着转,四朵也不计较。

等到她也老了,相好们也像他们脑门上的头发,渐渐在岁月里掉队了,来她这里也有一搭没一搭的,再一环顾,眼看着身边就剩下鬼爷这么一个自始至终的忠实追随者了。四朵就有些感慨,试探着问过:"要不,搬一起住?"鬼爷吧嗒吧嗒抽烟,抽完了,磕磕烟锅,咧嘴笑:"早干吗去啦,现在谁愿意收你这老破烂啊。"

四朵轰他:"滚!"

鬼爷不滚,还是来得勤,总看她,看不够的样子,像财迷盯着金币,每一个眼神都聚着精光。四朵让他看得发毛。"老不正经。"骂他。骂得心平气和。"都老了,还能看出个花来。"她说。鬼爷不吭声,还是看。四朵就一声轻叹,被他看得身子软了,心也软了,浮起一阵忧伤的辛酸。

然后,忽然有天,鬼爷就不来了。再也没来。

他是去隔壁村帮人操办完丧事,归来的路上,喝了酒,脚步有些踉跄,走山下时过一条小沟,跌倒在地,撞着了头,再也没有起来。

那天下着雪,雪把鬼爷洁白地覆盖。

可是人们又说鬼爷前一段就检查出有食道癌,所以他是真的摔倒了,还是他故意蹚下小河沟,就不可知了。

…………

070

午后的太阳像一群吃饱了青草的羊,懒懒的,在院子里流淌。梧桐叶子的阴影投在地上,风一吹,晃一晃,然后时间又寂静下来。四朵嗑着瓜子,头一歪,在太阳下打起盹儿来,头一栽一栽的,迷离中,她仍能感觉到鬼爷最后一段日子里目光在她身上积攒的重量。日头下,四朵站起来伸伸懒腰,看着什么,像忽然大梦初醒,一下子恍惚住了,像一株苍老的树站在那儿,似乎在等待有只鸟儿飞来,将她唱响。

# 碧色泪

## 1

何无心出生时桐叶纷飞落日将尽。其父老何手持菜刀，攥着鸭颈，翘望屋门。他在犹豫，鸡没逮着，鸭子是否也可以起到鸡汤的效果？两个儿子却很执着，将家里硕果仅存的芦花鸡逼出飞翔的潜能，哥俩儿不停地往树上投掷石头和鞋子，更多的叶子被击落，母鸡却趴在梧桐树的最高枝头，抓紧枝条，毫发无损。

儿子们在老何跟前急赤白脸地互相责备："都怪你，刚才从你身边擦过都没抓着，这下好了吧，毛也够不到了。""还不是怪你，使那么大劲儿撵，它能不飞吗？"老何没有调停纷争的意思，反而笑眯眯的，他们的责备，邀功似的，都是为了即将出生的妹妹。老何也觉得欣慰，好了，再有个女儿，圆满了。名字他都想好了，何晴晴。多好听。

在老何这里,起名是讲究的,俩儿子,老大,何入海,老二,何流洋,河水浩荡汇入海洋,取得有气象。女儿,叫晴晴,轻轻的开口音,在舌尖上弹破,晴晴,晴晴,每一声都带出心底含蓄、深沉的寄托。

别人家是盼儿子,到了老何这里,盼女儿。媳妇从怀孕显肚就经多个经验丰富的接生婆看过,大家结合肚子形状、孕吐特点、口味嗜好等等,条分缕析一番,每一条都指向是女儿。一个人这么说老何还疑虑,个个都这么说,老何信心也就茁壮了。到临盆这天,老何早早劈柴生火,八角茴香桂皮大葱都下了锅,单等着宰杀老母鸡,却让它给窜了。老何是心思重的人,应该隐隐觉得不好,可众人之前的肯定分析扎了根,也就没多想。吩咐入海流洋如哼哈二将,守在紧闭的门旁,隔一会儿兄弟二人便喊一句:"奶,我妹妹出来没?"

如此问到余晖消泯,里面才传出一声:"小鸡巴崽子,别催了,刚露出把儿,是弟弟。"

门外父子三人一愣,想再确认一遍,可生产不顺,接生的邻家二奶奶口气也恶:"聒噪得烦死了!"让他们父子仨"闭住臭嘴","这个小狗日的头忒大,再拽不出来,等着挖坑去吧。"到了挖坑埋了的地步,谁也不敢再多嘴。三人靠在墙上,失望随着夜色涂上了脸,只余眼珠偶尔一转。老二何流洋问老何:"爹,鸡还逮吗?"老何弹落烟蒂,一拧身,踩住鸭翅膀,手起刀落,一勾猩红划过,鸭子嘴在地上犹"嘎嘎"叫,已身首异处了。拔毛,开膛,斩块,清洗,丢进锅里。一气做完,才气急败坏回一句:“逮个蛋的鸡！”

这头大难产的小小子儿，打了老何一个措手不及，等到鸭子都煮熟了，小儿终于亮出了孱弱的啼哭。夜已彻底黑下来，入海流洋二将各倚门框睡得一栽一栽的。老何却在想，给狗日的取什么名呢？毫无准备。

## 2

用不了多久，老何就知道给他取啥名都是浪费，大家只会叫他“傻子”。也不是像地瓜似的，傻得实心，他的傻，大约像莲藕，有透气的孔，也有堵住的，傻得一阵一阵的，表现出来，愚钝，口吃，反应慢半拍。老何找医生分析过，许是生的时候，头大，经产道长时间挤压，缺氧了，把脑子里哪根筋挤乱了。

别人吼他笑话他，他不解其意，眨巴着眼，冲人笑。他的笑也有特点，不是一下子笑完，而是折纸拆开一样，围绕着中间的“笑”，嘴唇一点一点翻开，逐渐笑到最大，最傻，定住了，笑完了，却不知收回，嘴咧着，看着你。而他眼睛那样大，像什么呢，如泥泞里汪着两泓活水，泥泞让人嫌恶，水却那么清澈，更凸显出无辜的意味。

每当他笑时，老何最看不下去，那种一往情深的、不计成本的、傻头傻脑的投诚，让人心动，更让人心酸。做娘的翻起袖子抹眼泪:“我这儿命苦哇，头这么大，怎么会是个傻瓜？”问谁呢，天也不答话，地也不吭声，只好认作是命。老何踉灭烟蒂，叹息一声："就叫他无心吧。"老何劝慰妻子，"他这副没心思的样儿，说不定比我们都活得开心呢。"

到底不甘心，接着一番操作，隔了几年，老何如愿以偿得了女儿。襁褓里的小天使，粉嘟嘟，胖乎乎，小小的手脚，弯弯的睫毛，可爱的鼻子，咿咿呀呀……一家人的爱，大面积转移过去。再看何无心，心里不说，也觉得多余。有时他摔洒了东西，说了几次，依然如故，老何压不住愤怒，扬起巴掌甩了过去，打到他脸上，才幡然惊住，哦，这也是儿子呢，过分了，过分了。

挨了打，何无心却不知何为对错，咧开大嘴，哭。他不哭老何还觉得有愧，他一哭，老何简直火上浇油。这狗日的，太能哭了！何无心哭起来，就同他的笑，都是没完没了的，像身体里预存着一片湖，一哭，泪珠子扑簌簌，如两行源源不断的小溪。并且他还是瞪着眼哭，质问谁似的。谁能让你一个傻子质问呢？老何大吼一声："憋回去！"可是没用，水龙头坏了，水一直出。他韧性而足量地哭，能让最有耐心的母亲都涌起连绵的绝望，直到这绝望转化成愠怒，再在他屁股上用鞋底盖几个戳儿。打完了，母亲抱住他，也哭了。他却不哭了，指着母亲的泪，断续地往外蹦单音节："娘，你，脸，水，水……"他张开手，轻轻捂住娘的眼睛，他以为那样，就可以盖住那两眼井窖，水就不会再溢出。

仿佛他的一生是一根扁担，两头各挑着一筐笑一筐哭。一个傻子，路上总有坎坷，每走几步，脚下就磕磕绊绊的，笑和哭就不由得洒出。笑起来当然傻乎乎的，但总归人畜无害，可随着长大，好像他心里的暗湖也在扩展，哭起来，水量越加丰沛，声势越发浩大。在"傻子""大头""丑八怪"这些称谓之外,他又实至名归地得了个"漏水桶"的外号。

## 3

十四岁那年,何无心差点被二哥何流洋打死。

在家里,除齐心协力地将爱倾向于何晴晴之外,四个孩子里,论起来,老何当然更偏心于老二。因为那是他的种。是他正常发挥的、能传宗接代的、和他如一个模子里倒出来的种。一样的身材矮小,皮肤黝黑,脾气暴躁,也一样的眼高手低,能说会道。老何对他寄予很大期望,可惜何流洋不争气,也可能毁于老何的宠溺,上到高中,他就走偏了,学会了抽烟喝酒,和县城的小流氓们混在一起。特别是在老大何入海的对比下,更突出老二残次品的属性。

何入海挺拔英俊,肤色白皙,怎么看,也和老何不是一个品种。四邻八舍都知道,老大是妻子丧夫改嫁带来的拖油瓶,要不然以老何的个头长相,何以能娶到如此贤妻?何入海知道自己的来历,在人屋檐下,凡事都看老何脸色行事,是顺从的,低矮的,乖巧的,也是始终有距离感的。老何知道,姓虽然改了,人,到底不是他的,自己确实也生不来这样齐整的儿子,对何入海,也就没有那种血脉相连的牵心扯肺。可是老大争气,学习好,不惹事,中考以优异的成绩考取了当时乡村孩子最热衷的市师专。因师专上学不交学费,还有补贴,毕业了,就是中小学教师。何入海从一开始就是后悔的,他的一生都陷在这懊悔和不得已里,在漫长而枯燥的教师生涯里,他总想,以当时的成绩,如果按部就班地上高中考入大学,他的人生该是怎样的一番锦绣前景?可当初,是直接考入师专还是从众读高中,他也曾试探着问过老何。老何抽完烟,才慢悠悠地说:"你长大了,自己看着定吧。"这句话,何入海恨了几十年,一辈子都没法和老何达成和解。因为他不是亲儿,因为老何不舍得花钱,才会说,你长大了,自己看着定吧。何入海看着那些学习远不如他的同学后来考了大学混得都比他得意,他心里不止一遍地骂,他妈的。不知是骂这命运还是骂老何。

对何流洋来说,尽管人们风言风语,说他和老大不是一个爹,但毕竟母亲没有亲口说破,他便觉得那都是流言,因为有这样一个哥哥,他觉得体面,做什么事,也有主心骨。何入海是他这辆冒失车的方向盘。从小到大,凡事都是他出面,在家里,当然他也方便出面,哥哥在后边给他拿主意。

等到哥哥上了师专,终于脱离家里不用手心朝上问老何要钱,他才看出哥哥绝情的一面。这绝情,仿佛压在心底的剑,憋了这些年,到了这一天,总算可以唰一下凌厉出鞘。何入海像是急于逃离家庭的风筝,一旦飞向天空,对身后那个心存寄居感的家庭,再不愿看一眼。顺带的,连对何流洋也冷漠起来。

没了哥哥规劝斧正,何流洋的人生随着性子肆意流淌开来,在高中花样作死了一年,终因打架斗殴被开除。老何无计可施,上下打点,只求入秋招兵,能顺利把小祖宗弄到部队里锻炼锻炼。

事情偏偏就毁在傻子老三的手里。

本来何无心上学虽迟钝，在大哥的辅导下，也没落到最后几名去，可到了初中，因为一次走错女厕所，惊起一场风波，老何索性不让他上了。"一个傻子，识文断字就得了，再上也是白搭。"老何这样对妻子说。

何无心下了学，老何给他做了个木箱子，箱子刷了白漆，绑在自行车后座。夏天时，何无心从镇上批发一箱冰棍；冬天时，箱子旁插个草垛子，展览着糖葫芦。他将自行车扎在学校门口，挣点儿零花钱。何无心做得起劲，他有耐心。夏天时箱子厚实，冰棍盖得严谨，卖得也不贵；冬天的糖葫芦他舍得用糖，炸得香脆，糖浆厚厚的，亮亮的，色彩诱人。挣来的钱上交，然后大部分转手给何流洋败掉，小部分供何晴晴花销。

可妹妹不开心。还在镇子上中学的何晴晴，每次放学到门口，都要低着头，猛蹬一下自行车，急速走过。她不想听人故意逗弄说："哎，何晴晴，那不是你哥吗……"

这天，何无心卖完冰棍，循例沿着小道回家。正值玉米灌浆时节，遮天蔽日的玉米像是千军万马列阵，一望无垠，那盛大浓烈的绿色，乍看去像是固态的，风也仅能吹动边缘的绿波。小路几乎被两军夹峙的玉米军团给联手淹没了，何无心照常骑着车，到了路中间，忽听得绿色深处窸窸窣窣，然后是一声尖叫，他停住，拨开叶子，就看见几个半大的坏孩子在拉扯隔壁村的傻姑娘。

这些正在发育的乡野坏孩子，生命像一场无聊的热情，生得糊涂，活得盲目，坏起来也弄不出大动作，只是猥琐。他们将傻姑娘的衣服撕开，用腰带缠住她的眼睛，轮流去摸她的女性特征。他们一边摸一边咽着唾沫大笑，傻姑娘的眼被蒙着，看不清，手里抓挠着，不停喊叫："天黑啦，天黑啦……我要回家……"他们笑得更欢了。

何无心没想着和谁起纷争，而是女孩那陷入漆黑中恐惧的哭声，催动他想去解开她头上缠着的腰带，让她露出眼睛。所以他冲进去的时候，不是一脸怒容，而是先笑了一下。他们刚觉得两个傻子凑到一块，这下更好玩了，却只见何无心手里拎着一把铁铲——铲子是他随身带着，遇见娇艳的花草就采一点带回去给他养的小羊尝鲜的，他很宠那只小羊——他挥舞着铲子，没有章法，力气却大，那些坏孩子有两个被他划伤，避退不及，被玉米棵子绊倒在地。何无心扑上去。倒在地上的那孩子以为这下可要被傻子给铲死了，哭叫一声："哎呀……"一下屙了，尿了裤子。傻子却把惨白的他拽起，咕哝一句："这个蚂蚱叫你压着了。"他们趁机狼狈逃窜，何无心去解傻姑娘脸上的腰带。可她在黑暗中，出于惶恐和自卫本能，溺水似的，终于抓住一根稻草，两只手将何无心一顿抓挠，到底还是被他给解开了一半，然后她露着半个脸跑。她跑，他在后面追。他认死理，还没给她完全解开呢。

一直追到大路上。

很快，就有人围观，傻姑娘的衣裳几乎让那些坏孩子脱光了。然后有人通风报信，姑娘的直系旁支兄弟呼啦啦来了十几个，飞起一脚，将何无心踢倒，再揪着他的头发，问姑娘："是他干的吗？"傻姑娘不明所以，慌乱中点了下头。好了，一声令下，砖头、瓦片、泥块都成了帮凶，众人七手八脚添砖加瓦将何无心揍得万紫千红。这还不算，扭着他一路游街示众，到了村子，占领村委会前的制高点，先前戏弄傻姑娘的几个坏孩子也成了观众，并反戈一击，向傻姑娘家人提供佐证："我们早就见他不怀好意，一直尾随着女孩，没想到，傻子这么不是东西！"

一时之间，傻子调戏姑娘就传开了去。还没等老何拿着赔礼的钱请村主任出面调停，老二何流洋就率先跑来，一声暴喝，一砖头将他兄弟的头砸破，然后，摁在地上，一拳一拳打得龙腾虎跃。那是真切的恨，有这样的兄弟，他感到丢人。更重要的是，秋季征兵名额，还会给他这个流氓犯的二哥吗？何流洋气急攻心，甚至落下眼泪，推着傻子，"你怎么不去死？"

围观人群里，何晴晴最应该说一句："二哥，别打了，不是他的错。"可她始终没吭一声。她想起这个傻子哥哥在校门口让她尴尬的情景，却忘了何无心挣来的零钱有一部分支援了她。刚才在玉米夹道上，她远远地在后面，何无心是救那姑娘还是欺负她，何晴晴心知肚明。

母亲赶过来，何无心已被打得奄奄一息，她拉不住疯了一样盛怒的何流洋，挡在两个儿子之间，悲哀至极地喊："他是你亲兄弟啊，别打了……"

何流洋愣了一下，继续打，说道："我没有这样的傻×兄弟！"

# 4

小买卖做不成,何无心跟人在建筑队里做小工。别人下了工都干干净净的,唯他,回到家,天天像从沼泽里爬出来似的,一身的污泥混着汗渍,衣服皱巴巴的,浑身冒着浓重的酸臭,只一双眼睛是鲜活的,见了母亲,一眨一眨,摸摸肚子,翻着嘴唇,笑:"娘,饿。"

母亲一边生火热饭一边问他:"我儿,有人欺负你吗?"

"没有呀,都可好啦,"他说,"娘,我又不傻。"

到了他二十岁,母亲已分不清他是真傻还是假傻了,有时何无心的一些言语甚至让母亲觉得,或许是这个颠倒糊涂的世界傻掉了,他倒是清醒的那个。

不上工的日子, 他经常是在那里愣愣地一蹲一站半天,盯住一朵云或一棵草,看,无穷无尽地看。母亲看看他那个样子,呆头呆脑,痴痴笑笑,一想到他之后漫长的人生,便心内焦灼,忍不住问他:"我儿,这么半天,你都在想什么呢?"做母亲面容凄清,语气哀怜,有些恨铁不成钢,就知道哭哭笑笑,天上的云地上的草有什么好看的呢?哪怕你缺只胳膊少条腿,也比这样傻一辈子好啊……母亲蹲下身,摁住他的肩膀,"孩子,告诉娘,你脑袋里想什么呢?"母亲摇晃他,越来越用力,何无心像一棵枯瘦的树,禁不住风浪的晃动,一脚跌在地上,撇撇嘴,要哭,看看母亲,没哭出,说道:"娘,风生气了,刚才把云吹得可乱。"

或者说："娘，蝴蝶迷路了，我引了它一上午，给它导航呢，它说回头给我一粒蜜，我坐这儿，等它回来。"再或者："隔壁二叔吵架破口一声大骂，把草里的蚂蚁吓得崴了脚，正疼呢……"

都是些没头脑的傻话。母亲揽住他，风吹来，撩动她鬓角渐生的白发。

入了夏，午间下了一场雨，眼瞅着一时半会儿也没停住的意思，何无心去干活儿没带雨具，母亲从窗台拿了伞，披了雨衣，奔去工地。到了地方，雨小了，远远看见一堆工人歇了工，在走廊上，抽烟聊天，中间一人，头上套个盛泥灰的小桶，众人以石子砸桶听声，取个乐子。

母亲走近，看清是何无心，当时就蹦起来。母亲替他摘掉灰桶，圆睁两眼，一个个将那些人看遍，扬着手，终于打了何无心一巴掌。似乎那一掌也打在所有围观的人脸上，众人低着头，脸上赧然，耷下眼皮抽烟。母亲颓然坐到地上，呜呜嗬嗬地哭了。

何无心没顾上哭笑，他被吓住了，蹲下来拉母亲。母亲如悲伤的流水，怎么也拉不起来。他抱住母亲花白的头，"哦哦"地哼着，揉着母亲的头发，像母亲以前哄他那样。母亲的头巾被他弄松，包裹的三尺白雪流落肩头，哭得颤抖。

"咱不做了，"母亲起身，转身骂那些工友，"你们这些狗日的，欺负一个傻子，丧良心！"拉着何无心回家，快到家门了，母亲又打他，"他们让你戴你就戴啊，你傻啊？"

母亲似一下子老了十岁，看着痴痴呆呆的儿子，发愁该让他学点什么，才能有一技傍身，即便父母不在了，他也能养活自己。

母亲想了半年，在一只羊的葬礼上找到了答案。

## 5

那只羊，一度是何无心的另一个亲人。他割青草摘树叶，一点点把她喂大，春天出生的她赶上了好时候，春鸟啭声，春草丛生，二月兰、荠菜花、打碗花、蒲公英、千金草、富富苗，都是她爱吃的，何无心常从河沟边采一篮春天，捧到她嘴边，让她吃。小羊则卷着红润的小舌头，感激地舔他的手心。吃饱喝足的羊，卧在暖阳下，慵懒、雍容，很有一份贵妇气质。何无心用梳子梳理她白纱般的毛发，真是娇生惯养啊，养得她水灵丰润。在羊界，她应是大方美丽的，一双眼睛黑玉般闪着晶亮的光，嘴唇像花瓣一样，走起路来，四蹄轻巧，体态优雅，洋溢着活力。何无心一天天看着她从茸毛初覆到一只娴静的小母羊。

小羊做了母亲，生养的羊羔也都健康可人，四五年间，先后下了十来个崽儿，这些崽儿长大后，无不前赴后继换成了穷家的柴米油盐。可就是这样一只为家庭作出赫赫贡献的母羊，在她的壮年，却被人一棍拦腰打断。

这残忍的人，便是何流洋。

他当兵不成窝在家里寻衅滋事了两年，离家出走的前一天，他晒在绳上的新衣服被风吹到地上，母羊新生的半大小羊在衣服上玩耍，还尿在了上面。何流洋回来，小羊呼啦散开，他没撵上，转过身，拎起顶门棍，便将一腔无端的愤懑倾泻到拴于梧桐树的母羊身上，一棍下去，母羊腰身就塌了。

等何无心傍晚到家，母羊已奄奄一息。躺在地上的母羊如一段渐凉的月光，她的命像散开的水一样，身体竭力平摊着，似是让大地帮她分摊一些体内的痛楚。她在挣扎着，熬着，等他回来。何无心匍匐着，趴在她身旁，痛扎根在皮毛下、骨头里，看不见伤口，也感受不到她的疼，只看见她的身体一阵阵战栗，就好像痛在水底剧烈翻滚，却只能看见在水面不断漾开的波纹。等到夕阳沉落，她皮肤上不停抖动着的波纹渐渐弱下去了，她望向何无心的眼神，也如燃烧完的炭火，慢慢熄灭，只剩下灰白的余烬……到死，她都双眼睁圆，眼角挂着殷红的泪水。

何无心哭笑都不成，这急遽消逝的生命，这悲惨的场景，他不明所以，懵懂着，含混着，推推相伴六年的母羊，她却不会伸出舌头舔他的手心了。他拍打着，摇动着，她石头似的，再也不动。何无心久久看着，这才隐约觉得，身边的这个同伴永失了某种关键的东西。这就是死吗？他不知道。只血脉相连地真切感觉到，失去了一个朝夕相伴的"活"。

做母亲的一直手足无措地看着，揽着他的头，提醒他："儿，你难过就哭哭吧，哭哭就好了……"可他没哭，转着眼珠，脸上飘忽，迷惘，似在确认什么而不得，只余下三只尚未长大的羊羔围着母羊哀哀叫唤。

何无心拿自己的被子给母羊盖了三天。这三天，他隔一会儿就要过来看看她是否有了动弹，好像她只是假寐片刻，闭住呼吸，和他捉迷藏呢，一会儿就又站起来活蹦乱跳和他玩了。

然而，这三天里，她的身体越来越硬邦冰凉，采摘来的草花，也一口没吃，他终于确定，她不是在假装，也不是在和他捉迷藏——谁会拿呼吸来捉迷藏呢——她是真的不会动了。

老何早不耐烦，要不是何无心守得紧，这几天都想趁热把死羊剥了。老二是做得不对，可不过一个畜生罢了，死了就死了，剥了还能落一张皮子和几十斤肉。所以当母亲在梧桐树下挖下深坑，老何眉毛一横，拽住羊腿："干什么，你还真陪着一个傻货胡闹？"

母亲扬起铁锹，头发氽起，几乎是号啕着喊道："你才是傻货！"然后拽过母羊，落在坑里，下葬。

渐渐黄土埋到只剩母羊一双张着的眼睛，母亲再铲一锹土，眼睛也被埋住。何无心终于仰天大哭，爬过去，手忙脚乱扒开母羊身上的泥土，仿佛一颗水珠即将落入水坑的刹那，他才惊觉，这颗水珠自此再也找不出了，他急忙拼了命将这唯一的水珠接住……何无心抚着羊头，大放悲声。

已多年不怎么再哭的何无心又恢复了哭泣的天赋。

刚开始老何被傻儿哭得心烦，不就一只羊，再养就是了，多大个事？可何无心哭得没商量，那是他养大的羊，她的身上，投注了他所有孤独和喜悦的时光，早就不单是一只羊，还是他的时光博物馆，是他的伙伴。

这天村里的老光棍黄眼，取梁上的腊肉时踩翻了凳子摔下来，"嘎嘣"一声死了。老黄一辈子猥琐寒碜，手脚也不干净，常偷东家只鸡顺西家条狗，活得惹人嫌。可老黄有一点，种得好烟叶,叶脉巨大,绿意勃勃,摘了叶子,晴日曝干,细细切碎,拌了烧酒,发酵一番,再掺香油,卷而抽之,烟味醇厚。故此,和老何算个烟友。老黄死了,灵前没个孝子哭几声,太显零落。临埋入穴,老何拉着三儿,摁在墓坑前:"你不是爱哭吗,那你给他哭几声吧,是个意思就行,也算老黄死得不那么冷清。"

何无心就象征性地嗷嗷哭了几声。村人听了,都说哭得挺像那么回事,晚上吃杂烩菜时,多给何无心盛了半碗老黄未来得及享用的腊肉。

老何那天喝了酒,回到家,哭笑不得地跟妻子说:"经老黄这回事,我忽而想起,这狗日的,这么能哭,说不定也是条生计。"

妻子明白过来:"你是要我儿给人做孝子满处哭丧去?"

"是磕碜了点,可也没办法,总比你我百年之后他饿死要好吧?"

何无心从此成了一名职业哭丧手。

## 6

这条路也没那么顺的。

隔壁村死了人,架着何无心,披麻戴孝,缟衣素裹,打扮停当,推他到灵前,何无心看看周围的人,迷迷瞪瞪的,像在梦游。母亲在旁边,眼含期待,手攥在一起,暗暗为他鼓劲。可过了许久,他也没个哭的意思。眼看要盖棺起灵,何无心还没哭出声,雇主很扫兴,嘟囔道:"我就说吧,一个傻子,能有什么情感,这不,他妈瞎耽误事儿。"

母亲急了,上前拍打他的肩膀,比画着,复述着,重新让他回忆母羊死时的情景,以期唤醒他的泪腺,顺利哭出声。可何无心没能领会,咧着嘴,傻呵呵的,看着母亲手忙脚乱的着急神色,不知想到了什么,大约觉得有趣,也摆着手,学着母亲的样子,然后蠢乎乎地笑了。

这一笑把雇主彻底惹恼了,连声喊着:"架出去,架出去,滚!"

老何脸上挂不住,从后面抬起一脚,踹得何无心往前扑倒,脸撞在棺材板上,额头应声凸起个大包,嘴唇磕破,血和口水混合着流了下来。这回何无心倒哭了,不过哭得很难看,情感不饱满,气势也不连贯,皱巴着脸,歪着嘴,呜呜而哭。

母亲见状,护也不是骂也不是,忽然悲从中来,扑在地上,哭得泼墨山水一样,淋漓酣畅。母亲替他哭了一路,整个葬礼都浮在她的哭声里。这气势浩大的悲伤,让葬礼很是风光,雇主比原定的价钱多给了两百,并说:"这就对了嘛,你才是干这个的,还拉个傻子干什么,累赘。"

母亲接了钱,抽出那额外施舍的两张,丢在地上,把应得的塞进何无心的口袋。

母亲这一场哭,伤筋动骨,到底是老了,躺床上几天没起来。到了第五天,母亲挣扎着做了饭,让何无心吃过,给他把铁锹,在以前安葬母羊的旁边画好长短,让他沿线挖出个长方形土坑。

挖了一半,他似乎想起来什么,蹲在坑内挠头,看看母亲,又看看深坑,脸上呈现出努力在记忆中打捞光影的神情。母亲让他别停,继续挖。何无心正值一生中最蓬勃的年龄,半裸着上身,肌肉抖动,一锨一锨输送着青春和力量,半支烟的时间,大坑便已完工。

母亲拢拢头发,走进坑里,躺下,面色平静。

"埋吧。"

何无心是疑惑的,然而他习惯于听母亲的话,或者他以为是个游戏,就一铲一铲往坑里扔土了。黄土从脚盖起,薄薄地覆上母亲的身体。到最后,只剩花白的头顶和一双望着天空的眼睛,母亲说一句:"我儿,娘老了,以后哭不动了,你就当是哭娘吧……"

死去的羊,消失的生命,以及这即将被埋葬的娘,所有的事情他似乎都联系起来了,何无心猛然惊醒,他抛下铁锨,跳进坑里,拽着娘,一边哭一边喊:"娘……羊……娘……羊……"

母子二人抱头痛哭。

以后在葬礼上,何无心哭起来就顺畅多了,特别是棺木落入墓坑,渐次被黄土埋没,他的泪水也随之滔滔滚落。之前仿佛水源和龙头之间的水管堵住了,母亲的死亡演习,疏通了他的泪腺,上下连贯,再哭就水到渠成,想什么时候来就什么时候来,想什么时候收就什么时候收,按照雇主的期望,提供足斤足两的悲伤,泪水汩汩,哭得挥洒自如。

## 7

先是院子里的那棵老梧桐树被雷电击了顶,来年再出叶子,便不复往日茂盛,阳光洒下来,枝叶松弛,一方阴凉不再严严实实,而是斑斑点点,力不从心的样子。它也老了。只是树的老去是安静的,得体的,偶尔一声的落叶叹息。

不像老何,老得煞是难看。

家族遗传的中风基因到了年纪便起兵造反,一路攻城掠寨,将老何扳倒在床,慢慢拥戴死亡。一辈子犟劲的老何心有不甘,气得摔桌子砸板凳,可半身不遂,他的火气撒得也不能顺心如意,只好和自己置气,心绪暴躁,大呼小叫。

病魔掌控着老何破旧的身体和日常表情,可老何这倔驴不顺从,拔河似的,和命运在争,于是整个人像是一场拙劣的提线木偶表演,半身偏瘫,嘴歪眼斜,面目狰狞。母亲喂药,他尚未僵硬的那只手一下就将水杯打翻,热水溅了母亲一脸。何无心在外面做自己的事,和他本不相干,老何也能寻出事端:"老三,你个傻×在那儿笑啥呢?偷笑,笑你妈×!以为老子没看到?巴不得老子死?老子好着呢,照样揍你狗日的!"行动不便的老何,火力全转移到嘴上了,骂起人来别开生面,句句腌臜。母亲从地上拾起鞋底扇他臭嘴,老何甩胳膊蹬腿哭号起来,消停不大一会儿,崩出几个响屁。母亲急忙奔来,还是没来得及,老何淋淋漓漓,拉了一床,故意的。母亲气得落泪,老何阴谋得逞似的,倚在墙上,笑眯眯的,看着母亲和何无心在臭气弥漫中忙活……被中风摧残的老何,折磨着自己,也糟践着家人。

父亲的暴躁,是源于对死亡的恐惧,而且对它的步步紧逼无能为力,眼睁睁看着自己被死亡一刀刀收割。所以老何死时，母亲和何无心都松了口气，像是一件糟心的事终于完了，画上了句号，好了，安静了。

老何瘫痪的五年，本就不是亲爹，且带着未释怀的怨恨，老大何入海不曾露面。执教十余年，他终于调入教育局谋了个科员，然而大约仍不甚得意。他这样的人，总活在被自己的野心和现实落差拉锯的苦楚里，即便做了科长，上面还有副局长、局长，一生都将陷入汲汲于更高目标的惶急焦虑里。

老二何流洋倒是来过几次。越过了青春湍急的虎口，血脉里激荡的风声渐渐熄火，何流洋才明白，年轻时，那些浮夸的放纵，压榨亲情，索取家庭，打架、使狠、瞎混，并以此向谁反抗似的，自以为很酷，实则肤浅得可怜。到了三十岁，终于向命运低眉顺眼，相亲结婚，在县城开一爿小店，他出去推销啤酒，妻子在家并不安分，听说最近夫妻不和，在闹离婚。何流洋回到老家，每回都是手伸进口袋，看似要拿钱的架势，却只问问："还有钱给爹买药吗？"得到何无心表示还有的点头，老二便不作言语，手从裤兜里掏出来，点一支烟，架在老何歪斜的嘴上，终是憋不住屋子里老爹浓烈的尿臊气，去院子里转转，等母亲把家养的鸡炖熟，吃完，抹抹嘴，走了。

何晴晴上完大学，在岭南沿海某城外资公司做了一枚白领，自有情感、婚姻、工作、房子等几座大山镇压住她，自顾不暇，每年也就是春节期间浅尝辄止地回来一下，时间还多半花在同学聚会之类上面。

时光和河水一样，确实都流向了远方，但未必能汇入海洋，更弗论中流击水,兴风作浪。老何的几个孩子,年与时驰,意与日去,挨近人生中场,都只好默默承受命运加诸自身的重量,用尽全力,也仅仅步入庸常的人生。

老何死后,何入海要将母亲接入城里。母亲明白,未必是孝心翻涌,用意是让自己接送孙子上学。母亲没应声。前几年孙子就是母亲带大的, 也算对得起他了。母亲照顾父亲五六年,已被消耗得只剩一个空壳,自个儿也是一身病症,随时可能卧床不起。可老大还想索取。打着孝顺的名义劫持走了母亲,老三怎么办,谁给他做口热饭?何入海根本不做考虑。

带着先天的亏欠心理,母亲对长子的冷漠从未有过微词,这回忽然有些恨,她说:"我老了,过不几年也要死了,不带给你家晦气了。"

老大何入海讪讪的,摆摆手,说:"不去就不去吧,说这话干什么。"

老二何流洋偏还要追加一句:"娘,有福你不享,就知道照顾老三,我看你能伺候他一辈子?"

母亲终于爆发出来,将面前的瓷碗摔到地上,碎成一地云烟:"老大你家孩子放在老家我带时你可曾给过一回奶粉钱?老二你县城的房子首付的六万块是谁出的?晴晴你的大学学费是怎么来的?"母亲拉过何无心,"都是你们这看不起的傻子兄弟一回回给人家当孝子哭出来的血泪钱啊……"母亲说,"你爹这五六年的医药费不说,端屎把尿秽物清洗你们谁做过一次?"母亲站立当堂,白发巍峨,将老何的遗像摆于中央,端过一把椅子,将何无心摁在椅上,"当着你们的爹,都给我跪下!"

母亲要兄妹几人向傻子跪拜。

僵持中,何无心一弹身,跑出去了,到外面,抱住梧桐,痛哭失声……

两年后,母亲临死,伸出手,哆哆嗦嗦地抱紧何无心,抱得那样紧,把他的头拽往自己腹部,像是要把他再塞回肚里。一个母亲,要走了,留下她的傻儿子在这荒凉的世上,她不放心。

母亲的葬礼上,四个孩子再次聚齐,老大何入海升任科长,老二何流洋生意也渐至顺风顺水,幺妹何晴晴即将嫁给殷实的岭南本地郎,三人商量,要把老母亲的葬礼大办一场,轩轩敞敞,风光风光。何流洋甚至拍出一沓钱,给老三:"娘死了,你好好哭一场吧。"

灵位前,他们三个哭得其貌哀哀,有模有样。

唯何无心自始至终一声不曾哭。他又现出那种迷惘的、无辜的神情,一遍遍摩挲着母亲的遗像,脸上如大风刮过,空茫茫的。

人们议论:"真是个傻子,平常人家给几个钱就哭得嗷嗷的,自己的娘死了,都不知道哭,没心没肺……"

何无心靠在梧桐树上,像是寒冷,紧紧贴着树身,似乎自己也立成了大树的一部分,他看看树下的土地,又望望夕阳,眯着眼,笑了。这时几片尚还青碧的梧桐树叶子寂静飘落,乍看之下,倒像是眼泪滂沱。

# 落下的都很安静

## 1

晚上的银丰路有着这个城市生动的烟火风景。一条街上，两边是数不清的酒店、餐馆、烧烤、沐足城、糖水店。中间是穿行的人流，三五成群，吃点烧烤，撸个串，唱个歌，灯火璀璨。人置其间，如坐顺水之船，霓虹灯光、酒精是催动的帆，浮生若梦，借着晚风，人们轻易收获半晌的放松。即便疫情压顶，这里仍活色生香。城市的人白天各种一本正经，入夜了，总得有个松弛的地方，卸下伪装，吃吃喝喝，吹吹水，扯扯淡，无伤大雅地放纵一会儿。

走在霓虹灯光铺就的街上，满山草的腿有些打飘。前些天他还在家里收麦子，脚底板说不定还有泥垢残留，这灯红酒绿摇曳的幻影，伴随着喧闹声，让他惯于踩在土地的双脚有种踏空的感觉。灯火乍现，有点晃眼，他问兄弟："斌娃，你这是带哥去哪里呀？"满文斌三十六岁了，风光时在这岭南海城闯出一片天下，回到家说个话舞舞爹爹的，气势非凡，可在大哥眼里，还是那个小小的牵着他衣角的斌娃。

"莫问，走嘛，哥。"满文斌懒得多说。停车位不好找，下车离陈小莲的店面还有点距离，他搀住大哥的胳膊，"饿不饿？要不要先搞个夜宵？"

"不是吃了晚饭吗？你忘了，哥吃了两大碗。"晚餐，满山草说什么也不去满文斌订好的酒楼，他吃过两次，坚决不再去了，一顿饭几百块，他心疼，吃啥也不香，就随便在一个路边小店点了碟最便宜的攸县香干，嘱咐多放辣椒。他以为米饭是收费的，盛了满满一碗，又用勺子压平。满文斌觉得实在难为情，大哥身上深刻的农民性，这两天暴露无遗。满文斌敢怒不敢言，要不大哥一句话甩过来，就能让他噎住："人活一世，要惜福，知足，有钱就能浪费？你忘了小时候咱家粮食不够吃，咱娘为借点面，那是跟人作揖啊……我看你小子是有点儿钱就忘了出身，烧包。"满文斌没法，兄弟俩现在说不上几句就能吵架。他咳嗽了一声，指指旁边的纸条：米饭、例汤免费添加。大哥哦了一声，放心了，吃完又结结实实来了一碗，吃得唇角流油脑门冒汗，到现在肚里还仓廪丰实。在大哥的意识里，夜宵算哪门子事呢？

满文斌笑笑，他知道，拗不过大哥的。电话来了，他接起，随即破口大骂："滚你的，还涨价，老子不租了！"满山草刚要劝他一句,在外面混世界,要对人客气礼貌嘛,哪能满嘴爆粗呢? 还没说出口,电话又接着,这回满文斌低着头,扭着肩膀,眉眼里挤挤挨挨都是笑,语气温柔得像刚吃了蜜:"张哥,您放心,再缓我五天,就五天,兄弟连本带利一并还你,放心,哥,一定的,一定的!"可放下电话,满文斌啐一声:"不就几十万,还催,催你爹呢,敢威胁我,老子砍你两刀!"他过于丰富的戏剧化演绎,满山草实在摸不着头脑,想小心问问:"有事啦,斌娃?"估计满文斌也不会搭理,最多仍旧大大咧咧地循例说一句:"屁事没的,大哥,你就吃好喝好玩好,听弟的。"

终于到了。门口竖着个镀金的巨大招财猫,爪子一动一动的,机械地打着招呼。满山草迷瞪进来,也没看清门上方闪烁的是什么招牌。只见一个三十岁左右的丰腴女人笑盈盈地迎着,热热切切地道一声:"来啦。"满山草手足无措,忙回应:"嗯,妹子,嗯,来了。"却余光瞥见女人转身时,满文斌在她旗袍包裹的臀部轻轻拍拍说:"我哥,陈老板,给伺候好喽。"

陈小莲打他一下,招呼另外衣着简约的女子,从满文斌手里接住大哥,引往楼上包间。满山草被两个女人贴身架着,样子像被绑架似的,不断扭过头看兄弟,期待他能救场。满文斌挥挥手:"哥,放开消费,她们是为你服务的。"满山草仍犹疑,姿势僵硬,眼看要来脾气,满文斌只好祭出撒手锏:"哥哎,花钱啦,已经付给人家啦,你不消费她们也不退。"满文斌每次要让大哥心安理得去些消费的场所,都得用这一招。果然,满山草叹口气:"斌娃,你说你没和哥商量,瞎花什么钱嘛。"

"下次，哥，下次提前向你请示。"满文斌哭笑不得，一屁股坐在沙发上，回丁零作响的微信。就这儿，不忘冲新来的前台迎宾吹口哨："小妹，见你这么眼熟，过来，给哥倒杯水。"

那姑娘倒了水，浅浅一笑，复归原位。虽然是第一次见满文斌，但早就知道，这是老板娘的男人，她不敢轻薄接招。

满文斌回完信息，腿跷在茶几上，烟雾缭绕地抽烟，眉毛扭成一道线，半晌不出声。忽然，他由胸腔内发出一声长叹，吓了姑娘一跳，问他："咋啦，哥，和莲姐置气了？"

满文斌反应过来，又没个正经："想啊想啊，就想不起在哪里见过你，莫非梦里？"这个女孩伶伶俐俐的，身材也不错，一对花瓣耳环摇摇曳曳。满文斌踱到前台，撑着腮，和小姑娘聊天。

楼上扔过来一条毛巾，砸在满文斌头上，一看是陈小莲，满文斌偃旗息鼓，笑眯眯地说："我帮她看看手相，今年多灾多难，可不得看看流年运势。"又说："不是让你给我哥服务吗，怎么下来了？"

"满文斌，你要点脸吧。当着她们小孩，不想骂你。"

满文斌笑嘻嘻的，赶到陈小莲跟前，低头哈腰，将喝了一半的水送到她嘴边："这不心里烦嘛，和小姑娘破个闷儿，你吃啥醋嘛。"满文斌的本事大半在一张嘴上，说话跟不要钱似的。

陈小莲踹他一脚。"我吃啥醋，还喝酱油呢，德性！"她说，"你把你哥弄到这儿，是几个意思？"

"服务好他不就得了，他能来几次？这辈子估计也就这一回。"

"什么叫好，怎样才算好？"

满文斌嘿嘿笑："就按服务我的那种，就好。"

这回，陈小莲真有点生气了，照他肩头给了一巴掌，揪着他的耳朵，低声说："满文斌，你把我当什么了？"

满文斌堆出笑，手脚并用地安慰："我喝多了，说胡话呢，别生气啦，我不就这一点，嘴欠，要不你再扇几下？"他说："对嘛，有什么好生气的呢，今年，能平平安安活下去，就值得笑。"

"真是你大哥？"陈小莲不和他计较，问道，"怎么看着像你爹似的。"

"亲哥，真的，要不我会舍得让你去给他按摩？"他说，"我哥大我十来岁，大半辈子在老家农田里忙活，土里刨食，风吹日晒的，显老。"

"怎么突然良心发现，把他接来了？"

"不是接，接不来的，他的心思被那片烂田给拴住了，你三天不让他干活儿，他浑身不舒坦。没办法，各有各命。"满文斌说，"过年回老家，见他脖子、腋下肿大，这次是逼他来，带他去广州做检查，结果出来了，初步判断是淋巴癌，还没敢告诉他。不知道他是不是感觉到了什么，这几天一直嚷着要回去。"

## 2

"大爷，您别客气，满总花了钱的，我们理应提供服务。"

满山草坐在按摩床上，手脚没处摆放，他搓着手，面露羞态，但训起兄弟来，还是得心应手："别听他瞎说，我弟就那个样子，人倒不坏，就是嘴赖，爱指摆人。"抹抹额头又说："哪有让你这小姑娘家给我老头子洗脚的道理，使不得的。"

"那我没法交代啊，大爷，这是我的工作，"洗脚的小姑娘杨柳指指旁边玩手机的陈小莲，"要不待会儿老板娘会骂的。"

"给人洗脚还是工作？"满山草非常疑惑，咧嘴一笑，"我大老粗，没啥见识，你们别笑话。闺女，老板真会骂你呀？"

杨柳眨眨眼睛，点点头："骂得可厉害啦！"小姑娘冰雪聪明，看见陈小莲停下手机要驳斥，她连忙反应，"不过，我们老板可好啦，年后工资没缩减一点儿。这一段也不怪莲姐，顾客少，您看这水电房租人工，都要开销，她心里难免上火。"

"既然她那么好，就不会骂你，"满山草说，"待会儿我跟她说，是我不让你洗的，没事。"

"别呀，大爷，求您啦，别让我们为难嘛。"杨柳说着，就要捉满山草的双脚。他的脚似被烫着了，不停地闪躲，却被杨柳摁住，脱了鞋。满山草羞愧难当："闺女，俺汗脚……可臭呀，你别……我自己泡，我自己会泡脚。"满山草三下五除二脱了鞋子袜子，卷起裤腿，插在药水里。屋子里立时弥漫着一股酸臭味。满山草做了个双手捂脸的动作，花白的头发一览无余，倒把齉着鼻子的杨柳逗笑了。她开大空调风速，还好，没那么强烈了。这确实是她服务过的一双气味浓度超饱和的脚，可她态度真是好："不算啥，大爷，常有跑车的司机，味儿更大。"

满山草这才拿开掩在脸上的手，龇着牙齿笑了。

陈小莲在旁边,忍住笑,发微信给满文斌:"你哥真可爱哟。你要有你哥十分之一的老实,也就算个人了。"

"要像我哥这么老实,那我肯定也在老家修理地球,恐怕和美丽的陈老板打了照面,你也不会瞧一眼。"

"真该向你哥学学,至少改了你的油嘴滑舌。"她说,"换个医院再复查下吧,看着这么健康的人,怎么会得绝症呢!"

满文斌发了几个号啕大哭的表情。"我都不敢想,想了也没用,听天由命吧,天天嘻嘻哈哈的也是怕我哥多想,看出破绽。"他说,"能挨一天算一天,我还得笑着。"

陈小莲的心猛地颤了一下,隐隐掠过一抹疼。这个男人嬉皮笑脸,向来没个正经,未尝不是他权衡后的处世策略。

"陪我哥聊会儿天。"满文斌说,"我俩不行,说不到三句正事,就能杠起来,拗得很。一和他吵,我就想起小时候他对我的好,有多好就能吵得多厉害,吵完了我又蛋疼,没办法……拜托了。"本来陈小莲挺感动,她坐在包间里监工,就是想着随时能照顾上满山草。可满文斌又贱兮兮地追加一句:"要是我哥有那个啥的想法,就帮我想想办法,我多给钱。我哥打了大半辈子光棍,没挨过女人,说起来可怜。"

"去你的,你以为别人都像你这么龌龊。"

"要是没治了,我真希望他能龌龊点,至少最后有点快乐,"满文斌说,"你不知道,他半生操劳,我爹死后,他先是在建筑队砌墙,供我上学,后边我在外瞎忙,他又在老娘床前侍奉,给她养老送终。本以为这几年他可以放松点了,他不,还要种地,十来亩地,麦子、玉米、西瓜、山药,养了猪、鸡、鸭,比以前更累了。我说你都奔五十了,何必还这么辛苦啊哥,弟弟现在虽本事不大,但替你养老还绰绰有余吧?他不听,说闲不住。他一年在老家还真不少挣钱,怎么也得有小十万,什么也不用我管。现在想,他这个病,应该是年轻时在县城小铝厂做工,辐射大,给伤住了。"

"那还不是为了不给你增加负担。"

"去年,我回老家住一段,发现他不时地去邮局汇钱,我还替他开心,行啊,哥,深藏不露,还包了哪个小老太婆呢。谁知道,结果他是资助了邻村的两个大学生……"

"你真该扇自己两耳光。"

"嗯。我就有一点想不通,他一个人在老家,其实无拘无束,我还定期给他钱,他怎么能像一棵树似的,就能守住自己的一方尺寸呢?"

陈小莲思忖良久,心底想,也许是大哥他没有我们这么多贪嗔痴的欲望。

### 3

"大爷,脚泡得差不多了,你拿出来,我帮你修修,按摩下。"

"不用。"满山草又呵呵笑,"我自己擦就好。"杨柳无法,递给他毛巾。"这么雪白,是擦脚的?"

"柳柳你歇会儿,我来,"陈小莲落座,"大哥,你随意点,就当自己家,不愿意修脚就不修,你躺那儿,帮你按按摩,松松骨。"她说:"到大哥这个年龄,辛苦了这么多年,也该歇歇,享受享受啦。"

"嗨,俺们乡下人,一辈子劳碌命,一闲下来呀才不行,容易生病。"满山草说,"你是老板? 这么年轻,真厉害。"

"哪还年轻哟,属牛的,比满文斌小一岁,三十五了,听文斌说,大哥也属牛?"

"可不是嘛,比妹子大一轮。"满山草松弛了些。

"怪不得见了大哥,觉得亲。"陈小莲说,"大哥,你的名字可真有意思。"

"嘿,我爹他爱唱戏,豫剧,有个名角叫牛得草,牛得了草,一辈子旺发,他受到启发,俺们姓满,就给我起了个满山草,可惜我公鸭嗓,唱不了戏,白搭我爹一番心意。"他笑,言语密了起来,"其实,细论下来,这名字也不好,满山都是草,没粮食嘛,寻食难。果然,我爹死得早,顶梁柱塌了,俺娘拉扯俩孩子,我十来岁就下了学,帮着家里干活儿。"

"我觉得很好的,这名字和你属相挺相称。再说,文斌被你带得多有出息,开个厂子,百十号人跟着他混,年产值上千万元,虽然这两年利润低点,但熬过去,还有一番好光景呢。"

"他呀……"满山草欣慰地摇摇头,"其他都好,打小顾伴,讲义气,就有一点,认死理,心气强硬,说话冲,不知根底的人,看不惯他那做派。"

满山草想起庙会的事。那时,满文斌最多九岁,一年一度的庙会,他带着弟弟凑热闹,主要围绕各类小吃摊打转,买不起,闻闻气味也好。山脚下有个烧烤摊,人气尤旺。他们眼睁睁地看着有个城里打扮的小男孩,从兜里掏出一把零钱,抽出一张,买了串烤肠,却一转身,被他妈妈发现。他妈妈正扯着件新衣裳找他比量,哄他:"乖宝不要吃哦,垃圾食品,脏,扔了吧,我们去选衣服。"在他关心新衣的空当,母亲自作主张替他将烤肠扔了。满文斌和大哥随着烤肠划过的弧度咽口水,他们没吃过。更让他们讶异的是那位母亲的语气,实在超出他们的经验范围。三十多年前的庙会上,他们第一次听到,自己没吃过的香气诱人的肉肠在别人眼里竟然是"垃圾"。满山草也不是买不起烤肠,是觉得花一元钱买一串,不划算。鬼使神差,满山草随手也往垃圾那里扔了下钥匙,装作去找钥匙,顺便将沾染了尘土的烤肠攥在手里,拉着弟弟到没人的地方,吹了吹烤肠,送到满文斌跟前,想让弟弟尝尝。满文斌一巴掌将哥哥的好意打落地上,但同时咽了口唾沫,高声武气地斥责哥哥:"就算饿死,我也不会吃别人丢的东西。"当时满山草还很生气,羞得满脸通红,却不舍得扔,自己负气塞进嘴里,咬一口,真香啊,香得让他心酸,几至落泪。

山脚下溜达完,满山草要带弟弟去爬莽山。莽山不高,海拔不到两百米,却是这广袤的豫东平原上唯一的名山,王侯将相陵墓甚多,顶峰的观音庙尤其著名。没想到满文斌无动于衷,摇摇头,小小年纪,竟然望着远处,眼神迷离:"哥,这山,太矮了。"他要爬的山,不在这里。

满山草感慨地笑："从小,他就志气比山高,不像我,畏畏缩缩的。"满山草很为弟弟骄傲。这些年,满文斌在外面闯荡,他没其他本事,家里的田地、老屋,父母的坟冢,他就好好守着,满山草定时修葺老屋,勤苦耕作田地,在父母坟墓前种上桑树和花草,他想,不管弟弟哪天回到老家,炊烟未凉,总还有一方鲜活的故乡。

"大哥,你自己在家里,苦不苦?"陈小莲说,"为什么不找个老伴? 文斌说,他经常劝你,有合适的……"

满山草羞赧地笑:"一个人过惯了,到这把年纪,哪还有那心思,让人耻笑。"

陈小莲调笑:"大哥是不是在家里有什么相好呀? "

满山草笑得更羞涩了,咧着嘴角,眼里漾着温柔,一个老汉,羞红面皮,透着可爱,却连忙摆手,急于否认。

陈小莲让他躺倒,想帮他按按腰部。可说什么他也不愿意。看着他因年轻时出力太多而静脉曲张血管扭曲的小腿,她只好说:"大哥,帮你松松腿吧,要不,待会儿满总该发火,怪没伺候好您。"

"他不敢的。"满山草似乎很有把握,这些天他看到了,弟弟只有和陈小莲打电话视频时才言语和气,他大约能猜出他们的关系。他呵呵笑了,说:"妹子,他脾气倔,你多劝劝,在外面混世界,可不能跟人乱发脾气。"

"就是。可人家是做大事的老板,主意大,哪会听我的。"陈小莲笑,"不过他倒是常念叨大哥您,一直记得您为家庭的牺牲,当年供他上学的恩情,点点滴滴,他都记得。"

"他真这么说的?"满山草不由得坐起来,眼睛里汪着光,黧黑的脸上抬头纹舒展。得到陈小莲再次郑重地点头确认后,他笑了,轻轻叹口气,说:"长兄如父嘛,换作他是当哥的,也会这么对我,没啥好说的。"满山草眯着眼,似是陷在遥远的记忆里。"不过那时候斌娃可真乖,什么事都和我说……"

"现在呢?"

"早不说啦。他长大了,有自己的事做,回去也匆匆忙忙的,我说什么,他都觉得土里土气,动不动粗声豪气地给我钱,让我花。我要你的钱干吗呀,好像给了钱就什么都解决了。老实说,有时候,他说的做的我也看不惯。说不到一起了。"

"那是他的错,以为自己混出了点样子,比以前厉害,要我说,还得大哥揍他一顿,让他知道自己是打哪儿来的。"

满山草嘿嘿一笑。"当然,他一个人在外面,总归背井离乡的,做点事不容易,我帮不上忙,心里瞎着急,也不敢问他。说起来,还是怪我,没啥本事。"满山草叹息一声。

她发信息给满文斌:"真该和你哥好好聊聊,他挺孤独的。"

"我又不是没催他找个女人,他不找,怪我吗?"

"你真是不可理喻。"陈小莲说。

"再者说,我带他去个好点的餐馆,他都要上纲上线,批判我,还怎么聊?他那老一套,自以为可以放之四海。没法沟通。"满文斌对大哥的做法很不认同,比如,满山草总爱提小时候的生活艰苦,以此教训满文斌惜福,满文斌不愿意回忆那些艰辛的过往,他想,过去忍耐着艰苦,不就是为了将来的幸福吗,现在有条件了,我为什么不找补回来呢?

"我一个陌生人,都能和他聊这么多,他可是你哥,随便你吧,"陈小莲说,"脚洗了,他不要按摩,躺在那儿,整个人都是硬的,他受罪,我也没法按摩。接下去咋办,满总?"

"杨柳呢?后半夜交给她自由发挥。"

"满文斌,你带大哥来我这儿,就为了这个?你以为这样就是对他好了?你侮辱了杨柳,也侮辱了你哥。"陈小莲怒说,"你就当一回正经人,行吗?拜托。"

## 4

满山草在楼上休息。

陈小莲在楼下对满文斌说:"我给你讲个故事吧。"

在豫东,村里有个小伙子,他十二岁之前都很开心,无忧无虑。他父亲是乡里电管所认证的电工,在十里八村挺受尊重,谁家电闸坏了线路有问题,他随叫随到,以一己之力守护一个片区的光明。他的母亲,漂亮贤惠,将家里里外外收拾得温暖整洁,更可喜的是,母亲去年又给他生了个弟弟。他刚上初一,下了学,回到家,先要亲亲襁褓里的弟弟,再帮母亲生火做饭,为父亲整理好电工包,一家人,和和美美。他觉得自己真幸福。

可他父亲耿直。邻村还有个私下里的电工,在外省习得一样"绝技",能让电灯长明而电表指针不动。村里有几户上头有关系的，倚仗权势，办了养鸡场、磨面厂、石子厂，每月用那么多电，电表显示的度数却屈指可数，等于盗用国家电力，他父亲看不下去，往上面反映了几次，也没人处理，毕竟那几个大户都有关系。他父亲就借着检修线路，将设在电表上的诡计解除，再去抄表，一月几千度，要收费的。如此几番来回，大户们生出一条恶计，这天，风雨过后，线路出了故障，叫他父亲来修。他父亲切断电源，爬到电线杆子上去检查高压线，也是自恃业务谙熟，未做任何防护，正在专心修理，忽然电闸被推上，过了一道电，父亲当场电死……查来查去，结果却不了了之，乡里不过赔了一点儿抚恤金。母子三人，失去遮蔽，从此凄风苦雨，自不必说。

他初中没毕业，就下了学，担负起养家责任，种田之外，做泥瓦工、运煤、贩粮之类，挣下些辛苦钱，治疗母亲因常哭而蒙沙的双眼，供养弟弟上学零花。这些也都不说，且说一件，他上学时喜欢过一个女孩，青春无忧的年纪，也曾幻想过将来娶她为妻，等家里经此变故，不敢再做他想。女孩其实也对他有意，可架不住家庭势力，终究嫁与他人。他就默默付出，后来，他弟弟上了大学，有工作了，又自己做生意了，开厂子了，有出息了，能给他钱了，家里情况好转了，可是，他也老了……这些年里，他也一直观望着女孩的生活，女孩也老了，有了自己的家庭，有了儿女，过得不算如意，但也还能过下去。他执意待在老家，有一部分原因，就是想继续守望他那苍老了的女孩。

"你知道他为什么不找老伴了吗？"陈小莲说，"知道你今天带你哥来这儿的想法多龌龊了吗？"

满文斌埋着头，再抬起脸，仍然笑嘻嘻的，眼角却有水意，他说："前边的故事我知道，后边的故事他从没说过，没想到他会告诉你。当初陷害我父亲的那几家，我都报了仇了。我为什么很少回去，就是不想回那个伤心之地。"他又说："谢谢你，小莲。我买了烧烤，你的酒呢？陪我喝点儿。"

陈小莲给他斟上一杯，问："你那厂，还能撑下去吗？"

"本来能撑下去的，六月份恢复了一些电子元件的订单，可上周台风，天气预报也没预测到那么迅猛，哗哗的强降雨，一层的设备全进水了……没办法，签了合同的，要赶订单，从老张那里借了一笔高利贷。"他喝了一杯酒，"搞了十几年的厂，虽然小，也有百十号兄弟，不甘心解散，再撑撑看。滨江的房子已经抵押银行，给那帮家伙缴了社保发了工资，"他似是被酒辣住了，龇牙咧嘴地笑，"没事，还有一套。我就不信，能把我难住了。"他虚虚地点一下她的鼻尖，"早几年，喝醉了，借着酒劲给你表白，你倒好，还拿架子，好了吧，现在嫁我，你可亏大了。"

"前几年追我的海了去，我哪知道哪个是真心的？你清醒的话我都不信，何况醉语。"陈小莲敲他手指，"现在我也没说要嫁给你。"

"你呀，你呀。"满文斌握她的手，被她打了一下，还是被他攥在手里。

他还没说和朋友合伙从福建收的一批茶叶。他们是从网上看到的，某地茶叶滞销，茶农心焦，那里的茶叶他们喝过，确实不错。满文斌联合几个朋友,收购了一批,既是助农,也指望囤点儿好茶,将来市场好了,能赚一把。六千多斤,也浸了水。陈小莲不敢问,想想都心痛。满文斌还不当事似的,说:"真破产了,你得养我。"

"想得美。我这一摊子,还不知咋过呢。"

"那我俩手拉手去讨饭,我学过要饭调、莲花落,唱得可好听了,保证饿不着。"

"你自己要去,老娘貌美如花,再不济,也能勾搭仨俩本地土豪,才不跟你,一个濒临破产的电子厂小老板,跟你,我傻呀……"

"我看你是说梦话呢,还土豪,哪个敢招你一指头,我跟他拼命。"满文斌想抱抱她,却扑了个空。

"切,你算我什么,我又算你什么呢?"她说,"不要以为睡几晚上就谁跟谁了,我们,两无挂碍。"陈小莲故作轻快地起来,掩住笑意,上楼去看满山草睡得可安稳。满文斌知道,这是怪他拖延,他笑笑,是他不敢,这浮华城市的真心,谁不是沿着边角敲敲打打,逐渐试探。他自知轻浮,哪敢轻许。

## 5

到了下半夜,下弦月隐隐地挂在天上,像只独眼,望着夜幕笼罩下的烟火人间,不悲不喜。这时候,银丰路才算安静了些。

"大哥怕你推辞,嘱托我把这个交给你。"陈小莲把一个包裹给满文斌。

包裹里是一本红色的邮政存折,还有六万多现金。存折上是他这些年回去时给大哥的,大哥都一笔一笔存着;现金应该是这次来这边,满山草将猪羊卖了,还没来得及存上,加在一起,五十来万。

是满山草所有的积蓄。

"我说这么热的天,他总穿个长袖呢。"满文斌喝了口急酒,擦了擦眼角。

"你这一段生意不好做,你借钱,他都知道。"陈小莲说,"这个钱,就是给你解燃眉之急的。"

"……"

"你知道你哥说什么吗?"陈小莲眼睛红红的,"他自言自语,像在说梦话:'麦子熟了,麦叶就悄悄落了;果子熟了,树叶就静静落下……我也快落了,我得回家,落在熟悉的地上。'"她的声音已然有了浓重的泪意,"你还以为他没发觉呢,大哥他心如明镜,应该都感觉到了。"

满文斌来到楼上,满山草还在睡。他睡着的样子像是收割后的麦田,坦然、安静,带着收获后的疲倦和欣慰。满文斌悄悄给大哥盖上毛毯,来到天台上抽烟。陈小莲跟上来,他们并肩站在天台上,随着她的话,残月已悄然落下。陈小莲说:"再复查一下,过两天,我们一起送大哥回家吧。叶落归根。"

# 今冬无雪

## 1

若从云上俯瞰,冬日的豫东平原必是黄茫茫的一片。在这疲倦的苦黄背景中,必有连绵稀薄的青绿,那是刚被土地集体孵出的麦苗。这个时候,年关将至,农忙还早,散落在广袤土地上的村民如候鸟,由着内心过年的号召,溯游似的,陆续归到老巢。这老巢,便是星罗棋布的乡村。行驶在高速公路和国道上的各式交通工具,如江水回流,在路口,吐出或苍老或年轻的身影,大包小包,肩扛手提。

且说向着外部世界最开阔的村口,往往必有一群闲人,生着柴火,抽着烟,围拢在一起闲谈。这是乡村的众议院,露天的教堂,口头的电台。上至海外风云、全球形势、国家人事变动,下至民生百事、小媳妇偷情、鸡猫狗种,佐以八卦谣言,于此传播流散。

豫东乡人管这叫"喷嗑"，有的没的，不管能否自圆其说，你言我语，抬杠辩驳，杂花生树，群莺乱飞，逗个口舌之能，图个热闹快活。虽是闲谈，话语权的轻重，话题流向的掌控，谁为逗哏谁来捧场，却都马虎不得，村民们根据各自的收入、威望、喷嗑能力，无形间会自觉地区分出阶层。但不管谁正在侃侃而谈，金生水一到，众人就闭上了嘴，掏出抄着的手，扬起缩着的脖子，擎出饱满的笑脸，像一秆秆葵花，朝向太阳："金老板，您也出来转转？"

金生水撕开中华，一人散一根，两片厚嘴唇肥沃地笑笑："工资都找老赵领了吧？好好过个年。"大家的头点得热情而隆重，必有人大拇指率先杵起，由衷谄媚："领啦，领啦，金老板您仁义，知道我们辛苦一年，不容易，从不拖欠工资。"其他的嘴纷纷附和。金生水就大咧咧笑了。"喷到哪里了？接着呀。""我们磨嘴皮子呢，瞎扯，瞎扯，要不，让金老板给咱喷一段？"自然有人提议。金生水也不客气，抽着烟，挥斥方遒，慷慨激昂，热点议题，乡村新闻，政策解析，男女荤话，他皆滔滔而谈，到底喷得花团锦簇，高潮迭起。

这回，侃到他的老本行，有人小心地开个玩笑："金老板，您在城里建这么多房，您说，啥时候国家也给咱老少爷们儿建一片高楼，把咱四邻八乡整体搬迁进去，都做城里人！"

金生水眯着沦陷在肿眼泡里的小眼睛，笑眯眯的，先定个调子："你懂个屁。"再补一句，"其实，你说得也对，就算把全部农民都搬到城里，又有何难？"然后条分缕析，"郑州新区某楼盘，是我承建的，总建筑面积约 19 万平米，前面是小高层，后面是高层公寓，主力户型是 90 平米左右的两室两厅、130 平米左右的三室两厅。小区交通便捷，周边有公交、城际高速、地铁站、长途客运中心；生活设施一应俱全，幼儿园、中心小学、医院、超市、农贸市场；社区内配套拥有商业走廊、阳光泳池、时尚会所；容积率 2.3，绿化率 30%，1798 户。我给你们算算，以平均三口之家算，好了，0.19 平方公里，5394 人，全国 14 亿人，都享有这样的小区和物业，需要 49314 平方公里，所占面积仅为六七个郑州市，或三个北京城的大小。"说到这里，金生水缓一缓，拔出支烟，早有数只打火机含苞待放，金生水满意地抽了两口，"可为什么房价还这么贵，不让你们变成城里人呢？"人们大眼瞪小眼，茫然一片，配合地摇摇头，静等他放出答案："因为，都成了城里人，地谁种，猪谁喂，谁还跟我去工地打工？"金生水哈哈笑了，似乎大伙儿都被他一本正经地给耍了。金生水笑起来有个特点，嘴大，气流似乎容易倒灌回旋，发出呜呜嗬嗬的余音，听着颇具震慑性，有点瘆人。

人们却还醍醐灌顶似的，啧啧感叹："金老板水平就是高，我们怎么也想不到这一层。"陪同着笑。他再发一圈烟，摆摆手，上车，走了。等黑色奔驰车的尾气也看不到了，大伙儿这才不约而同放出憋着的那声："×。"先骂："狗日的，神气什么，你那钱还不是爷出力流汗替你挣来的。"骂完了，又羡慕加感慨："唉，啥时候咱也能开辆这车子，说话落地上也能砸个坑。"议论间，又有人说："这下皇楼村老吴家要发达了啊。"于是又感叹："谁让人家生养了那么一个伶俐的女子，金生水就看上了呢。"还是感叹："你说谁能想到，屁都放不出一个响的老吴，竟然攀上了这门好亲事，什么叫时来运转，这就是。"又有人说："听说老吴那小女儿有中意的人，不怎么情愿和老金结亲呢。"旁边人都呵呵笑了，像那人说了个蹩脚的冷笑话，用一种不容置疑的语气说："除非她傻，等着看吧。备好随礼喝喜酒的钱就得了。"

## 2

皇楼这个地方是有点来头的。史载，有明一朝，小小的村子，就出过一个皇后几个嫔妃。这皇后还是左右过朝政的，在她崩后，接任的皇帝下旨，于她出生的老宅，建了座齐天摩云的凤楼。当然，俱成尘埃，踪迹难寻，可人们仍将这个故事以"皇楼"流传下来，并固定为村名。

数百年来，这村子女孩儿，颜值普遍的高，确实奇怪。

为什么皇楼村集中而连续出美人呢，连帝国的至尊都曾为之倾心？人们论证来论证去，大概是因为村后的小河。水好，人们说，怪不得女孩儿美貌。其实非常穿凿附会。皇楼村和豫东大多数村庄一样，贫瘠得一览无余，没有出名的山水，有条小河绕村而过，水流却时断时续的，丰俭由天，遇到旱灾，温饱堪忧。以前，村边多为盐碱地，种啥死啥，村人无法，遍植梨树。梨树粗糙，耐得盐碱，数十年下来，梨树粗至合抱，枝繁叶茂，成了驰名的酥梨产地。村民的生活这才略微好转。于是,人们本末倒置地说,酥梨嘛,吹弹可破,汁水丰盈,你想,常吃这样水果的女孩儿,怎么能长得不好呢。经这么一说,倒是成就了皇楼村的两张名片,美人和酥梨,相得益彰。

周边很大一片区域,以能娶到皇楼村出产的女孩儿为荣。毕竟,说起来,皇上的媳妇儿也是这儿的闺女嘛。

这众多好看的女孩儿中,尤以吴桐凤拔尖儿。

吴桐凤出生后,掐了八字,说是五行缺木,上过几年私塾的爷爷戴上花镜,翻了半天旧书,不得要领,倦眼推书时,看到院中的老梧桐树。其时阳春,正花开勃勃,风吹来,满枝头铃铛状的梧桐花挤挤挨挨撞在一起,叮叮当当的,都是摇曳的朴素香气。爷爷临时起意,我孙女就叫"桐凤"了!——凤凰栖落梧桐的典故太豪华,且不说它。小户人家的女儿,叫个桐凤,确实拗嘴,可爷爷更拗,逢不解的人便说,真是没文化,拆开说,这名字里有木,有花开,有生机,好养活。

只好大名叫吴桐凤了。不过家人都叫她小凤。只有他,眉目含笑,叫她,丫头。丫头丫头傻丫头呀,她的心就化了,追着要纷纷扬扬打他,却跑呀跑呀,怎么也追不上他,吴桐凤就急了,这才注意到路也不平,深一脚浅一脚的,他也不回头,弥漫的雾气中,他的样子影影绰绰的,吴桐凤不停地喊着,跑着,眼看近了,刚要拽住他的衣角,问他为何不理她,听不见我喊你吗⋯⋯话还没出口,他转过身来,吴桐凤才看清,他只有身子,没有头。小凤"啊"地尖叫一声,给吓醒了,才发觉是午睡时的一个梦。醒来了,心里就韧韧地疼,脸上也惘惘的。母亲隔着门喊她几遍,她才出来。

刚一露面就被母亲劈头盖脸数落了一顿:"怎么越大越没规矩了呢,家里来客了,连个招呼都不知道打,天天钻到屋里干啥呢,闷酱发酵啊?"母亲积怨已久,说话不免粗劣。

不就是她没理会金生水,母亲借机滋事呢。吴桐凤不搭茬儿,自顾玩手机。她这态度,母亲更气:"哎呀,看着你就头疼,上火,你还是去里屋待着去吧。"

吴桐凤倒笑了:"我让你见我了? 在市里上班好好的,谁让我回来的?"

"不想跟你吵吵,消失。"这是母亲的口头禅,不耐烦中带着凌厉,对父亲对她,懒得理论时,母亲眼皮耷下,随手一指:"消失!"母亲性子急,别人还没怎么着呢,她说着说着能把自己气得不行,"早晚得让你气死,看将来谁帮你带小孩。"

"你想得倒长远,谁告诉你我要结婚了?"

"不结婚,做姑子? 二十四、虚岁二十五的人了,整天想的啥? 这是乡下,上了三天班,真以为自己是城里人了,也学人家晚嫁,告诉你,这个年底就得把婚事定下来,不想养你了,养来养去还不是个白眼狼。"

"妈,你好像搞错了吧,这几年可都是我往家里拿钱的,哪月工资没交给你? 我弟二十二三的人了,天天甩个手,动不动问你要钱,你也没觉得白养啊?"吴桐凤被逼得忍不住回击,嘀咕道,"重男轻女就直说呗,到我这里装什么母爱付出的,累不累呢。"

母亲怔了一下，当即擀面杖蹾在案板上，发出理直气壮的铿锵之响。吴桐凤捂住耳朵，知道母亲又要开始言语爆破："你还有没有点良心，我重男轻女？你小时候三病五恙的，小脸蜡黄，瘦得耗子似的，一只手都能攥住，都说养不活，是谁求爷爷告奶奶带你四处看医生？你贫血，严重缺水，住院一晚上隔半个小时就要喂一次水，但凡少一回，这会儿你就得和阎王爷商量着投生个啥去了。现在你长大了，妈老了，你挣几个工资拿回家就居功至伟了……"母亲声情并茂，情到深处，先把自己感动了，悲不自胜，要抹眼泪的样子。

这套感情牌母亲打得炉火纯青，桩桩件件唠叨着抚育的恩情，打着传统道德的旗帜，苦口婆心提醒她继续顺从。吴桐凤哼地冷笑一声，偏要戳破她的煽情："我听说的可不是这样，你为了接下来能生个儿子，正好趁我病了，打算送掉，连主家都选好了，定钱也接了，最后是我爷听说了，跟来抱走我的中间人打了一架，才阻止的……"

"你听谁说的？"母亲声色俱厉，"你要把我气死吗！给我消失，消失，消失！"

你以为我傻吗，历数一下虚实莫辨的辛苦我就会感恩戴德？记忆里从小到大你抱过我几次？还不是计划生育背景下我抢占了你生儿子的名额，潜意识里厌恶我？吴桐凤扬起唇角，想笑，眼泪却不由得落了两颗。母亲还在发着火，灌输养育的辛酸，她的不知感恩。吴桐凤什么也听不见，像置身在一种寂静的涡流里，只母亲的嘴唇翻飞，唾沫星子丰沛。她冲出去，悄悄流泪,不是难过。她想爷爷了。

夜色中,风吹长草,祖父的坟冢似在寒风中浮动。活的人各有烦恼,死人的坟更缺乏照料。吴桐凤望着被风雨剥蚀变小的坟头,热泪长流。吴桐凤想起小时候爷爷宠溺她的情景:夏夜,帮她扇着蒲扇驱赶蚊虫;冬天,抱起她皲裂的小脚丫放在自己干瘪的肚子上暖;有什么好吃的,都藏在墙洞里,趁他的几个孙子都不在,专门叫她来吃……吴桐凤跪下来,磕了三个头,喊一声:"爷爷,我是小凤……对不起,你应该很失望吧,我没能像你取名时期待的那样,成龙成凤,但孙女确实努力了,虽然只考了个二本,选择读市里的师范,因为学费少。毕业后就在市里私立学校任教,平常还带了补习班。爷爷,我能挣钱了,你却走了……"吴桐凤任眼泪被寒风吹成霜花,仍和爷爷念叨着悄悄话。

爷爷,你要是想跟我说什么话,就下雪吧。她在心里默念,爷爷,我有喜欢的人了,他很高,也帅气,笑起来让人觉得天都是晴朗的,可他家庭条件不太好,就是附近堤湾村的……我妈却要我嫁金生水……爷爷,你说我该怎么办……

爷爷,你知道吗,小时候,每到年关,我最盼望的就是下雪了,因为,下雪时,你在大衣底下拥着我,去麦地里看雪,还给我熬冰糖葫芦,陪我打雪仗,堆雪人,我笑得好开心……

爷爷,今年我们玩个游戏好不好,年前只要下一场雪,我就当是你告诉我,要跟随自己的心意,嫁给他也好,哪怕选择独身也好,都按自己的意愿去生活,就像雪花一样,自由洁白,在属于自己的天空里飞舞……可是,爷爷,阴天这么久了,怎么就一粒雪都不下呢？

3

"峻星，上来，咱爷俩把这段墙垒了。"老百顺在脚手架上喊底下的他。叫李峻星的目光炯炯的小伙子答应着，拎着泥灰桶上到脚手架。

"慢点干，慢点干，慢工出细活儿嘛。"爱偷懒的合营也挤着头凑过来，其实是因为看队长这会儿不在，可以放松一会儿，"峻星，来，点一根，解乏。"合营顺手摸出老百顺上衣兜的好烟，先叼上一根，再借花献佛给李峻星。

李峻星笑着摆摆手。上个月，父亲去集市上卖白菜，装得多了点儿，车子也破，路上打滑，连人带车摔到路边沟里了，伤了腰。平常父亲在外面做泥瓦工，母亲守着家，也闲不住，两亩地白菜萝卜，都长得饱满，过年总能换回一笔钱。两个儿子，都到了成家的年龄，做父母的，勤扒苦做，不敢懈怠。可今年，一家都愁着脸，母亲瞅着一院子的萝卜白菜，再加上心疼父亲，也着急上火，胃病复发。李峻星赶回来，带父亲去医院，给母亲熬药，安慰成绩不太理想在高考和打工之间摇摆不定的弟弟，处理白菜萝卜，操办一家过年，人情礼节也只好由他这个长子代父亲出面。

邻家老户，在村口为儿子建新房。本来，建房该等到春天，天气放暖，干活儿也能伸开手脚，可是呢，年关是乡下男女相亲的集中爆发期,老户家儿子和某位待价而沽的女孩儿基本达成交易意向,过几天女方要来验证允诺的临街三层小楼是否吹牛,再作进一步考虑。老户急着赶工期,酒菜管饱,工资出得比平常高,再说李峻星上学时有几次学费不趁手,老户都慷慨地借了钱,虽然也收利息,可到底是份情意,于情于理,他都得来帮忙。

干着活儿,东拉西扯中合营伸手向公路上打招呼:"咦,你看,那不是金老板吗,金老板今儿咋自己开车送楼板,底下人呢,也没个人护驾呀。"

金生水笑骂一句,将货车靠路边停下,来到工地,撕开烟,一人一根,高低也都是做的这一行,经常碰面。"何奇志这狗日的骑摩托碰着了,闲着没事,替他跑跑腿,给皇楼村西头送的,晚上正好顺路在老吴家喝点,哥几个要有空也去热闹热闹。"

"哦,我说呢金老板,敢情是去老丈人家,这事不能耽误,得亲自去。"

金生水又扔给合营一棵烟:"扯淡我看你最在行,也看着点儿,别把墙垒歪了。"

"嘻,你问他垒歪的还少吗?"工友小涛插话,"金老板,啥时候喝你的喜酒啊?"

金生水陡然笑出一脸春色:"不急,不急兄弟,少不了你的。"又依次敷衍了几句,"那行,哥几个先忙着,回见。"

金生水掸掸衣服,看一眼正在搬砖的李峻星,错错嘴唇,似笑非笑的,开车走了。照例把关于他的话题留在身后。

"这狗日的混的,叫一个得意呀,啧啧,老吴这叫什么,一把撞上狗屎运了。"合营不免羡慕嫉妒，酸酸的口气，"老吴那个小女儿，叫什么来着，小凤？对，小凤，听说长得那个俊呀，你看你，我跟人家峻星说话，你瞎反应激动个啥，哈哈……"合营笑闹着用石子掷了一下还是光棍的小涛的某个部位。

小涛不甘示弱："哥，还不是因为它想嫂子了。"

合营又说："峻星，听说上学时小凤和你有那啥来，真的假的？看不出来啊，你小子艳福还真不浅哪，来，过来说说，都干到了哪些步骤……"

老百顺看着窘迫的李峻星，这几个顺竿子往下流的话题上扯，忙阻止道："队长来了，干活儿，赶快干活儿。"

干着活儿，李峻星的思绪飞散。想来也奇怪，不善言谈的他却总是轻轻几句话就能把她惹哭或惹笑，一串笑撞弯了吴桐凤的腰，或者，转眼间眼睛就下雨了，再把她哄好。当然，后者很少发生。

那时头顶阳光灿烂，心情也正蓝，有那么几次，和他一起因迟到在廊下被老师罚站，听着教室里以及隔壁教室的起哄，他会很窘，吴桐凤倒淡然。吴桐凤常想那河沿两边寂静又热烈开放的桐花，是不是也有被他们洒落的笑声惊醒的几朵呢？

河水虽然流得仔细、缓慢，可一转眼，就已不止十年。他们在同一所学校读完小学、初中、高中，大学又在同一座城市，几乎所有熟识的同学都以为他们会在一起，可只有他们知道，他们的关系，仍然若即若离。毕业后，李峻星工作并不顺利，市场上最不缺这种学历一般急于求成的年轻人，他也想踏实找份工作,可身后四处漏风的家庭、急邃衰老的父母、不确定的未来、不敢承诺的恋情,每一项都像恶狗,追着围剿他这块奔跑的肉。李峻星年纪轻轻,却时常感到心力交瘁。和朋友在市里合伙开了个办公耗材店,也不景气,最近父母建议他,别瞎折腾了,好好准备明年的公考。

李峻星想,真是一晃眼啊,就到了谈婚论嫁的年龄。彼时沉默寡言的单薄少年,已经长成身高肩宽结实的男子汉;而吴桐凤的美好,也是愈来愈鲜艳,惹人垂涎。

到了年底,四邻八村婚丧嫁娶都密集,这天,吴桐凤也随人看邻家瘦弱的妹妹伴着古老的婚曲,在吹吹打打的唢呐声中,最后被一袭半悲半喜的婚纱裹走了二十年的黄花。

临被新郎抱上租来的花车,最后一项,是乡土风俗里流传的哭嫁。吴桐凤看着邻家妹妹哭得真真假假,被新郎笑嘻嘻地抱上了婚车。

吴桐凤仰起脸,望着冬日院中光秃秃的梧桐树,风吹过梢头,有梧桐果掉落。她捡起一朵,放在手心,久久看着,那小铃铛一样的枯萎梧桐果,似乎在喊着什么……她想,自己嫁人那天,不知道会哭吗? 还有,抱她上车的那个人,会是他吗?

## 4

夜里,北风哨过窗棂,发出呜呜的旋声;屋内,灯火通明,春意蓬勃,何奇志和金生水坐对一盆羊肉火锅,喝得眼目迷离。

何奇志看金生水兴致高昂,便勾着他肩膀,想从金生水这里攀上点关系,看能否也去省城他承建的工地上分一杯羹。何奇志不由得感慨,金生水这样一个夯货,连个初中都没坚持完,仰仗省直任职的叔叔荫庇,十来年间,竟然长袖善舞出一番功业,承建了几处有名的楼盘,还包揽了物业,除了嘴皮子能说会道,何奇志也不得不承认,狗日的做人做事还是有一套的。不说别的,他骑摩托磕碰了腿,随口说了声,金生水便不辞辛苦地开着四轮货车满村帮他送建材,出手也大方,见了何奇志的老娘,红包就封了三千六。何奇志想,狗日的能成事,看来也不光是靠关系,或者说,给了关系和平台,还得有能力玩得转。

　　两人青梅煮酒似的,借着酒意,历数当初的同学,发现乡村出产的学生,要么学习实在好,考上了像样的大学,还能凭借教育红利实现局部的阶层跃升,但也要面对在都市买房结婚生子的压力;要么像他俩早早下学,摸爬滚打,有点头脑,熟谙社会明暗规则,靠着关系,上下钻营,才能混得事业小成;其余的,学业中等,没有背景,灵活的,考公成功,尚能在体制内安享工作,不然,只好散落在各大城市做一份雇佣工,夹在城乡之间,进退失据。这么一对比,二人不免有些得意,乘兴再饮几杯,金生水点根烟,不知想到什么,凭空感慨一句:"不容易啊,都不容易。"

　　何奇志给他个少搁这儿装孙子的眼神,嬉皮笑脸地探问:"你那要有什么合适的项目,也分给我喝点儿汤呗。"

　　金生水先不搭理这茬儿,现在工程也不是好做的,可他不能说，只拍着何奇志的左肩，带着度数的右脸靠过去，再拍黄瓜似的狠拍几下，大着舌头说："何奇志啊何奇志，要数同学里最不要脸最大胆的，就是你了，大钱小钱你一个也不放过，哥们儿，再喝一个，你承不承认？"

何奇志一张黄脸加笑眯眯的黄眼，一边倒酒，一边把住金生水东倒西歪的身子，心想你大爷的，就你那德行也配给我放这些闲屁，但仍奉上酒杯，随便调侃一句："俺哥，要不你还喝羊奶去吧。"

此事有典。以前乡下中学，教师水平参差不齐，刚一开始要学英语，老师都念不成句，就别说学生了，学一句个个都是用汉字注在下面。这天，英语老师叫起在后面正说得眉飞色舞的金生水，让他念念课文。让他打架他擅长，第一句，what's your name？他吭哧瘪肚，半天没憋出来，旁边何奇志不知有意还是无意告诉给他标记的汉字发音，也不知是怎么听的，他还特得意地器宇轩昂大声念出："我吃羊奶不？"爆笑之后，遂成经典。

金生水哈哈大笑，酒水弄洒了何奇志一身："哎呀，不喝羊奶了，马上要喝俺家小凤的那啥了。"

何奇志再满斟一杯，转着相书上说主淫荡的黄中带白的眼："万一哪天玩腻了，别忘了也让兄弟分享点露水，当年想着她的可不止你一个哪。"

金生水顿顿酒杯："给你？想得美！这可是哥哥的自留地，见了面你得叫嫂子。"

"不会吧我的哥，没喝醉吧？你要说玩玩我信，还真打算结婚啊？这大好年华要都浪费在一个女人身上,那多可惜,真准备定日子了不成？"

金生水呷巴着嘴,缓缓吐着烟圈,江山美人势在必得的样子:"老太太就我这么一个儿子,老催着抱孙子,不管咋说,明年我得让她抱上不是？"咬着烟蒂,"她爹娘早出手摆平了,就是她老是拉着死脸子,啧啧。"

何奇志啜口酒:"不会是那个什么李峻星这小子还和她藕断丝连吧？"

金生水听着,坐起来:"你不说我倒忘了狗日的这茬子事了,我说怎么了呢,这么一说就对了。"喝口酒,"嗯,你别说,有可能。"金生水想起前两天在村口工地上见到李峻星,他刻意回避转身撅着屁股搬砖的情景。

"要不兄弟找人给你平平,保证不留后遗症。"何奇志蹾了下杯,一扬头,做个凌厉的手势。

金生水鼻子里"哼"一声,猛喝一杯:"这点事,用不着,二十八万八的彩礼她娘都收下了,市里的房子车子都准备好了,嗨,到这一步了,事儿哪还由得她？"

何奇志叫道:"就个彩礼,二十八万八?"差点惊出嘴里的酒水,并拇指食指翻来覆去大大地比画了几下,"你也真舍得啊,这钱你说我得让手底下的妹妹们加班加点刻苦多长时间才能赚回来哪。"何奇志在县城还和朋友合伙开着一家"沐足城"。

"嘿,兄弟那是你没见,我给你说,就一个字,值！狗日的比上学的时候还正点哪。"

说得何奇志也黄眼放绿光,做了一个猥亵的动作,两人勾肩搭背,哈哈大笑。

羊肉分食完毕,酒喝完,吃到残山剩水,何奇志顺承着说:"这样,哥,吃饱喝足了,冬夜漫漫哪,这不小弟店里新来了几个鲜货,水嫩嫩啊,没敢用,等着你来检阅呢,怎么样,走吧?"

"我这快结婚当爹的人了,哪能老跟你们这帮单身汉一起混。"

"得了吧哥,趁没结婚还不赶快争分夺秒快活几天,到时候你能不能拿住吴桐凤还是另一说呢。"

金生水猛转头,急赤白脸:"你说我拿不下她,我拿趴下她!到时候才让你们见识见识,什么叫真正的家里红旗不倒,外面小彩旗飘飘!"伴以手势,"走,验验你那些小娘儿们,说好了,哥这可是最后一次。"

朋友在前面开车,他们在后座说笑。何奇志还不忘出谋献策:"他现在就在老户新房工地上帮忙,我回头要帮他们上楼板,找个机会……"他们俩自然都明白这个"他"是指谁。

金生水收住浮薄笑色,说一句:"没有必要弄到那一步吧?"他打个响指,"回头再看嘛。"

## 5

到他来时,雪湖一中已埋入风中。李峻星走在空荡的校园里,松柏常青,巨大的杨树似乎在时光里禅定,只教学楼愈显破败，操场上的器材也摇摇欲坠的样子。可雪湖一中有过荣光，这所县域内带有高中部，唯一校址不在城里的中学，曾承接了万千农家子弟的梦想。因为它低廉的学费，刻苦的学风，数十年来，从这里走出去少部分的教授、学者、官员，更多的则是基层教育工作者、政府职员、单位办事员，它是连接城乡的一座桥梁。可到现在，师专早就停办了，高中部各年级都仅一个班，初中部从初三到初一班级四、三、二递减，并不大的教学楼，教室大多是空的。

毕业后李峻星再没来过校园。他觉得没脸。混得既没有权，也没有钱，甚至专业上也没弄出啥名堂。最重要的是，在器重他的侯老师连年的举例下，他已然成为这个学校的小规模传奇。传奇，混得不如意，李峻星苦笑一声，真是个蹩脚的笑话。

可是，他的侯老师就要死了。

李峻星不能不来看望他。

侯老师孑身一人，住在教工宿舍靠角落的区域。还没进屋，望着檐下废置的暗红色煤炉，李峻星的眼泪就下来了。侯老师偏爱他，多少个冬日夜晚，下了晚自习，他还要来侯老师屋里，围着炉子，有时温习功课，有时就是想和老师聊一会儿。侯老师那时五十多岁，许是独身，生活粗糙，再加上不合时宜的孤傲，已显老态。他们爷俩对坐，侯老师多是抱着闲书，和李峻星有一搭没一搭地聊几句。有时饿了，就在煤炉上煮把挂面，清汤寡水的，放几棵青菜，卧个鸡蛋，盛到碗里，洒几滴香油，两人竟也能呼噜呼噜吃得有滋有味。

侯老师是孝子。按说,高考恢复后不久师大的高材生,肚子里有货,文史知识渊博,最不济也混得个一官半职,可侯老师至死也不过是个中学教师。一是他腿跛,一是要照顾老娘。侯老师写得一手好文章,临分配时,地方上政策研究室要他,他展示了自己小儿麻痹后遗症的腿脚:"形象不好,给政府抹黑,就不去了。"来雪湖一中任教,还能照顾老娘。

侯老师有些地方很开放,比如上课,他不备课,也不按考点照本宣科,洋洋洒洒地将有关无关的知识勾连起来。所有的知识点都化在腹内,任何一个节点抽出,都能挥洒自如,时不时地来个小幽默刺激底下倦怠的耳朵,单口相声翻包袱似的,就算最不爱语文的学生,也愿意乐呵呵地听下去。可有些地方他又很迂,老娘急着要他娶妻成家,后边甚至以死相逼。侯老师不敢忤逆,仓促间听凭媒人介绍了个离异的农村妇女。其实,侯老师虽然腿跛,可到底是高级教师,在整个区域内都称得上名师,找个更年轻的女人,也是可能的。侯老师没有。师娘泼辣,理所当然地当了家,常指使侯老师做这儿做那儿,同时也将母子俩照顾得还算不错。五年过去,母亲去世,人们才知侯老师根本就没和女人同房。埋葬完母亲,侯老师将工资都给她,说一句:"再找一家吧。"女人就伤了心,五年啊,就是块石头也焐热了,却暖不了一颗心,女人接过钱,忽然理直气壮,火冒三丈:"×你妈瘸子,你到底还是嫌弃我! 你瘸个狗腿,除了会吃粉笔灰,啥也不会,凭什么嫌弃我啊?"侯老师哭笑不得。俩人想岔劈了。他原就没打算结婚,不过是为顺承母亲同时堵住众口议论，才权且结的，现在，母亲死了，再这么耽误人家，不道德。女人这样一骂，侯老师倒觉得之前轻视她了，可也没法挽留，因为女人很快就嫁给粮种站的老贺。老贺丧妻不久，和侯老师宿舍对过的马老师是朋友，常来找马老师喝酒，应该和女人不止一次见过。原来女人早物色好退路了。侯老师一笑，再次觉得轻视她了。

李峻星结识侯老师时，他正恢复单身不久，也是他人生比较自在的时候。那晚，在侯老师那儿吃了挂面，因是周末，李峻星不急着走，他想在宿舍里睡一觉，该起红薯了，明天一早回家，不耽误干农活儿。侯老师忽而从泛黄的大部头后面探出近视镜："峻星，你那篇写雪的作文，我看了，"他竖竖大拇指，笑了，"我寄给省里的《中学生阅读》杂志了，他们很快就回复说会发表。"侯老师又笑，"不过，发不发表并不重要，重要的是，你怎么写这么好，有些比喻，真是，我绝想不到呀。"侯老师讲课时，也笑，不过那笑就像是单口高手掌控着节奏，和台下礼节性互动；对李峻星的笑，却持久，且饱满。侯老师脸形瘦长，面颊无肉，更显得这笑浓墨重彩，从近视镜上方探出的眼神，慈祥里透着温柔，甚至，有点引为知己的味道。李峻星心头一动，难以承受，慌忙回应地笑："还是仓促了，没写好。"侯老师不知为何，轻轻叹息，"我这些年，培养的学生里，出过局长，出过老板，出过去美国的访问学者，出过不少混混儿，可就没出过一个作家。"侯老师又说，"挣钱的，做官的，混社会的，三教九流，说起来，都不稀奇，我们这块地方，多少年，没出一个写好文章的了。"李峻星一股热意立时冲到眼底，他懂。他全都懂。

侯老师又说一句："我们这片几省交界的地头，千千万万的人，千千万万的牲畜，无数的生，无数的死，都跟风似的，都跟蝼蚁似的，没人知道，也没人在意，为什么呀？"他的眼睛再次越过镜框，盯住李峻星，目光炯炯，探照灯似的，"因为，没人记录下来。"侯老师很沉痛的样子，他说，"我老了，年轻时以为有这个才华，其实不行，能看出好坏，写长的就差点意思。峻星，就指你了。"

李峻星人还镇定。毕竟，只有侯老师知道，他读了多少书，他对文字有怎样的悟性，以及，他偏科有多严重。可是他那一刻不知为什么，就想哭一哭。为侯老师？为自己敏感缄默的性格？为这片土地上的命运？李峻星说不清。他自觉承受了不该有的重。

后来，李峻星被何奇志摔了那一下，没摔死，终于也做了教师，确实写了不少文字。但在当时，或许，从根子上就错了。他就不该以一个不得志的中学教师为榜样，听从他的蛊惑，立志去写什么反应广袤乡村却无人问津的文字，而是应该去读商科读计算机，去大厂做程序员做管理挣大钱，才能合上这个时代的节拍。

侯老师躺在床上，屋内冰凉。师生相见，自是感慨，侯老师的眼窝深陷，见了他，像是山下塌陷的堰塞湖放出波光。李峻星觉出自己的不可原谅，红了眼睛，喊一句："侯老师，这些年……"侯老师坐起来，笑笑，摆摆手："能来就好，没想到呢，还能来看老师……"李峻星这才注意到,屋子里乱糟糟的,久无人气。侯老师托举出那么多优秀学子,在这个忙乱的时代里,争名夺利已是自顾不暇,应该也没几人再记起枯萎在原地的中学老师。李峻星说着要去拿药,要生炉子,要削苹果……李峻星也只能做这些了,他再次感到自己的窘迫,他甚至不敢说一句,老师,我送你去医院吧。不知要花多少钱,他不敢。他真羞愧。李峻星落下泪来。侯老师艰难地接连摆手,笑给他看:"哭什么,傻孩子……什么都不用,你就坐着,来,靠近点,我们爷俩聊会儿。"

侯老师翻出手机,有一个图册,打开,全都是这些年李峻星在各处报刊发表的电子页面截图。侯老师笑了:"我都存着呢,峻星,你好样的。"侯老师还是那样持续地笑,却笑得吃力了。李峻星一阵心酸,他真想说,老师,我们都在误入歧途,你说得很对,无数的生死,没人在意,即便记录下来,也没几个感兴趣,我们生在这里,就如带着先天的惩罚,在都市精英或伪精英折叠的视野下,我们最好是不存在的,世界只需我们源源不断地输出廉价的外卖员、公司基层社畜、保姆、农产品,至于这片土地上的痛苦、眼泪、温暖,都是无意义的,不值一提。

"老师,过几年,我也三十了,我也发现自己没这个能力,以后也不打算写了。"他说,"老师,对不起。"

侯老师眯着眼:"人啊,没有几个年轻时就知道自己一辈子要干啥的,写不写不由你,是你的宿命。"侯老师笑眯眯的,似乎在说,你尽可以赌气,看命运是否放过你。

两人撇开这些,也不聊侯老师的病情。在李峻星,是不敢聊;在侯老师,是不必聊。侯老师读了那么多书,病了也很久,临到关头,生死早已放下。只好说起现在雪湖一中的凋敝,侯老师转述一位高中部的毕业生说,我们学校今年的高考状元勤奋非常,现在可以上个比较好的专科,下年再努努力,甚至可以选一所地级市里的二本院校。

"后继无人,"侯老师说,"好点的老师都被省里市里挖走了,家长也没办法,只好花高价将学生送往市里。"侯老师一声叹息,似乎在回忆学校昔日学生满园的荣光,"没办法,这是趋势。就是苦了那些没钱去市里,又想好好学的孩子了。"说完,又是一叹。

末了,侯老师让他打开床头边的书柜:"留套书给你做个念想。"是那套苦黄色的仇兆鳌《杜诗详注》。侯老师说:"大过年的,家里忙,别再来了,不吉利。等以后你出书了,烧给老师就行。峻星,乖孩子,我们爷俩就此别过。"

李峻星抱着五册书,闻言,号啕大哭,身体震动中,从书册里悄悄掉落一张旧照片。

## 6

"妈,金生水都答应了,雪湖二矿,生产安全科,妈,你想,整天穿着制服拿个电棍就这样晃晃,"吴义伟示范地晃晃身子,"多神气,安全科,还是正式工,妈,你赶快再劝劝我姐啊。"吴义伟两次把"安全科"三个字念出了抑扬顿挫。

"我劝得还少吗？"母亲往灶里添了把柴，或许是柴火潮湿，母亲几乎呛出眼泪，"你没听见天天嚷着再逼她马上就回市里，天天跟我甩个脸子，我说的她哪回能听上三句？"母亲很委屈，"唉，你们两个，哪个能让我省省心呢。"

吴义伟黑着脸，咋咋呼呼的："回市里？市里有她的家吗？她哪儿也别想给我去，死脑子，也不想想，上班能挣几个钱，搁着金老板这现成的……"

母亲捶她仅有的不成器的儿子："祸害哟，你但凡有一点正行儿，我也不舍得你姐嫁他金生水。二十多的人了，天天就知道东遛西逛，一说你还满不在乎的样子，我哪天死了也省得再为你操心。"

吴义伟讪讪的，退出厨房，一脚将门口的水盆踢飞："我不管，我反正不想跟着俺爹天天撅着个腚打理这几亩果园，受够了。"对那弹回的水盆又狠狠补了一脚。

吴义伟气哼哼地走出家门。出门不远，碰见他爹，也不搭理，梗着脖子走开。

老吴招呼："义伟，该吃饭了，还上哪儿去？"

吴义伟头也不回。"死去！"

家里。吃饭前，吴桐凤忽然说："妈，培训班还有事，过几天我想回去。"

母亲在围裙上擦手，筷子掉了，母亲说："哦。"许久，又"唉"地叹一声。母亲吞吐了一下，还是说了："不是我唠叨，指望着你爹，今年咱家的果子又要烂在果窖里，眼看着一年辛苦又要白搭,金生水来咱家饭都没顾上吃,就急急忙忙打电话,几句话下来,人家就给咱联系上车了,凤啊,你想想,人家图咱个啥……"

吴桐凤一听这话,脸色急转直下,把筷子狠狠丢在桌上:"你说图啥?你不知道吗?有你和我爸这样的吗,不吭不响也没和我商量一声就把彩礼收了?"因为气愤,吴桐凤憋出两眼泪,她的声音很大,"你俩是嫁闺女还是卖闺女,妈,你想过没?"

做母亲的怔在那里,非但没有达到劝说的目的,反而被吴桐凤将住了,索性直接摊开来:"咱家是啥样你还不知道吗?说你一句呢你就能撅上十句!我还没说你呢,金生水一来你就耷拉个脸子,你也不睁开眼看看,这方圆几十里家世背景有谁比得上金家,你还想啥……"

吴桐凤隐忍的眼泪还是迸了出来:"你开口闭口就是人家的钱势,你咋不看看他是什么货色啊,妈!"

"我看你就是被堤湾村的那穷小子下了迷魂汤,再好的人,你也看不上了!"母亲一提就气,"你说他有啥啊?房、车、钱屁都没有,还有个病歪歪的老娘,一个在工地做瓦工没出息的爹,你告诉我,你看上他哪儿了?闺女,劝你看看眼睛去吧,还撅!"

"从头到脚,哪儿都看上了,我愿意,我就是要跟他好,你管得着吗?"吴桐凤不甘示弱,站起来,双目火力四射,和母亲旗鼓相当。

母亲干瞪眼。死女子执拗,真和那穷小子好,她还真管不了,又不能拿根绳一天到晚拴她裤腰上。武攻敌方不为所动,母亲认清形势，只好文攻。"凤儿，妈不想和你吵，妈知道你有委屈，但你总得嫁人哪。平心说，咱上哪儿去找金生水这么好的人家，从上月提亲到现在，你也看到了，人家忙前忙后的，给咱家操办这儿操办那儿，图个啥，还不就图你一句话，这么重的彩礼都收了，这，你说，让咱怎么给人回个话？"

"又不是我收的，我什么时候答应过吗？"吴桐凤推了一下碗，垂下眼睛，加重了口气，"好好的你就不能让我安心吃顿饭！"

"你说咱咋能不收，媒人一次次来，问你你又不搭理，每次我都说先缓缓再说，谁知道几盒馃子里装的都是钱啊。你问人家，媒人只笑，说不知道这事。都不知道这事，这钱你说咋退？"母亲喘口气，"就咱家这个样，人家不给咱拿架子，找媒人掂着礼一次又一次地跑，都是低头不见抬头见的这几张老脸，闺女你就不知道这中间的难！"再喘口气，"你非得学你表姐才好，在东莞那边的玩具厂里，自己不吱声谈好了，说一声就嫁过去了，到了男方家，才知道要啥没有啥，嫁这么远，遭委屈受罪，连个诉苦的都没，做娘的在家都不知道啊……"母亲的眼角湿了，掀起围裙擦擦，"连你这不成器的弟弟，人家都给安排了体体面面的工作，我看金生水这孩子对你是一片的热心，依我说，咱也不能太不上道了。"

"我不上道？你光知道金生水家有势有钱，咱家有脸面，我弟有工作，可金生水吃喝嫖赌你咋不说？"吴桐凤气得眉毛都在颤抖。

母亲已经平静地夹菜吃饭："世上的事，哪能占个十全，再说，结婚前，男人哪个不有点儿浮浪，你看你隔壁二叔，以前不也吃喝赌博，结了婚还不稳稳当当。小金这孩子我看也不像不听劝的样儿，结了婚，安了心，再劝劝不就好了。况且，他看你看得这样重，会不听你的？"

"那是，你们都得了实在好处，说的比唱的还好听。"吴桐凤起身，不想再听，"到最后和他结婚的是我，和他过日子的是我，入火坑的是我，是我……"说着说着，她彻底寒心了。

父亲搓着手，从外面进来，笨拙地相劝："大过年的，都少说两句，别吵吵了，吃饭，先吃饭。"

吴桐凤扭头出了院子，往外走，心头如刀剜。

到了果园，吴桐凤倚靠在梨树边，抬头看着天上，瑟瑟的麻雀衔着一缕夕阳的余晖，慢慢飞远了，天就要黑下来了。晚风吹来，吴桐凤捂住胸口，心底涌起一层硬硬的凄凉。李峻星赶过来时，她已经浑身冰冷，他抱着她暖了很久，才将她焐热。

夜里，难得出了细瘦的小月亮，旁边的河水悄悄流淌着。吴桐凤把手轻覆在他紧锁的眉心："我妈收了金生水家彩礼了，我和她吵了一架，你说怎么办，咱俩……"

李峻星随手抛出一个土块，砸动水里的月亮。许久，说一句："也不能怪你妈。"就又不说话。

"我弟想进矿上，他那个游手好闲的死样，一听金生水矿上有人，能给他安排个清闲的工作，恨不得要我马上就嫁过去。"又说，"气死我了。"

吴义伟白长那么高的个儿,除了在家耍横,出了门,懦弱无主见,从小玩耍就是人家推搡使唤的小跟班。

　　李峻星并没有叹气,只平淡地说:"在我们这地方,到底是矿上有保障,也不怨你弟。"

　　"我爷爷那事你也知道,护林员,看了一辈子山,就因为没火葬,抚恤金年年扣着发不下来……"公职人员按规定死后必须火葬,才能领到抚恤金,但以前村人仍愿按风俗土葬。

　　李峻星仰面看天上瘦弱明灭的星,兀自苦笑了一下:"这下好了,都凑巧了,还不是人家的一句话。"金生水的一个伯父管着县民政局的章。

　　因他这句话,吴桐凤抬头看着他,举手打他,是真打。吴桐凤忽然感觉伤心了。打过了,握着他的手,吴桐凤的眼角慢慢泛起点点潮湿,摸着他静默的脸,委屈地喊:"峻星,峻星……"

　　萧瑟芦苇间,夜鸟偶尔受惊于一颗流星,或者几粒零星的狗鸣。天地皆静。

　　"李峻星,你敢不敢带我跑?"吴桐凤眼睛里闪起小小的火苗,一闪,又一闪的。

　　他坐在那里,轻轻用手指梳着她的头发:"傻丫头,又不是上学赶上课,能往哪里跑呢。"

　　吴桐凤的火苗一点点熄灭了,颓颓地偎着他,不再说话,听他和她心跳的微微时差。

　　刚上初中时,李峻星还没住校,从家到镇上要沿着河岸步行三公里,经常会迟到。吴桐凤本来有爷爷买给她的漂亮自行车,可她不爱骑,她也走路,因为路上有他。常常走着走着远远地听见校园里急促的铃声,他就拉起她奔跑,有时还是会迟到。偶尔迟到太狠了,遇到严厉的老师,还会受罚,站在外面,不准进教室。吴桐凤忘不了他牵着她奔跑的感觉,慌张、芬芳,奔跑的惊喜不定和呼吸心跳近似于一场小小的冒险游戏。

"反正你不带我跑,我就自己跑,要不我就投河,就不嫁给他!"吴桐凤扑在他怀里,说气话,"你不知道他吃喝嫖赌样样不落啊李峻星……"

他知道。但是他只能抱紧她。

前年,同样冬天的夜晚,他从市里回来,给她买了一枚心形玉坠,来不及安顿彼此的牵挂,只看着她唇角的弧形,真真切切地喊她一声丫头。他的手臂是这么结实,紧紧拥着,踏实了,她双眼忍不住就是一阵落英,但心是这样的欢喜,在他怀里,一切似乎都停止了,只剩下漫山遍野的雪花凛冽……

吴桐凤抚弄着心口的玉坠:"我想好了,峻星,过了年我就走,再也不回来。"她伏在他肩上,"除了你,这辈子我谁也不嫁。"仰起头看着他,"李峻星,你说,你会娶我吗?"

李峻星一声叹息:"我娶不起你,我家,你也知道。何况,你爸妈也不会愿意。"

吴桐凤眼神殷殷:"我不管,我要你说你会,你会。"她眼角渗出细碎的泪。

李峻星拥着她:"丫头,我会,我会的!"

吴桐凤眼神幽幽,牵起他的手,十指交扣,放在自己心口。

"你不会我也不怨你,有你这心就够了。"

他唤一声:"傻丫头……"

吴桐凤含泪笑了,摸他的眼睛:"还说我,你也哭了。"吴桐凤轻轻喊他,"抱紧我。"她说,"我想好了,回到市里我们就租个房子,同居,你敢不敢?"吴桐凤眼目灼灼,"我才不管他们愿意不愿意呢。"

"可是这样,传出去,对你不好……"

"我都不怕,你怕什么?"吴桐凤打断他,"他们不给我户口本,大不了我们不结婚就是了,都什么年代了,只要我们相爱,就在一起,不分开。"

她想得明白,婚姻是女人的修罗场,嫁给一个不爱的男人,未来都是血泪荆棘。她要给自己开天地。

李峻星仍在沉默。这堆砌的沉默一点点浇灭了吴桐凤眼里的火苗。到最后,他终于还是说了:"其实,侯老师和你都高看我了,"他说,"我并没有什么才华,这些天我想了很久,想了很多,打算春招考到雪湖一中,做老师。就像侯老师说的,人各自有其宿命吧。是宿命,也是那一份逃不掉的心债。在城市,我不过一介蝼蚁,在这里,或许能像侯老师托举我一样,托举一下别的孩子。"

## 7

"爸,我在城里头骑车撞着别人了,喂,喂,你说话啊?"

老吴愣过神来,握着手机,胆战心惊:"乖儿,咋会这样,撞得严重不?"

吴义伟转眼看看沙发上的金生水,再看看何奇志。金生水面无表情地抽烟,何奇志黄眼里堆积的是憋不住的笑意,摆手示意继续演下去。吴义伟一跺脚,叫:"我都给弄到交管所饿半天了,你说严重不?"

"乖儿,义伟啊你别急,爸这就坐车去城里,你说猛不防的咋会出这事唉。"

"你来,你来顶个屁用啊!你别说了,赶快叫我姐去找金生水啊,你听见了吗?快!要快啊!"

他爹忙不迭地答应:"哎,哎,我这就打电话,这就打电话。"

"叫我姐打,赶快求人家想想法。你就甭来了,来了我看也没啥用,我得挂了,听见没?你不要来了,叫我姐去求求人家,挂了!"

至此,何奇志终于憋不住,从沙发上滑下来弯腰将积着的笑大口倒出来:"这狗日的可以去演戏了,弄得还真像那回事。"

随即,这边金生水的手机就响了。"嘘——"金生水抓起手机,"喂。哦,是叔啊,啥事你说。"转向这边装模作样,"何老板我先接个电话,待会儿咱再谈,"接着那边,"没事,看你说的叔,不耽误,不耽误,有啥事你说。"

"呃,这个,唉……义伟这个不成器的祸害打电话说在城里撞人了,还被扣在交管所里呢,也不知道咋样了,唉,你说这弄得算啥事这是……"

金生水打断："叔，你别急，别急，我这就开车过去看看，家里也忙，你就不要来了，我就当是自己的事办，放心叔。"

"你看这，唉，我靦着个老脸，又给你添乱。"

"叔，你要这样说就外气了不是，那我这就去看看啊，不会有事的，不是还有我嘛……对了，上回给小凤买的衣裳试了吗，怎么样，合身不？"

"哎，生水你等下啊，我叫小凤给你回话，"听得那边喊，"小凤，凤，快来，生水有话跟你说。你这孩子，还愣着干啥，你弟还在交警手里呢！"

"我不管，别让我出面。我弟平常都被你俩惯成啥了，也该关他几天，让他长点记性。"吴桐凤皱皱眉头，不打算插手吴义伟的破事。可架不住父亲一个劲地央求，手机还开着，父亲扔手榴弹似的，将手机丢在吴桐凤身边就走。她想直接挂掉，可父亲打着手势，低声下气，担忧着宝贝儿子，心急如焚，百爪挠心。可怜、可悲、可气。吴桐凤哭笑不得，她再不接，父亲都要磕头作揖的架势。她真是服了。

金生水已踱进另一间屋子。迟迟，始传出一声清澈孤立的"喂"，仍然迟迟，没有下文。如石子击水，金生水把手机稍微偏离耳旁，斜眼看吴桐凤这一声"喂"在空气中漾开的波纹。他带着一种近乎幸灾乐祸的清冷笑色，等着吴桐凤接下来怎么说出一些取悦的词语，他拿着手机，静静等着。我看你这回还能对我骄傲吗？

在父亲的再三急斥催促下，吴桐凤说话了："我试了，衣裳都合适，我爸妈挺喜欢。"吴桐凤声音柔软了一些，"我弟的事……就麻烦你了，我爸妈说，有空来家吃顿饭。"吴桐凤放下手机，回到自己卧房，为自己向他服软，气得跺脚，简直要吼叫。

金生水收了手机，骂了一句，眉眼都笑。走到客厅，回首向何奇志："先把吴义伟带你那店里玩几天，过两天矿上做安全员的事就成了。"走到院子里，问吴义伟，"你这破车多少钱买的？"

吴义伟哈腰也踹一脚他那破破烂烂的摩托车："买的时候就是二手，要了我两千多块呢。"

"屁，这样两百也没人要。"金生水抄起地上的建筑钢管照车身上猛砸了几下，"得专业点儿，好像个撞了的样儿。我日，它还震得手疼！"把钢管丢给吴义伟，"你来砸，等和你姐结婚的时候，给你弄辆新的骑骑，那才有架势。"

吴义伟接过钢管，忙答应："嗯，姐夫，好嘞。"

何奇志和金生水在一边吸烟说工程合作的事，其间，何奇志瞥眼看看在那儿吭哧吭哧老老实实砸摩托车挡板的吴义伟。"切，这憨货。"何奇志对金生水揶揄道，"没看出来啊，我的哥，你还真经雪的萝卜动了你那花花绿绿的心了啊，整这一出又一出的，为了个女人，搞那么复杂，至于吗？"

金生水扬头一笑，将手里烟头弹落："你没看出来的多着呢，哥不缺个女人，哥要她的心。"

# 8

亲人,听我给你讲个故事吧。故事的开始,是一个小男孩和他母亲相依为命。说起来,男孩有个好父亲的。父亲原在部队,新中国成立后,转到地方任人武部部长,能力卓著,器宇轩昂,晋升得很快。就有一点,和乡下的妻子越来越觉得不是那么回事。父亲到底离了婚,和更为合适的革命伴侣组建了新家庭。母亲要强,再没对父亲开过门。父亲前几年还逢年过节托人送来钱米,母亲坚辞不受,父亲陆续又有了孩子,随着调任到更远的地方,对他们母子也就日渐淡忘了。他营养跟不上,小儿麻痹留下后遗症,右腿有点跛。那饥饿的三年,豫东地区准确来说是两年半。可到了寸草不生的地步,再小的一摊水也能难倒一桨一橹,泅渡不过去,唯有溺毙。到红薯皮也吃不到时,有人就劝:"何必死撑着拿架呢,去他爹那儿,舍下脸,怎么也能讨点米面。你要是不情愿,可以让儿子去嘛,怎么说,也是他日下的种。"母亲不去,也不让他去。就算饿死,也不要那忘恩负义之人的施舍。到老时他已记不清那段日子是怎么过来的,只记得一件事:母亲收集院中掉落的梧桐果,一个个碾碎,搓出一把桐子。桐子剧苦,平常年景,牲口都不闻一下。可有什么办法呢,屋后的榆树已剥皮吃死了,沟壑里再没野菜能挖,连以前苫屋子的麦草都翻检一遍,试图寻出几粒残存的麦粒。母亲将桐子泡发,放在家里唯一的瓦罐里使劲煮,煮得一院子苦味。母亲盛出来,喂他。刚吃一口,他本能地吐了,母亲再喂,喊他:"乖,得吃啊,得吃啊。"他努力了,刚要咽下,苦水就冲出喉咙。母亲撇下碗筷,跌坐地上呜呜嘀嘀地哭了。他以为自己做错了事,抱起瓷碗,用手团着黑乎乎的桐子吃了一把,还笑给母亲看:"妈妈,你也吃呀。"母亲哭得更厉害了。

据说,人老时,中间的功业折腾争名夺利可能都会跳过去,可久远的童年却因为不断回忆而历久弥新。和童年一样清晰的,还有年轻时懵懂的恋情。

男孩身体一直不太好,身材瘦小,长年患有肺病,可还是磕磕绊绊地长大成人,紧接着接连的运动,耽误了他的求学,直到恢复高考的第二年,他才以二十六岁高龄考取本省最好的师范大学中文系。那时的中文历史哲学等文科院系和现在不可同日而语,最聪明的脑袋聚集。也就是在大学里,他遇见了她。

他们的遇见也很奇妙,带有鲜明的时代印记。他在一本书里夹了张纸条,指出作者这一段翻译是有争议的,留下了班级姓名,欢迎探讨之意。大学里,他如苦行僧一般,泡在图书馆里,将社科类和文史类的馆藏图书几乎翻了个遍。这张纸条引来了回声。没几天,有一封信投到班级信箱里,和他谈论了书中的问题,最后还留下一句:你的字,好看。他笑了。豫东写字好的人多,出了不少书家。他的老师大都有一手好字,他后来也传承了下去。他按照留下的班级姓名,也写一封,和她继续商讨问题。这是一场美妙的纸上游戏,这么近,都在同系,却还用古老的方式传情达意。两人写了一个春天的信,似乎都在故意延宕节日般必然来临的见面。

他永远记得，那天校园的人工湖旁垂柳枝条的荡漾，随着将尽的夕阳，向晚的春风捧出她青春的剪影。最初的悸动和局促之后，他们坦陈心扉，谈天说地。许多心动的瞬间堆出喜欢，就像许多的花瓣堆出一次花开。更重要的是，女孩并不在乎他的腿跛。

可很快现实就来了。他服从分配，回到原籍，女孩是城里的，家里自然不同意。

侯老师说："这世间最难的就是遇到个聊得来的人哪。"又说，"遇到一个人，比夏天遇到一片雪，难多了。"又说，"花在哪里开着最好呢，首先在春天里，其次在回忆里。"

侯老师自始至终没剖白心迹。他觉得他有他的道路，女孩也该有她的人生。

李峻星在侯老师灵前讲完这个故事。他拿出那张书中掉落的照片给吴桐凤看，照片上女孩盈盈而笑，泛黄的纸张也掩不住她眸子里的明亮。

侯老师大约是腊月二十夜里死的，死时天色阴沉，身边空无一人。他的灵堂设在教师宿舍，守灵的除了一个本家侄子，就只有李峻星和吴桐凤。侯老师床头柜上整齐地放着五千块钱，是他为自己葬礼预留的花费。本家侄子翻了一圈，确实没额外留下啥钱，一屋子书卖破烂也不值钱。当得知叔叔生前的退休金不舍得买药却资助了几个贫困生，侄子扒拉了下书架上的杂物，冷笑道："哎我×，还有这样的傻屌。"对葬礼更懈怠了。屋子也没打扫，一股子积年的霉味。侄子将侯老师草草火化，潦草地摆了个灵堂，打算等学校吊唁过拿了抚恤金隔天就埋了。侄子刷着手机短视频，那种乡土风格的搞笑系列，音量外放，脸上绽出愚蠢而快乐的笑色，看到会心处，喉咙里发出嘎嘎响动。有相熟的老师校工来吊唁，他也不管，见到领导模样的，就催问抚恤金的事。李峻星实在看不下去，让他一边去玩手机，他来守灵。

望着灵堂前侯老师笑盈盈的黑白照片，他想，现在侯老师终于能健步如飞，追上他喜欢的女孩，和母亲在天堂团圆了吧。夜里寒气肆虐，拥着的还是那个旧火炉，可再也没有先师围炉夜话了。想起侯老师的一生，再面对此时凄清的灵堂，李峻星悲从中来，出于愤慨，用手机在自己的公号上敲出一篇文字：《他死了，你们在哪儿？》。

"你们"指的是侯老师历年照顾过的学生们。他为教育奉献了一辈子，苦心孤诣，心意殷殷，现在，他已经孤零零地死了，你们，如果心意尚存，离得近的，为何不能最后来为他送行一下呢？

写完，李峻星随手转到几个还没删掉的同学群里。大过年的，并没几人回应。大多数人，估计都已忘了侯老师的音容。连平常爱在群里发各种鸡汤文广告链接领券砍价的那几人，都装作没看到。到底有个女生提一句，侯老师，走路一瘸一拐的那位。人们才依稀记起，哦，瘸子，想起来了……瘸子上课到精彩处，一条好腿围着坏腿画圈，伴着手势，步幅那样大，他却进退自如,神采飞扬。

李峻星垂下手,跪坐在蒲团上。灵前的白烛摇曳,映衬得侯老师照片上的笑意明明灭灭的。李峻星起身拢住蜡芯,那小小火苗似是寒夜里侯老师留给他的"道",他守护好,并让自己续上,接着燃烧。

文章发出去不久,吴桐凤先来的,上了香,鞠了躬,坐在炉火边聊天。听李峻星讲述侯老师的故事,感慨唏嘘一番。帮着整理侯老师的遗物,吴桐凤发现葬礼上待烧的都是些破衣烂衫,天这么冷,侯老师的毛衣上尽是破洞。"等我去街上超市给侯老师买套保暖衣,至少让他走得暖和点。"

吴桐凤离开不久,有摩托车轰鸣着过来,进了屋,竟是何奇志。应该喝了酒的,来了也不上香,也不鞠躬,拔出棵烟,凑在蜡烛上点燃,喷出一口,似在问照片:"嘿,老头儿,死啦?"抽了几口烟,才从兜里掏出一沓子钱,拍在供桌上:"你最反感的两个学生,给你随点礼,拿好喽。"却指戳着,冲李峻星说,"当年这老狗屎好找茬儿,常拿金生水和我树典型,骂我俩不好好学,将来屎都吃不上热乎的。"何奇志呵呵笑了。他俩在教室里逗弄女生,课堂说话起哄,侯老师也是气极。

对何奇志金生水这些人,李峻星情绪来得复杂,说到恨也不至于,多是厌恶。可有时自相对比,厌恶得也力不从心,在别人看来,还以为是嫉羡呢。李峻星得承认,不管他们攀附权势也好,还是及早深谙社会运行之道,总之凭着本事,和时代合谋,挣下了点钱。而钱是王道,睥睨众生。

"哥们儿比你大两届,都被瘸子教过,说起来,我还算你师兄呢。"何奇志大咧咧坐在屋里唯一的藤椅上,那是侯老师晚上蜷起腿看书坐的。"师兄今儿来主要找你商量个小事,放心,不难为,你能办到的,"他说,"你和吴桐凤到底是什么关系?"

从他进来,李峻星就忍他已久。"关你什么事?"

何奇志不以为忤,龇着大牙,继续猥琐逼问:"睡了吧?弄几次了?小凤这妞身上白吧?我×,真便宜你小子了,老金个傻×光彩礼小三十万扔进去了,手都没摸到一下,你小子……"

"滚!"

"你瞧,还他妈急眼了,"何奇志八风不动,"开玩笑开玩笑,说正事说正事,不管你睡没睡,都不和你计较,往后,离她远点就行了。"

"凭什么听你的?"

"你看吧,书读多了就这点不好,凡事爱分个理儿,可世上的事哪他妈那么多凭什么呢。"何奇志续上支烟,"要说凭什么,你说呢,凭你穷逼呗,既然你娶不起,这么一件可人的紧俏货,你总不能老霸着吧?"

"她跟谁好是她的自由,你们管不着!"

"嘿,那是,我们管不了她,还管不了你吗?"

两人正怒目相向,剑拔弩张,吴桐凤抱着一套被子和羽绒服保暖衣进来。

"哈,你俩弄的哪一出,被窝都带来了,是要在这灵前宣淫吗?挺会玩啊。"他起身,临末,戳着李峻星"记得哥交代给你的话哦,是为你好。"走过侯老师的灵位,何奇志啐了一口,邪魅一笑,"知道你们的侯老师为啥一辈子不找女人吗,说得道貌岸然,一心扑在教育事业上奉献终身,其实呢,腿瘸也不单是小儿麻痹,据说小时候在生产队被驴踢了,不只踢到腿,还踢到裆部那里……"

"你闭嘴,滚!"李峻星将桌上的钱掷向何奇志,还要气咻咻地冲上去理论。吴桐凤拉住他:"跟个喝醉的狗计较什么呢。"

翌日,还是有几个学生闻讯赶来为侯老师送行。李峻星觉得心有安慰。可本家侄子连个葬礼答谢宴席都没准备,李峻星只好自作主张,搬来半扇羊,在炉火上炖了一锅羊汤,街上买了百十个馒头,让大家对付热热乎乎吃饱。羊汤煮好,李峻星盛出第一碗,放在侯老师灵前。想起以前他们爷俩冬天偶尔改善伙食,也是这样,买点儿带骨羊肉,也不会其他做法,只是洗净,放点葱姜,丢到锅里炖着。这雪湖边出产的羔羊,清炖足以汤浓肉香。两人聊着天,聊到肉香四溢,爷俩揭开锅盖埋头吃上一气,吃完抹抹嘴,相视一笑,再继续闲聊,觉得肉消化差不多了,趁着热汤,下点挂面,又能吃得有滋味……一幕一幕,似乎俱在眼前,李峻星双眼模糊,心里念着:"老师,这是你最后一次请我们吃饭了……"

饭后,大家挽着骨灰盒,将侯老师送回家乡。

天色仍然阴沉,像是堵住了,雪仍没落下。因为父亲没入祖坟,侯老师的母亲只能埋在祖坟边缘。亲族子侄潦草掘出个坑,将侯老师安放在母亲坟边。

众人都走了,李峻星和吴桐凤还立在晚风中。

简陋的墓碑上孤零零地镌着:

先师侯振声之墓

（1952.4.20—2019.1.25）

学生李峻星吴桐凤等泣立


## 9


临过年还有六天。老户按捺不住了,现时乡下的女孩儿在婚姻市场上畅销到什么程度?相亲的男孩儿要在媒人那里预约排队,一个女孩儿一天要见几十个男孩儿,当然,男孩儿只要给见面钱,一天也走马观花相看不少女孩儿。过年路上到处是骑着摩托开着小车乱窜的大小光棍。老户给儿子相下的这家女孩儿,高挑漂亮,自然更为抢手。新房即将建好,老户力邀准亲家一众前来指导,势必要把这门婚事尽快夯实。

女方家一帮男丁装腔拿大,终于被车接来了。老户从县城请来厨子做家宴,好酒好菜,还要有头脸的人来陪着,找谁呢?何奇志供应工地的建材,下午要开吊车上楼板,算一个,本村的主任算一个,他自己算一个,还得有个压轴的,巧了,金生水正好有空。老户笑了,完美了。

女方家一行人就在工地前面的空地上,对着莽山,搭上彩棚,炉火熊熊,冷天里暖融融的,还可以看个景,挺好。不多时酒菜上来,金生水这人经不得怂恿,老户不停地抬他,几句"拜托了",他便起兴,使出浑身解数,将女方男众喷嗑喷得眉开眼笑。老户拍拍他肩膀,很感激了。

安顿好女方亲众,老户才去工地上招呼:"爷们儿辛苦啦,下来吃饭了,有酒有肉,吃饱了再干啊。"

"好嘞,这么快晌午了,走,下去吃了饭再干。"合营最先响应。

一众村人干到晌午,虽说有工钱,年关寒天,也觉得颇为居功,人们于是应声从脚手架上下来洗手洗脸,理所应当地接过老户的好烟,坐下来吃饭。

再有一层楼板就封顶了,老户急着贴瓷砖,再粉刷一下,不能耽误开春定亲。新屋即将落成,这一顿饭格外隆重。

陪准亲家们喝了几杯,东西闲话了一会儿,老户拎着酒,挨个敬了一圈:"爷们儿,下午上楼板,还得辛苦各位。"说完,一饮而尽。

这边金生水、何奇志、村主任三番车轮战,战况惨烈而蓬勃,女方亲属一个个喝得摇曳生姿,喝到后来,双边一致达成协议:老户儿子和女方的这门亲事纯属天造地设,男方放心好了,女方再不接受任何相亲,就等新屋建成,赶快下彩礼定婚期。

既然喝到这个份儿上,老户就缓了口气,这才觉出这么些天工地操劳的疲惫,和养个儿子婚娶花钱如流水的疼痛。金生水他们放缓了进攻节奏,抽着烟,啜着茶,勾肩搭背,杯盘狼藉,宾主尽欢。趁着场合,工友们大都来主桌敬酒:"金老板、何老板、主任,请随意,我干了。"三个巨头的敬酒顺序根据自个依附的强弱关系来排。

工友们敬了酒,金生水和何奇志也得回敬。到了合营这桌,还没喝呢,嬉笑的合营先举杯和金生水碰了:"金老板我就随意了,你干吧。"金生水踢他一脚,发他支烟,笑呵呵地说:"玩儿去,谁要和你喝了。"转到李峻星跟前,"大才子,来,兄弟敬你一个。"

李峻星本来不过是帮忙干活儿,只顾埋头吃菜,不理会他们酒场的喧嚷。金生水酒杯举过来,他没立即起身,延宕了片刻,这就尴尬了。金生水笑笑,对桌上其他人说:"大才子不屑于和我这粗人喝嘛。"等众人讨伐的目光聚焦到李峻星身上,金生水才说,"我先干了。"在旁人看来,李峻星再不喝,就有点给脸不要脸了。合营给他满上,怂恿他喝。李峻星讪讪笑笑,他不是故意僵局,他是真不能喝酒,没酒量不说,一杯就脸红气粗。然而,金生水一笑而过,接着说:"李峻星,听说你现在失业在家,过了年,去我那儿干吧?"

李峻星不吭。

"老同学,我那儿就缺个能指得住的人给我领领,过了年就来吧,亏不了你,只会比你在外面挣得多。"

合营帮衬:"那是,金老板一向在工资上,仁义!"倒酒,"峻星,说什么,你得喝一个!"

"合营哥,好,别倒了,你知道我不能喝。"李峻星再不喝,都要引发众怒了。盛情难却，还是喝了一满杯，李峻星有些反胃。可金生水又倒了一满杯，扬脖干了，众人也只好随上。金生水还没落杯，何奇志拎着酒瓶，发起新一轮。众人都觉得有脸，两个老板都来敬酒。说了场面话，到李峻星这儿，何奇志说一句："前几天，侯老师葬礼那天有事耽搁了，也没能去成。对不住哈，我干三杯，赔个罪。"这话说得冠冕堂皇，李峻星真想把酒杯摔在地上。可何奇志咚咚咚三杯下去，众人起哄架秧子，拉扯着李峻星，合营在一旁不停倒酒，他也只好随着喝了三下，当时头就嗡嗡的。

金生水接完电话，招呼一声："哥几个慢慢吃着，有点事儿，一会儿再过来陪你们吹牛。"

"嘿嘿，还有事？皇楼村老丈人叫你去他家，直说就是了。"合营快嘴笑谑点破，"吴桐凤在家备着好酒，等着你馒头夹肉。"一通浪笑。

金生水附和一笑，看了一眼李峻星，随即敷衍一圈，乘着酒兴，顺路向东。

"生水来啦，快屋里坐，刚说做好饭让小凤喊你呢，谁知你在那边要陪客。"老吴一见金生水，忙起身招呼，泡茶。老婆也从厨房出来，寒暄一会儿，使个眼色，说："小凤在里屋，先去和她说说话吧，姨去做个酸辣汤，给你醒酒。"

金生水进了里屋。

吴桐凤停下手中绣着的十字绣枕巾，倒了杯茶，放在几上，神情不温不火，仍坐回床上，绣她的祥云鸳鸯。

"昨儿我见吴义伟……哦,咱兄弟,"金生水找话说,"咱弟说刚在矿上办了入职手续,看样子还不错,上下我都嘱咐了,都挺照顾。"

吴桐凤深入浅出一针:"嗯。"

可金生水不觉尴尬:"我觉得你这身衣裳有点素了,年节下的,"见吴桐凤抬头冷冷看他一眼,忙改口,"素了也好看,好看。"兀自咧嘴补上一笑。

吴桐凤不说话。金生水支棱着头,直勾勾地看她。他坐在那儿,又开腿,挥着手,她想出去,得绕过他。他就堵在那儿,挑衅似的,大包大揽地看她。他的目光像四飞的苍蝇,集中嗡嗡在她胸腹臀部等紧要部位。她却无可遁逃。

吴桐凤实在受不了,绝望地隔着窗户,喊:"妈,午饭还没好吗?"

母亲在外面自作主张地响亮应声:"这就好啦,再等会儿。"

金生水眯着眼,笑了,喝一口茶,还看吴桐凤,并且走近:"我看绣的啥?"说是看,眼也不在十字绣上,却顺势握住吴桐凤的手,挨近她脸,酒气扑面,"嗯,好看。"再挨近一点,"鸳鸯成双,挺好,结婚时咱枕。"说着就要上嘴亲吻。

吴桐凤奋力推他,边躲边闪,却躲不开,闪不迭,强撑着想千万不能倒在床上,在屋里还不能喊骂。太丢人了。万幸的是僵持中金生水的手机响了,他按灭,红着酒醉的眼,还想再看,可枕巾已被吴桐凤护在怀里,情急中拿针扎他手心,却还是被他劈手夺过来:"眼看就是一家人了,还这么狠心!"金生水居高临下望着举着针满面怒色的吴桐凤,并轻佻地吮吸自己手心的血珠。她去拿压在枕头下的剪刀,这一段不知心里感应着什么,吴桐凤总把剪刀压在枕角,才觉得安心。剪刀握在手里,她心不跳那么厉害了,踏实了。

望着吴桐凤握剪而立的坚决样子,金生水呵呵冷笑,瞥眼看清两方枕巾,鸳鸯戏水,伴以祥云,名字虽绣得很小,很隐蔽,但已针脚分明,一方"吴桐凤",一方"李峻星"。

忽然间极静。

金生水并没有发怒。拿着枕巾在吴桐凤脸前抖动着晃了一遍,又晃了一遍,咬牙,鼻孔出冷气,笑,说:"好!"掷在吴桐凤脸上,大步回走,"我让你还想着他!"

到院子里,他对着满面堆笑迎过来的吴桐凤爹妈分明放出一句话:"叔,姨,您最后再问问小凤到底嫁还是不嫁!"扭头走了。

工地上,老户和准亲家一伙人吃饱喝足,喝着热茶,喷着嗑,围着炉火,看小楼封顶。大家有意听金生水喷嗑,他却坐在那儿,样子闷闷不乐,只顾闷头抽烟。何奇志看出端倪,拍拍金生水肩膀:"多大个事儿,瞧着,我来帮你逗他一下。"他打个呼哨,踩灭烟蒂,上了吊车操作。

楼板在地上两头被勾着,然后被起吊机徐徐吊起,升高,起吊杆摆过去,楼顶上有人招呼住,悬空把楼板放在既定的位置,落下,松掉钩子,接着下一块。让合营上去接应,合营说:"这我不行,太高,头晕。"装作真晕的样子,恨得队长笑着踢他。队长在楼顶一旁摆手作起落指挥,老百顺和李峻星在上面一边一个接应。

楼板被吊着悬空,稳如一叶之轻,无非是拨动着一块挨着一块地合上缝隙。何奇志把机器循例开得很耐心、很稳。

一间屋九块板,三间都封顶了,最后一间也就差几块了。李峻星瞅了一眼地上仅剩的几块楼板,松了一口气,想着完事了再下去得喝点水。午餐上酒喝得猛了,现在口渴,头还有点晕呢。

正想着,擦了把额头的碎汗,李峻星还抬头看看远处的河边,那是吴桐凤家的方向。想想曾经和吴桐凤在河边的时光,就笑了。

忽然间,队长大叫,大力摆手,急令何奇志刹住起吊杆。李峻星转头一看,呀!原来稳稳当当下落的楼板,猛地震了一下,开始来回打晃,晃着晃着,一头的钩齿猛然松落,眼看楼板倾斜着砸下来。

队长在楼顶喊叫着奋力摆手。

老百顺从惊疑中缓过神来,恐惧地吆喊:"峻星,快躲开,躲开!"

何奇志看上去也在手忙脚乱制动刹车杆。

工人们在脚手架上、地上,闻声张着嘴惊恐地望着楼板砸向李峻星。

李峻星站在楼顶边缘,恍惚间看着楼板像是一缕纱带,向着自己轻缓缓地飘来……

金生水走后,吴桐凤在家越想越觉得不对劲,猛然间心口感应着一痛,浑身上下一个激灵,揣上剪刀,迈开步就往相邻的堤湾村奔跑。路两旁的树似乎都往后倾倒,她跑啊跑啊,跑得眼泪都出来了,吴桐凤举着剪刀,在心里喊:"金生水……何奇志……我要杀了你俩……"

吴桐凤一路流着泪奔跑,脖子上的玉坠跳了出来,寂静而殷红,在心口像火苗一样跳动。吴桐凤流着泪跑啊,跑啊,远远看见,她哭着喊:"金生水……我杀了你……"

这会儿,阴沉了多日的天空,终于稀稀拉拉下起了冰粒子,不多时,飘起了今冬第一场雪。是干燥的轻盈的大瓣雪花,纷纷扬扬的,格外好看。此时,李峻星也如一片雪花,从楼顶刚好落下。

# 黄昏误

## 1

　　她没打算来这里的,确实是,如肇事逃逸的司机,坐上了车,漫无目的,离开城区,还不够,一直到城市边缘,一抬头,看到公园广场那巨大的钢铁蝴蝶,她舒了口气,似乎只有离远一点,才能躲开那殷红的一片。苏丽云坐下来,掐住虎口,手仍在抑制不住地颤抖。

　　公园很大,依山而建,最有名的景点是蝴蝶谷。据说谷底石头有说不出的奇异幽香,古藤攀援而上,杂花四时争芳,蝴蝶云集,昆虫学家考证仅谷底就有七科一百多个品种。溪水流动,蜻蜓点水,蛱蝶穿花,人游其中,别有风情。有段时间,电视上新闻里不停地宣传,蛊惑得她也特别想来看看,不单是为了这里的景致,是那种出走的念头,像被单晾在窗口,一半被风诱拐,招招摇摇的,恨不得插翅而去,另一半呢,摁在原地,不得翻身。这才是要命的。五年过去,苏丽云终于来到这里,却没了看风景的闲情。她劝自己,好歹来了,票都买了,像个正常的游客,去看看吧。

在谷底溜达一圈,就撤身回转。一是腿脚不便,再是那么多熊孩子亢奋地扑打着蝴蝶,将它们玩弄致残致死,沿着路边,草丛里树枝上到处悬挂着小小生灵残缺的尸身,更可气的,园方在谷底上空罩了严密的细网,死了的蝴蝶尚未来得及清扫,便继续大规模投放。说到底,这蝴蝶谷的名头,不过是人为策划出的商业景点,她并不较真,只觉得灰心。她甚至不怪那些顽劣的孩子,他们和这蝴蝶一样可怜,都被豢养于温室,蝴蝶被他们出了牢笼恢复的一点野性所伤,等他们步入社会,自有另外的东西将他们逐一收拾,或死或伤,报应不爽。

退回到公园广场,苏丽云坐在角落的石凳上,目光平静,望着远方,像刚刚经历海难的女人,远视大海。

那个男人就是这时候来的。

到了这个时间,附近高档公寓的人们,在维护中产生活的战场上厮杀了一天,到了傍晚,才拖家带口,吹着晚风,壁垒森严的脸像从冰箱拿出解冻的肉,呈现出体面的疲倦,三三两两,享受这难得的消闲。她坐在广场边缘,是下风口,掏出烟,抽起来。她不羡慕他们的天伦之乐。那都是假象,她想,生活碾压下极力伪装的幸福假象。她有过,又亲手毁了,一点也不足惜。一支烟被她抽得姿态飘逸,带着一点报复的快意,似乎他还在她身边,向她吹胡子瞪眼,可她终于不用管,可以肆无忌惮地抽烟。是啊,以后她想怎么化妆就怎么化妆,想怎么穿戴就怎么穿戴,他妈的,再不用顾忌。

她掐灭烟蒂。自由了。

男人向她挪近一点距离。

苏丽云懒得搭理。

这辈子,想往她身边凑的男人够多了。她漂亮吗?自己倒不觉得,许是那份沉静的样子,容易让人误以为温婉好欺。这也真够×蛋的,男人们撩拨那些踮着脚尖也够不到的女人,可结婚,又要找像她这种便于驾驭的。老头子如意算盘打得啪啪响,最后五年,坐在车上,指使着她,吆喝着她,如一匹老马,她匍匐在妻子、母亲的位置上,不得松绑。在细水长流的日子里,在日日夜夜的摧折里,拉住他,拉住一个家。她被他以婚姻绑架,饱受惩罚。她恨他,无时无刻。这种恨意均摊在每一个日子里,每一天都是一个战役,好在她最后打赢了。可老实说,有点空空落落的,像是一场拔河,角着力,对面忽然松了手,倒闪了她一下。老头儿临到头忽而笑了,笑得很寂寥,好像他早有预料。他说,你满意了,终于可以放心地去浪了。仿佛她是条不忠的狗,身在曹营心在汉,吃着家里的,却总还惦记着溜出去撒个欢儿。她啐他一口,笑意盈盈的,点点头,表示他死后,绝不辜负他的期待。

男人溜溜达达地过来。悄无声息地,也是欲盖弥彰地,在她边上坐下,一会儿搓搓手,一会儿捋捋头,嘴巴鼓动了几次,样子像搁浅在岸上的鱼,嗫嚅着,说出一句,嗨,觉得你这么熟悉呢。

苏丽云瞥他一眼,这种蹩脚的搭讪把戏,不觉得无聊?她扯动唇角,小幅度地冷笑,意思是可拉倒吧,哪儿凉快哪儿待着去,我这样年纪的女人,不再是青春浮躁的小溪,是水流光后露出的沙石质地,你撩拨不动,别费力气。

男人扶住额头,似在艰深地思考,要从记忆里把某个身影打捞出来,忽然一拍脑袋,冲破藩篱,云开雨霁,说,你是乔真吧?没等她回答,他自顾点头频频,嗯,就是的,肯定的,和她太像啦。

他一系列动作,透着与年龄不合的认真和单纯,甚而有点可爱的傻劲,让她觉得唐突而好奇。哪里像呢?她问。不予置信,带着揭穿他的嘲讽语气。

你真是乔真?他答非所问,还试图在惊喜中确认。

看样子,他不似轻薄搭讪之辈,所以他错认得认真,她否定得也只好认真,苏丽云摇摇头,先生,你可能认错人了。她想,他或是把她当成某个故人了,很遗憾,她没能成人之美。

可男人沉浸在自己的回忆里,执意将故人和她相认。是的,你就是乔真,没想到能在这儿遇上,他说,多少年没见了,你还是那么美,第一眼我就从人群中认出你来了。他笃定地笑了,温暖的脸上,带着穿过漫长时光与故人相见的亲切和忧伤,往她这边坐过来一点。你的眼睛很特别,你不知道吗,眸子很亮,却总感觉很凉,好像早就洞穿了这个世界的把戏,并没有什么值得留恋,可还较真地袖手旁观,一定要看它怎么往下演似的。

若真如他所言,这世上定然存在一个和她年龄样貌相仿的,叫乔真的女人。不知道他们是什么关系,隔了许多年,他还念念于心。到了这个年纪,时光的洪流业已过去,投下一颗小石子,溅起一些涟漪,她的波澜是淡淡的,他的确认却是悠长的。

看来,她对你很重要喽?

男人笑了,不言自明的样子,他说,你就是她啊。我知道了,你怕我认出来,是老公在这附近吗? 我记得他管你很严,放心,我就想过来和你聊聊天。

苏丽云有些恍惚,会有这么巧合?她苦笑一下,他以前是管我很严,不过现在没事了,一时半会儿他赶不过来。她松开抱着的臂膊,说,好吧,那就聊聊。

你承认是乔真了?

这不重要,不是说要聊天吗,正好,我这会儿不急着回家。

## 2

乔真,你肯定听说过这个故事,两个人一前一后赶路,就因为后面的慢了半拍,前者一路绿灯,畅行无阻,后者每个路口都是红灯。我的一生也是,每到一个路口,都写着此路不通。乔真你呢,就命好,该上学时上了大学,该下海时成立了公司,该结婚时嫁了个有本事的老公,每个选择都踩在时代的点上,不像我，一步追不上，步步落空，到最后一事无成，徒剩一些悔恨和不甘。

在他的叙述中，那个乔真的人生轨迹和她也大致相似，怎么可能？他是谁？还知道些什么？苏丽云侧着身子，仔细打量他，面相清癯，皮肤干枯，头发凌乱，眼睛黯淡，从哪里看，都不过一个乏善可陈有点迂腐的中年男人。

她问他的名字，他说了，苏丽云根本想不起生命里曾和他有过丝毫交集，她放下心来，哦，没事的，不过是一场鸡同鸭讲的误遇而已。她决意逗他一下，你是不是喜欢过那个叫乔真的女人？

何止喜欢，你忘了吗，在写给你的第一百三十六封信里，我向你求过婚，要不是后来你被别的男人抢了去，说不定我现在的伴侣就是你，如果真是这样，我这一生大概也不至于沦落至此，即便再落魄，有你在我身边，那也未尝不是一种圆满……可是，话又说回来，我混得这么差，你就算当初真跟了我，我也不会同意的，让你过这种生活，怎么舍得……他说，你那时候，多珍贵。

一个女人，能被一个男人这么珍惜地念着，总是一种福分吧。

啊，她就这么好吗？

是你就这么好啊。他说。

不合时宜的深情，被他以郑重的语气正名，没有油滑和轻浮。猝不及防，苏丽云竟泛过一痕羞红。有那么一瞬间，她恍然地想,真把自己置换成乔真的替身,或许也不错。可她到底刻薄,经历的勾当让她轻易穿过温情,指出背后的残垣断瓦,她说,你就没恨过她?如你说的,她毕竟没选择你,撇下你,投奔更有前途的男人去了。

恨过,他说,所以我把乔真杀了。

杀了?

他眯着眼,脸上的纹路里都是挤挤挨挨的笑,像恶作剧的孩子做了坏事,躲在旁边,静观其效。等确定她被吓住了,他哈哈的,我这么一个人生失败者,注定是个贬货,要有那个胆量就好了,他说,想象中确实曾杀了她很多次,她在我心里早是死者了。

她?苏丽云望着他,心想,他在装傻吗,怎么又称呼为她,她说,你不是认我为乔真吗?

男人倒不慌,说道,是啊,在我心里她死了,直到刚才遇到你,就感觉,唰啦一下,在这个黄昏,时光将她重新送回来,送到我身边,乔真,所有的关于你的回忆也都复活了,我不恨你,也不爱你,我终于能在你跟前平心静气。

是因为我们老了?

是的,你老了,我也老了,爱不动了,也恨不动了,他说,能这样在落日下,吹着风,说说话,开开玩笑,心不再怦怦乱跳,已经很好。

自始至终,苏丽云是带一点逗弄之意的,偶遇一个陌生人,聊一聊天陪他消磨一下时光,图个嘴上活泼,以此遮掩心底压着的事。她淡淡一笑说，如果你说的是真的，其实我很羡慕乔真，至少她被人这么想念了几十年。她问，你呢，没追到乔真，后来就没找别的女人？

找了。他悄悄叹口气，好像找了别的女人，刚才暗恋的童话就不那么纯粹了，没能守住一个自我感动的传奇似的。他说，正因为找了不爱的女人，不是灵魂伴侣，只是肉体联姻，凑合成了家，提不起心劲，才活得这么不顺，当然，这么说，你肯定以为我在为自己的失败找借口，不是的，我也曾努力过的，在这城市里，换过那么多工作，一次次地，试着劝自己妥协，和现实达成和解，可每回都没能坚持下去。

都干过什么呢？

嘿，那可就多了，从老家的地方行政边缘单位辞职，来到这里，先是在工厂打工，模具厂塑胶厂玩具厂成衣厂都做过，后来还跑过销售，印刷厂纺织厂家具厂的产品都推销过，再后边还和朋友一起做过小生意，就是那种在原来厂里积攒的客户，相熟了，另外私下找小厂下订单，赚点差价，还在家装公司做过人力资源的活儿，其实就是带着几个人做装修，我是个被雇佣的小包工头，我想想，做过的还有不少，都没成气候……我明白你的意思，是说我们这个年纪的，这么早就来到市场经济的前沿阵地，还有一定的学历和知识，但凡有一点脑子，只要坚持下去，熬到现在，都会有一番成绩，当然，并不是说我们这一代才智上真有多么过人之处，而是赶上了节点，遇上了长长的雪坡，幸运地享受了时代的红利，再加上个人努力，一般来说，雪球都能顺利地滚大,我呢,看似也从众地忙活,一边滚着,雪球一边滴滴答答融化,滚到最后,什么也没落下。

那是为什么?

他笑嘻嘻的,或许,这就是命吧。似乎说开了,里外都可坦白。他说,人不都说嘛,可怜之人必有可恨之处,我就是的。人在世上活这一遭,大多的人,踏入社会,成家立业了,就好比一辆玩具车上紧发条,在既定的轨道上,自有责任、负担、好胜心、诱惑等各种绳子牵着,像眼前挂着萝卜的驴子,只顾闷头往前走,不能懈怠,即便中间累了,略一停顿,较着劲,接着上紧发条,继续前进。我呢,就不行,发条上紧的时候,也能和大家一样按部就班地追赶一程,可过不多久,就会在某个瞬间,冷不丁松下来,像是有另一个我坐在路边,看着奔波的我,嬉皮笑脸地说,哥们儿,你一个人,起劲什么呢,爱的人没得到,现在的老婆跟你离心离德,谁值得你拼命呢,白费劲,到最后不都是个空嘛,一阵风罢了,瞎忙活啥呀,坐下歇歇吧。得,只要一坐下,就如气球泄了气,一下子松垮掉了,偏离了正常轨道,其间,喝酒瞎逛赌博,玩儿,再不上道。人不就是活一口气嘛,气泄了,还有张皮嘛,不要脸了,就啥也不管它,耍赖似的,怎么都能混得下去。说到底,怎么着不也是个活吗,大不了,还有一死嘛,直到哪一天,颓够了,玩腻了,赌光了,再被命运揪着耳朵,逼到正路上来,如此五次三番,紧一阵松一阵,你说,我这样的玩意儿,要是能成事才奇怪呢。

那确实不亏你。

是吧，我也这么觉得。

你就没设想过努力一点，混出一番天地，有一天，再找到乔真，鲜衣怒马，风光无限，把自己灿烂地戳在她跟前，让她后悔当初的选择，证明甩垃圾一样撇下你另择高枝是她有眼无珠？

他挠挠头，一时沉默。过了片刻，他眨眨眼，浑身轻松了，他说，我刚一开始把乔真杀了一万次，就没打算再给自己翻身炫耀的机会。

你那是懦弱，没出息，就这还好赌呢，怕是赌的时候，也以输居多。

你说对了，不知是血型还是怎么，我在哪儿，就成了周边人的肉体蚊香，不是我能驱蚊，是蚊子都咬我来了，在赌桌上，也和这差不多。

那你还赌得这么来劲，图个什么？

所以说，人贱就在这里，总得有一好吧，指着这点爱好消耗无聊，逃避生活，也毁在这爱好上头。他说，别只说我，该说说你了，乔真，这些年你去哪儿了？

3

最后五年，我哪儿也没去，一直在等他死。是的，他给了我一切，优裕的物质，可观的财富，高端的人际关系，当然，也包括孤独、羞辱、钳制这些，我们像是两条毒蛇，相互缠绕，彼此咬噬，势均力敌，但是对外，我们又沆瀣一气。他有能力，我有背景,我们组合起来,开厂子做公司,在市场上攻城略地,很快就变现了大批资金,凭借这些本钱,他可以继续编织交易脉络,以博取更大的政商资源。老实说,他头脑精明,杀伐果断,事业做得风生水起,他自觉已根基牢固,家父也退了,到这时,他才显露本来的嘴脸,开始对我冷落嫌弃,动辄鄙薄相加,在外面胡来,在家又以各种手段控制我……现在想,他当初娶我,就动机不纯,他那样的人,一生贯彻实利主义,从未吐露真情,向来只关注自己的得失。

我那时刚毕业,到市电视台做主持,我喜欢舞台上那种感觉,灯光音乐一起,追光一打,摄像机对着,泯然于众的凡俗人生忽然黄袍加身,有种致幻效果,让人上瘾。我在电视台做得很开心,然后,遇见了他。他是海城第一批投资办厂的企业家,刚荣膺了海城十大杰出青年之类的称号,后来才知道,他有个屁钱投资呢,都是他哥哥出的,因为出身不好,他哥哥逃港后闯出了名堂,二十世纪八十年代初返回海城办了来料加工塑胶厂,一时风头无两,政府正要树立一批改革先锋形象,电视台跟进采访,认识了他。那时他确实英姿勃发,年轻的脸上目光明亮,带着自信的光芒,说个话发个言回声嗡嗡的。男人这种贱东西,真是,顺境时,时运和得意撑着,鼓鼓胀胀的,脸上都是葳蕤的喜气,一旦落了势,立马便如霜打的茄子。他那时得意,我也正值高光时刻,一叶障目,被他给骗入毂中,其实他看中的一是我娘家的背景,二是我生在海城大学却是在北方读的,粤语普通话相貌这几项都给他加分,就这么我们达成了利益联盟,扯了结婚证。

这么一说，我好像想起来了，第一次见你，就是在你读大学时，还记得吗，你们搞诗歌朗诵，当时朗诵的诗我还记得，普希金的，最后两段我到现在还能背起：

它有什么意义？
它早已被忘记
在新的激烈的风浪里，
它不会给你的心灵
带来纯洁、温柔的回忆。

但是在你孤独、悲伤的日子，
请你悄悄地念一念我的名字，
并且说：有人在思念我，
在世间我活在一个人的心里。

当时，我就在边上旁听，他说，我不是你们大学的，是旁边一所专科，我去找一个哥们儿借点儿粮票，路过你们小礼堂，那会儿周末时兴交际舞，我是想看看名校的姑娘，却撞上你们在搞诗会，昏黄的灯光摇摇曳曳的，我的感觉就如从外面走进黑暗里，再一睁眼，就看到了你，一抹光打在你眉眼上，那样寂静，那么美好，好像时光汩汩流淌也不足惜，只为在人群中悄然站立，看一看你……

别煽情,到了这个岁数,起鸡皮疙瘩,她说,我使劲想了下,确实有这么回事,可却怎么也想不起你,一点印象也没有。

那不奇怪,我又没什么出奇之处,他说,但是我能想起你,这就够了,乔真。

你真的确定是我吗?

他点点头,不容置疑的神色,我不会认错的。后来我给你写了很多封信,站在树荫下,远远地望着你,内心翻滚,交织悲喜,那些藏在心头的哽咽和未说出的离别,我们的一生止于此。他说,都过去了,我倒是想知道,这些年,你们在一起好吗?

我们? 哪有什么好与不好,只是一场交易,我们的关系,像是合作开一个公司,不过我这个合伙人被他逐渐剥夺了股份就是了。婚后三年,生了个女儿,小时还很乖巧,长大也学坏了,主要责任在我,我的精力被拖到和他到处抛头露面的生殖器斗智斗勇,忽略了女儿的成长,对她的爱四处漏风。她的青春期很叛逆,而我还谴责她不和我站到一个阵营,讨伐她风流成性的父亲,结果呢,我两边都没顾上,男人那边本该宜将剩勇继续追击,却一不注意,他又死灰复燃,等我发现,女孩肚子都大了。女儿这边,青春敏感,脾气火爆,在不经意中,她看到婚姻里猫撕狗咬最不堪的一面,这必将影响到她将来的婚恋观,如今年届三十,她仍不婚不恋,性取向也暧昧不清,我真惭愧,为人母,我不及格,但当时我想的是,闺女,妈妈这样面目狰狞,风声鹤唳的,还不是为你好吗,不将外面的那些野种铲除,将来到你手里的资产要损耗多少?

为什么不离婚?

离婚?说得轻巧。一是沉没成本太大,他的事业是我帮着一起打下的,我为何要拱手让出呢?还有就是,老实说,被豢养久了,翅膀退化了,飞不起来了,也没那个心劲了。

老话说得好,食得咸鱼抵得渴,很多时候,都不过是个选择。

是的,现在来看,我可能一开始就错了,所以只能一错再错,先是嫁错了人,再是亏欠了女儿,接着对被他祸害的女孩儿们斩草除根。那时候,来珠三角打工的女孩儿都被轻蔑地叫为北妹,一群一群的北妹,白花花地拥过来,每到厂子下工时,黑压压的,如过江之鲫,都是十七八的小女孩,真是便宜了那些有点钱的烂男人们。他在外面广种薄收,执意要生个男孩,我难以理解,但作为夫妻,曾自告奋勇地配合,中药西药补药偏方都吃过,后边也怀了,女儿之后,还是女儿,打掉了,到第三回还是,我就知道,不是我的问题了,跟他说,可他执迷不悟,抛开我,在外面另找女的,是女孩就打掉,如此几年,也没见他耕耘出什么,可他不死心,这就已经不是子嗣的问题了,他是在成心恶心我——我们三句话说不到一起,就能吵起来,在外面出席商会之类的晚宴,还要装作恩爱,吵到后来,看到对方的脸感觉呼吸一下都是厌倦的,话都懒得讲——他的意思,你不服软,我征服不了你,只好拿性当最后的武器,夫妻之间弄得像是生殖隔离,就不给你,限制着你的自由,同时他自己外面花天酒地,以此作为惩罚。那些年,我们过得别扭极了,一个家,就像个监狱,以婚姻的名义囚禁了我,当然,我也没那么轻易束手就擒。

怎么反抗的?

苏丽云沉默片刻,像是忽然疑惑怎么对一个陌生人说这么多,她望望落日,在思忖底下的话该不该和盘托出。

谷底的方向,有只蝴蝶趴在栅栏上,翅膀染着夕阳的光点,一闪一闪的,像是在停泊,又似要远航。她说,终于有一只逃出来了。她抽出一支烟,又说,今晚预报的有雷雨,逃出来,也免不了暴雨雷击。

即便如此,我要是蝴蝶,也会逃的,他说,至少最后能在大的地方飞一会儿。


## 4


每到雷雨夜我都会想起那个被处理的孩子,她说,你确定要听吗,你温婉读诗的乔真怎么成为悍然毒妇的?

你不说夜里有暴风雨吗,太阳快落山了,那就赶在雷雨来到前说完它。

最后一个北妹为他怀孕,我知道时已经四个多月了,再三检查确定了,是男孩,他如愿了。以为我不知道,其实我有眼线,可直到她快要生产,我也佯装不知,按兵不动,到她八个月孕期,说起来也有点天意,他哥哥在香港重病,他要去探视,留给我几天的时间可以处理那个女人。

怎么处理?

没动她一根毫毛,只叫几个人帮她把房子里所有东西打包,首饰、现金、衣服,全寄回她老家,然后孩子引产,给那女孩一笔钱,让她在空房子里留一张纸条,写下:我不小心摔了一跤,孩子掉了,是死胎,没脸见你,房子里东西卖了,我走了。

等等,孩子呢?

生下来死了。

八个多月的孩子,真是作孽。

这样的事,你的乔真能做得出来吗?

还有,那女孩呢?

不知道,做这些,不需要我出面。

不对,他说,我倒是听说过类似故事的另外一个版本,那女孩被大婆强制引产,重金雇佣的私人医生还算有点良心,骗大婆说孩子死了,其实还活着,只是虚弱,哭都不会,然后,医生将男孩送了人,那女孩自此疯了,在路口见到人家的小男孩,就冲着傻笑,还要扑过去抱……

苏丽云一怔,从哪儿听的,她问,你到底是谁?

从风里听的,他说,我是我啊。

你听说那个女孩最后怎么了?

四处找她的儿子,疯疯癫癫的,人们只好将其扭送到医院。说起来,打工出身的小地方女孩,当初也只是想走点捷径,硬是被你们给逼疯了。

我这辈子何尝不是千疮百孔?她说,我又是谁给逼的呢?

其实你知道那个男孩没死,对不对?

对，一开始我就知道，是我授意将男婴送给别人的，他控制我半生，我也要报复他一次。他不是一直想要个儿子吗，是的，就算你得逞了，孩子生下了，活着，可人海茫茫，你就是找不出是哪一个。

他知道吗？

最后我告诉他了，她说，他杀我的心都有，可他躺在床上，杵着手指，咬牙切齿，无可奈何。我赢了。

你可能还是输了一招，他说，如你之前所言，你老公之前种出的都是女儿，那时又没有亲子鉴定，你怎么能确定最后那个女孩怀下的男婴真是他的？

什么意思？

不妨再给你编个故事：两个打工仔在工厂偷偷相爱了，卑微且甜蜜，男生俊朗，女生伶俐，他们约会，偷尝禁果，然后不幸的是，女生被老板看上了，男生心碎欲绝，却斗不过，且被开除了，自此染上恶习，比如赌博，幻想着哪次赢得一大堆钱，甩见异思迁的女生一脸，其实他想得更多的是，如果他有了钱，或许才有底气再到女孩跟前，拉住她的手，重新开始……他不知道的是，女孩怀孕了，她看得透彻，打工一辈子也没出息的，趁此机缘，不如冒下险，她想自作聪明以肚子里的孩子换一笔钱，和男孩有一份笃定的未来，却不想，当她打算盘时老天也在计算，以至于结局这么悲惨。

莫非……你……是那个男生？她摇着头，斩截地说，不可能！她在努力想当初那个女孩的姓名，想不起来，苏丽云一个激灵,难道叫乔真? 更不可能,一个打工的女孩,和他聊天里透露的信息,一点也对不上。但他对旧日错过的某个女孩的情感不像是假的,会是那个打工妹? 她感到头疼,这场聊天越来越陷入诡谲之境,理不清,越想越乱。

她觉得该结束了。

他笑吟吟的,我随口编的,故事嘛,听一听得了,你紧张什么。

你是谁,到底想说什么?

我是谁,你还不清楚吗,我们这么熟的旧相识了。

熟你妈呢,你脑子坏了吗,在这装什么傻?

他说,我脑子没坏,是这世界坏啦。

## 5

来,我们理一下,天还没黑呢,不急哈。他起身,挡住她的退路。

你想干什么?

我能干什么呢,乔真,只是话还没说完,急着走干吗,谁知道下次见你是什么时候呢?

不要提那个该死的名字,我再告诉你一次,我不是什么狗屁乔真,我叫苏丽云。

好,叫什么都成,我就当你改名了,行了吧?

不想和你再废话,我要回家。

她这时才确定,他肯定不正常,是身体下意识的小动作,佐证了她的偏见,比如,他说着说着,眼神就发愣,像是魂儿飘走了,留下的只是一个躯壳,眼睛骨碌碌地左右察看,半个屁股坐着,身子微弓,像要随时拔腿跑掉。

家里有人等着?回去不也没人嘛,再坐会儿。他攥住她的胳膊,没看出他这么瘦弱,劲儿却不小。

强迫我?

不敢,不敢,挽留,挽留而已。

要是你家里有个病人,中风六年,瘫痪五年,坚决不允许请护工,每天都要你伺候他吃喝拉撒,你说,你要回去吗?

你老公? 他松开手,若如此,那是得回去。

死亡将他五花大绑,撂倒在床上,他掌控不了自己的身体,口歪眼斜,涎水倒挂,暴躁盛怒,只一张嘴,还在恶毒地下咒,不停地诅咒我,那是对生失去控制,对死心怀恐惧,只能一次次制造难题,激怒我,以此获得一点存在意识,刚换上床单,还没来得及铺上护垫,他就故意地放屁、排尿、拉屎,冲我得逗地笑,不停地发出号叫,让我伺立在侧,观赏他的恶意,五年,将近两千个日夜,一分一秒,我就是这么煎熬过来的……你说我要回去吗? 她忽然情绪失控,反攥住他的手,肩头耸动,你说你说。

他叹口气,他在折磨你。

苏丽云平静下来,茫然地笑笑,也许这就是报应吧,她说,不和你啰唆了,我真要回去了,说到底,我们也不过是萍水相逢。

她顺好头发，围好丝巾，今天说的，都是一时兴起，我没当真，你也不必，她说，祝你早点找到你的那位叫乔真的女人。

等一等，那你今天怎么出来的？

她停住，转身，这次闲谈中，我发现你的毛病凡事爱追根问底，她说，他骂我狗屁不是，除了有个好爹，一文不值，攻击我牙齿不齐，乳房坍塌，下身松弛，他甚至说，我身上有一股妒忌的臭味，每次和我同房都捏着鼻子……他还说，他知道我爹看不起他，那又怎么样呢，还不是把他女儿睡了……他还说……

苏丽云絮叨着，不觉两行眼泪滑落，挂在唇角，摇摇欲坠，她咬牙而笑，做了一个掐脖子的手势，很轻，力道却凶狠。蓦地甩掉眼泪，她说，你还要问吗，知道我怎么能出来了吗？

他退后一步，呆呆地望着这个陌生的女人，脑子里生出一个画面，男人瘫痪在床上，含混地大骂，忽然，对面的女人被激怒了，上去掐着他的脖子，他在挣扎，挥舞着手，踢腾着腿，然后，渐渐平静，女人回过神来，望着痉挛的手，踉踉跄跄，夺门而出。

他没被吓住，反倒目光炯炯，像是狗闻到了腐肉，奔过来，他挨近她，忽而笑了，空洞的，毛骨森然，他说，告诉你个秘密，乔真疯了那年，我就把她杀了，因为，她活在这世界上，太苦了，我看不下。他撸起袖子，看看手腕，上面有一圈手表，水笔画的，拙劣稚嫩，他雀跃一下，要开晚饭啦，今晚上有回锅肉，我要走啦。

说着,他便朝山脚奔跑而去,瘦削的身子鼓胀着,灌满晚风,不经意中,她瞥见他被风掀动的外衣下的内里,斜纹白地儿的蓝格罩衣,她忽而想起,有一家精神医院就在山脚那边。

　　随着他奔跑的方向,黄昏彻底消隐,夜色开始封门,苏丽云伏在石凳上,心绪复杂,想笑这荒谬的相遇,眼泪却涔涔而下。

　　咔嚓,天边炸了一声闷雷,预报的雷雨如约来了,她坐起来,谷底上方升起一道烟,以为是失火了,却原来是雷击之下,自动感应的罩网不知怎么失灵了,划开一个口子,一阵浓烟滚滚上升,然后慢慢扩散,她仔细分辨了下,才发现源源不断涌出的是逃逸的蝴蝶军团。

# 夺泪来云轩

## 1

别处取这个名字，客似云来，都显直白，可烤鱼店挂这招牌，就觉雅了，看过去，烟熏火燎，大快朵颐，雅得有点不合时宜，然而这对比，也有趣。

这家烤鱼店在商业街边缘，但是不远，走一段就到，二楼，店面外有一片平台，桌椅都用心，包着海绵皮革，坐着不硌。岭南热季漫长，傍晚，二三好友，坐下来，听着市声，点一份烤鱼，撸几个串，喝点啤酒，聊聊天，扯扯淡，夜风吹来，颇惬意。

邱子虚常来，因为他闲。当然这闲是不得已的，或者说是他自己作的。作死的作。他在乌有区宣传科，前程像是挂在毛驴前面那根萝卜，红艳艳的，水灵灵的，似乎触手可及，可邱子虚到底没够着。他上面有主管老曹。曹拥利其实也没那么老，唯发际线撤退得匆忙了点,留下光秃秃的沙滩,就显得略老。可人以位显,堂堂乌有区某系统主任,秃也秃得红光满面。

曹拥利人活泛,八面玲珑,用邱子虚的话那就是不学无术,还爱瞎指挥,一个材料到他那里总要来回折腾几次。老曹其他不行,倒是修炼出一项本领,一页报告他搭眼一扫,就能知道哪个是错字或误用的标点符号,并以此矜才使气,逮住一个错误,便将纸张高高举起,大有捉赃在地的意思:"怎么样,嘿,逃不过我眼睛,告诉你!"每当此时,邱子虚心里都要将老曹直系亲属问候一遍,并对同事放言:"狗日的那点能耐私下里不知翻烂几本字典练出来的呢,还真当回事了? 这就好比房子都失火了,他还在那儿专注于一个窗花。蠢货。"言下之意,他才是那建构房子的人。这当然没错,单位上传下达的大小材料几乎都出自邱子虚的手笔,但事可以做,话不能这么说,何况单位里又不是每个人都是能建房子的。议论多了,总有一些流入老曹的耳朵。老曹笑笑,很叵测了。

邱子虚就是那时候来这里喝酒的。酒他自带,从旁边士多店就可买来,为本地产的一种米酒,味道清冽,主要是便宜。邱子虚在单位里仅是聘员,那些在编的只在用他时临时堆积一点笑意,貌似热情,实如命令,用完了,就丢他一边,如弃敝屣。邱子虚当然也看不上这些废材,譬如锥子独立,是以朋友不多,能到这个年纪,一起饮这劣酒细水长流的,更没几个。所以邱子虚来这里大多是自斟自饮,一份烤鱼,半瓶酒,足够他消磨半天。

那时此处也不叫"来云轩",一块油腻的"张老三烧烤城"招牌挂了多年。后来的"来云轩"老板彼时还是个小伙计,邱子虚没注意他,他或许也没注意过老邱,无非是万千顾客之一和跑堂之间的关系。说起来,邱子虚是他从一个小伙计到盘下这个小店一路的见证。等他执掌了小店,邱子虚再来,两人之间的关系就有点大浪淘沙的意味了。日子风一样呼呼刮过去,人来人散,到最后还能有点交集,不容易。

两人都不善言语,见了面也不过点点头,一个点了菜,一个去后厨忙活。可认识久了,也算是半个熟人,有时生意不忙,邱子虚举举酒杯,邀请他:"来,喝一个。"那男人摆摆手:"不会喝酒,"朴实一笑,"你来根。"递他一支烟,邱子虚也摆摆手:"不抽。"彼此的好东西分享不出去,心却领了,男人坐在一边抽烟,看他喝酒,其间也无话,烟抽完了,他就起身去忙活了。

这挺好的。

"来云轩"是他廉价方便的桃花源,邱子虚时而过来,逃开工作和家庭,图个松弛。他想不到的是,要不了多久,这平静的小店,喝酒的桌子,会如一盘鼓面,那个女子的出现,擂响了他们故事的鼓点。

## 2

那女子什么时候出现在店里的,邱子虚还真说不清,就是那么着,忽然有一天,柜台上原来的收银员替换成了一个年轻的女人。那女子五官倒也不算惊艳,主要是一双眼睛,好看,秋水盈盈,像一对小规模的海,这双眼睛把她从相对平凡的长相里拯救了出来,再加上皮肤很白,长身玉立,站在那儿,带动得整个小店的气质都不一样了。

邱子虚再去喝酒,忍不住远远打量,看那女子递菜单、收账,还忙里偷闲嗑几个瓜子,行云流水的动作里带着一份慵懒,有那等得时间长了的顾客催菜,她便隔着玻璃窗向后厨喊:"宋刚,你狗日的搞快点嘛。"那边厢就应声:"好啦好啦。"

邱子虚才知道男人叫宋刚,从他们那熟稔自然的对话中,女子应该是宋刚新处的婆娘。邱子虚临末向宋刚挑一挑大拇指,暗暗说:"没想到啊,哥们儿,好样的。"宋刚笑笑,不言语。却下意识地瞥一眼柜台后玩手机游戏的女子,眼睛里满是迷离。

回到家里,妻子梁如雪在收拾行李。

"干啥去?"

"出差。"

"去哪儿?"

"你管呢。"

他们现在的对话模式基本是这样的,简略到彼此都懒得费半点多余口舌。而夫妻是什么呢,在邱子虚看来,不就是两个人伴着说几十年废话吗,只不过有的人说得投机,有的人,比如他们,说三句就容易急眼。如果他接下来再问:"出差几天?什么时候回来?"梁如雪必定行李一丢,回一句:"你以为我愿意出差有本事你养房养车啊三十多的人了一个大老爷们儿在单位打个杂一个月挣那点儿钱还有脸一天三顿不落地吃还觍个大脸灌那猫尿呢嘿真有你的。"她滔滔的积怨都容不下个标点，邱子虚领教经年。说到底还是自己没本事，在家里，理所当然主导不了话语权。

梁如雪早已对他灰了心，对这婚姻灰心，连吵架也提不起士气。邱子虚想你看不起我，不否定我还好，既然整个人生都被你这样唇红齿白几句话否决了，老子就破罐子破摔，有口吃的喝的拉倒。

邱子虚也不知当年那个明眸皓齿人前说句话都捂嘴害羞的师范女生怎么蜕变成了这副样子，犀利的，强悍的，精明的，当然还是美丽的，如一柄被生活磨砺的剑，更适合在男权丛林里笑意盈盈地斩杀冲锋。老实说，邱子虚很心疼。她变成这个无坚不摧的样子，虽源自她要强的本性，可更大程度上，是他的不成器逼的。她不得已。一个女人，他罩不住，她只好拼命抓住阳光雨露，成为孤树。

即便家庭已成为一个冷窟，即便已没什么情感可言，邱子虚还是对她有一份愧疚在心，他洗衣服，做饭，包揽家务，既是想极力营造最后一点家庭温暖，也是惭愧的表现。可是一想到关于她的风言风语，他还是恼火。

她的晋升之路，经不住仔细推敲。

"不知道是人出差还是心出差呢？"

无能的被压迫者只有不时发出一声冷嘲，试图激怒威权，而威权眼也不扫，那意思明摆着，即便你怀疑老娘给你戴了绿帽,即便老娘知道你知道老娘给你戴了绿帽,又如何呢,只要愿意,老娘照样出去继续给你戴绿帽。威权是恬不知耻的,岂能为几句冷嘲所撼动?

邱子虚蜷缩在沙发里,辗转半夜,也未能睡去。他的失眠会一直恶化下去,深不见底的孤独,内心深处的暗疾,一一揭发于黑夜。只觉得胸闷,喘不过气来,浑身的肌肉隐隐酸胀,想着一系列的琐屑工作,想着一些人的一些话,想着破碎的婚姻……

墙上挂着一个朋友写给他的条幅:致虚极,守静笃。他长久地看着,在这现实生活里,他其实什么也守不住。邱子虚想,是不是要振作一点,也去送送礼,向曹拥利示个好,装个孙子呢……可一想到他那副虚伪做作的嘴脸,又本能地一阵恶心。天色慢慢转亮,他睁大通红的双眼,将一切在失眠中的负面情绪小心包裹好,像是包好那些垃圾。黑暗绝望的夜晚,总算已翻了过去,邱子虚骂了一句,洗把脸,望望卧室里熟睡的妻子,裸露的后背如同冰山似的,邱子虚叹口气,为她准备好早点,然后去上班。

在走出家门的时候,却还是往她包里添了一把伞,预报的未来几天有雷阵雨。


3


过了半月,是单位的年终评优,如果评上,根据乌有区最新的政策,有望成为区府聘员,虽然没编,但工资却和在编的等量齐观。年龄设限是三十五岁。邱子虚三十四岁。

这可能是他最后一次翻盘的机会了。

邱子虚填好表格送到曹拥利那儿的时候，老曹翻了翻，厚厚的一沓："工作做得不少嘛，这几年辛苦你了，放心，我会力荐。"还起身拍拍他肩膀，"好好干！"

刚才，邱子虚把一年繁杂的工作量打印出来，几乎是摔在老曹跟前的，他做好了和老曹当面对质的准备。可老曹这一拍，他双股一颤，竟平添一丝感动，再看老曹的神情，似乎不是敷衍，忽而感觉老曹嘴脸也不是那么厌恶了，甚至老曹打开烟盒准备抽烟，邱子虚都恨自己手里没有打火机，不能为他点燃了。

走出老曹办公室，邱子虚从走廊仪容镜里看到脸上残存的巴结猥琐之相，插个尾巴就可以狗一般摇尾乞怜，原来所谓的清高、抱怨，领导不过一个逢场作戏的笑脸就化解了。他捣了自己一拳，邱子虚，你也真贱。

到了初选公示那天，邱子虚一早就到了单位。去得早了，还没张贴，踅摸到办公室，也不好意思问。办公室的芳姐看他探头探脑的，问他："小邱，有事？""呃，没，没。"讪讪走开，去准备上午会议的材料，布置会场也心不在焉，中间跑出来几次假装路过大厅的公示板，磨磨蹭蹭挨到中午，才公示出来。等确定周围没人，邱子虚脚步迅疾，心咚咚跳着，奔到张贴栏，飞速瞄了一眼，难以置信似的，往前贴近一步，瞳孔放大再看，明确无误。心不跳了，汗凉下去了。

没他。

一个是司机小李，乌有区原某部主席的侄子；一个是陈美琪，才进来不满一年的一个女生，写个材料语句都不通，拍个照也找不到焦点，搞个接待也常对接得不知重点，他带了半年，也没见长进，可是酒量好，嘴甜，善言谈，前几个月老曹把她调到办公室直接管辖去了。

邱子虚一口浊气奔涌，血脉呼啸。曹拥利办公室紧闭。他被耍了。

被耍了也可接受，恶心的是前一段还拍着他肩膀，上周开会还在会上表扬了他的任劳任怨，弄得邱子虚一度以为自己错怪了老曹，心底暗暗决定以后好好干，弄出一点局面，也是给梁如雪看看，你男人以前那是韬光养晦没有机会，一旦振作起来，也不是等闲之辈。这下倒好，希望像是被逐渐吹起的气球，到了要飞起的那一刻，却被人随手一针，挑破了。这就作弄人了。积年的屈辱翻滚而出，邱子虚杀意四起。

在"来云轩"喝了一肚子急酒。邱子虚想想以前多可笑，以为见识过人，清高自矜，不在乎那些蝇营狗苟，溜须谄媚，有个饭碗，有酒可啜，也大可混日子，如今才知，世间名利二字，最是拿人。

到了午夜，外面落了阵雨，店要关门，邱子虚不觉，还在要酒。宋刚收拾完后厨，解了工作服，要劝劝他，却因为口拙，不好开口。柜台上的女子出来，摆摆手，宋刚站门口抽烟去了。她拎着一瓶酒，和邱子虚对面而坐，旋开瓶子，倒了两杯。"这猛雨下的,有江湖快意。"蹾蹾杯子,自饮了一口,"正好闲着,大哥陪我喝点。"

邱子虚抬眼看她,他到底老实,再用眼睛寻找宋刚。宋刚憨厚笑笑,意思是你们尽管喝,他允诺。

"真羡慕你们俩,"他说,"小夫妻这么好。开这爿店,辛苦吗?"

"他辛苦,我不苦,"她笑,"我在这主要负责玩儿,有个事儿做,心里不空。"她谈吐不俗,笑起来迷人,那双眼眸,水意婉转。

"你出现了,倒觉得店里有了你好像才是正常的,看着自然。"

她笑得冷冷然,手指欢快地扣着桌面。"你看着闷闷的,这不也很会说话嘛。"

邱子虚笑:"以前怎么没见过你?"

女子沉吟了一下,才调皮地说:"没见过我,说明你倒是个好男人。"她笑得哈哈的。要到后来,邱子虚才明白她话里的意思。她喝完杯中酒:"雨停了,还要喝吗?"

邱子虚知道该走了,站起来,披上衣服,忽然说:"谢谢你了。"

回到家,梁如雪在吹头发,卫生间门敞着,狭小的空间将电吹风呜呜的鸣响放大回荡。梁如雪头发长,这噪音就更加漫长,平常倒没觉得,今天却觉得不可忍受,邱子虚拍拍门:"以后你再吹头发能不能把门关上?"她每次都这样,即使周末早晨他睡个懒觉,她也照常。

"不想听,滚。"吹风机略一停顿,继续轰响。其实多大点屁事,可夫妻间的琐碎就是这么不可理喻。邱子虚一天的怒气没处释放,一下把电源拔了顺带把吹风机摔到地上:"叫你吹!"

梁如雪愣了一下,有点不敢相信这是平日蔫巴巴的废物男人的举措,她吸一口气,像在酝酿,气运丹田。邱子虚知道她要发功了,可没想到她的爆发会如江河倒挂,一下子就击倒了他:"我×你妈邱子虚!"定好了这个主题,围绕着展开论据就驾轻就熟了,可谓是洋洋洒洒:"你死哪儿灌尿去了我车撞护栏上抛锚了你数数给你打了多少电话也不接这么大的雨车坏了我撞死了你也不知道吧×你妈的我只好傻呵呵打个破伞沿街打车没打到不说还溅了一身泥水人家男人都是一早开车去接就我男人死了死了死了你说我要你有什么用你还不如死了呢……"

要不是邱子虚捂住了她的嘴,她能大河决堤似的源源不断骂下去,毕竟实力摆在那儿呢。他猛地抱住她,亲住她的嘴,她还在挣扎,嘴唇给他咬破了,脸上也给他挠花了。邱子虚死死不放,钳制住她,是亲人也是仇人,撕扯开她的睡衣,他几欲哭出来,喃喃地喊:"雪儿我错了我错了手机没电没看到你电话你没撞着吧我错了……"在要进入她的刹那,邱子虚看到她乳房上来历不明的抓痕,霹雳似的挂在那儿。他甚至都想忽略过去,不去计较,可脑子里电闪雷鸣,身不由己,他松开手,败落下来,耷拉着。他们仓皇对视一眼,有些东西崩塌了。他发现了,她也发现他发现了。梁如雪迅速扯起衣角,遮挡住胸口的伤疤。

"邱子虚,我们离婚吧。"

4

芳姐是邱子虚在单位里唯一觉得亲切的。只因他们存在共同的假想敌,都是被曹拥利排挤的边缘角色。芳姐这个人就像一出平庸的国产剧,一嘴的中年妇女经,乏善可陈,邱子虚对她是又亲昵又嫌弃。嫌弃是除单位那些破事之外再没啥可聊的,亲昵则是芳姐对他确实不错,更重要的是别人前程似锦一个个兴高采烈的,他们形影相吊之余,只好认作一个阵线里。

"你还不知道吧?"这是芳姐的开场语,带点温柔夸张的神秘,而常常是绿豆大点的事,于是这神秘就廉价且可笑。

"姐,什么事啦,我哪儿知道。"这也是邱子虚愿意回应她的话时最常用的冷嘲。

芳姐眨眨眼,拉他到楼梯拐角,朝他低声道:"评选时曹不投你也罢了,你知道他干什么吗?"等她确定已将邱子虚的注意力吸引牢固,才贴着他耳朵说道,"他还打招呼给其他人,也不投你。"

"你怎么知道?"

"我还会骗你?"芳姐为她的不被信任瞪起无辜而惊奇的眼睛,"按说呢,不该告诉你的,董主任让我打印个材料放她那儿,她那会儿不在,电脑开着,我随眼瞄了一下,'邱子虚这人有反骨,品行不正,在聊天里随意诋毁领导……'对话框里大致就这么说的——其他的我没看细致,就瞄了一眼嘛——不能怪我是吧,她电脑开着,一眼就看见……"芳姐说,"你平常骂骂咧咧也就算了,怎么这么笨,在电脑聊天里也骂呢,你不知道最近我们网络升级,所有的办公电脑上聊天记录领导想查都能调取到吗?"

他还真不知道。邱子虚说道:"我×。"

"我早知道结果了,怕你受不了,没告诉你。你还年轻,有机会还是要争取的。"

"争取个屁,人家名单都定了。"

"那也不一定,不还在公示期嘛,还没定锤呢。"芳姐逼视着他,不过她做不出来瞪眼,圆圆的苍老的眼睛里,还是一派温柔琐碎的样子。

邱子虚略带警惕:"姐有什么主意?"

"我掌握有材料,你敢举报他们吗?"芳姐笑了,似在逗他,"你咽得下这口气?"

他不作声。

芳姐叹息一声:"以前人家常说梨园行里,混得好的吃戏饭,混不好的吃气饭,在单位里,也这德行。我在办公室打了大半辈子的杂,能力也有限,没受过重用,也还行,一个女人,有个事做,有碗饭吃,姐问心无愧。"芳姐说,"受了几十年的夹板气,有时候也真想掂刀把那些人杀了。可姐终于熬到头啦,下月就提前退休。"芳姐说,"傻弟弟,姐要走啦……"

他愕然地看着她,两人相处的这几年,邱子虚只顾陷入自己的一腔心绪里，并未注意到芳姐已经五十多了，他失落地想，以后在这里，他更孤单了。芳姐拍拍他肩膀："你还没去过我家吧，"她嘀咕道，"其实呢，谁也没去过，"她说，"姐炖了羊排，不白叫你吃，帮我把东西搬回家。"

到了她家，邱子虚才体会到芳姐说的没人去过她家里是什么意思，家里贫困而悲哀的气息像是雨后土地泛出的气味，家具家电都是旧的，卧室的门开着，一颗花白的脑袋朝客厅引颈望着，看见了邱子虚，脑袋咧嘴笑了，涎水披挂下来。芳姐见惯不怪，给他擦拭，也不解释，说："弟你坐会儿，这就炖好了。"芳姐接着伺候丈夫溺尿排便，恶劣的味道侵袭而来，而煤气灶上咕嘟着热气，邱子虚一阵反胃，差点流下眼泪。他说："姐，没想到你过得这么苦……"

芳姐笑笑："没有，我挺好，老头子中风偏瘫好些年了，习惯了。"她说，"要说姐还要感谢你呢，也就你陪我说说话，虽然知道你有时候也烦。"芳姐说，"你吧，是温和倔强的性子，一个男人，要在这里混，你得像人家，有那种玲珑的狠劲。"她说，"我有一份他们污迹的材料，留给你了，你自己看着选择。姐最后能帮你的也就这些了。"

芳姐说着，去查看锅里，忽而一声大喝："老头子，你又偷吃肥肉，医生怎么说的，你还敢偷吃！"

老头子歪着嘴笑，咬着嘴唇接受妻子的教育，脸上带着笃定的讨好。他们夫妻这份辛酸和依靠，让邱子虚不忍心再打扰，悄悄退出门，拿着文件袋走了。

## 5

芳姐知道甚至不会给她办一个欢送简餐，她赌气自己办，就选在来云轩。她让邱子虚选的，还发信息给曹拥利让他也来，语气近乎通知。退休让她拥有了豁免权，好比都在一个玻璃坛子里，而她跳出坛外，可以置身事外看坛子里的人表演了。

这一餐芳姐很畅怀，到场的几个人却心不在焉，敷衍着喝杯酒，应付几句聊天。到快结束的时候，曹拥利才摇晃而来，邱子虚明白，是不想和他有交集，怕他质问评优名单之类的。曹拥利一来，原本一潭死水仿佛丢进去一块石头，死水簇拥着变成浪，笑意是荡漾的，掀起敬酒的高潮。芳姐也端着一杯酒，坐在那儿，说："老曹，以后打乒乓球你就不一定赢得了我啦。"

"嘿，要这么说，那可得再比试比试。"

"我退了还可以去乒乓球室玩，有的人退了，可能就不好意思再去喽。老曹，没记错的话，你今年也五十三了吧？"

老曹暗骂了一句，知道芳姐这番话里包含的几层意思：一是你老曹为了一己之私在活动室修了那么大个豪华乒乓球室，相关材料我那里可都有；二是别看你现在人五人六，可真退了，你屁的人缘也没得，所以趁现在少做点没屁眼的阴损事吧。老曹气得牙痒，出来抽烟的空当，往柜台上瞥了一眼。要到事后，他才明白那一刻转折性的动荡。

柜台前的女子在对账，低头抬头间有瞬息即散的洞悉和敏感,可一眨眼,就又松弛成懒洋洋的模样,像守门犬,既满足于现有生活的安闲,又不时警觉地巡视一圈,看有没有人来打扰。而曹拥利踢脚绊手走过来,注定要打破这种平衡。

"靓妹,挺眼熟哈,哪里见过?"

"老板,你莫喝多了讲笑话,我男人就在后厨,五大三粗,脾气可不好哟。"

"哈,"曹拥利饶有兴味地看着她,他肯定是在哪里见过,老曹其他不行,记性好,特别在女人方面,"也不能看一眼就打我吧?"老曹胳膊支在柜台上,"你是不是在海上花楼上过班?"

女子脸上掠过一丝震动,很轻,还是被老曹捕捉到了。他笑了。看来他没记错,甚至他都要记起她的名字了:"906 号,我想想,叫……黎娜,是吧?"

宋刚虎背熊腰地端着一盘嗞啦作响的烤鱼出来了,回视老曹一眼,曹拥利胳膊不支了,站得笔直,笑眯眯的,打个榧子,说道:"买单!"

芳姐他们往外走,罕见地看老曹竟然在柜前付钱,有下属要去争抢,被老曹大手一挥:"芳姐的退休宴,应当的,应当的。"在等着找零的间隙里,手指敲着台面,"这地方好,改天再聚聚。"曹拥利这才觉得,今儿没白来,临走,还回望了一眼,隐秘一笑。事儿有点意思了。

送走来宾,芳姐有意不走,邱子虚不想回那个被称为家的冰窟。芳姐又要了一瓶酒,说:"子虚,姐再陪你坐会儿。"从不喝酒的芳姐先喝了一杯,给他倒上,"以后姐不在单位里了,你自己多长个心眼儿，"她说，"以前你有几次要去公司，我都以这单位稳定之类劝你，让你熬着，不让你去，其实是有目的的。自私点说，是怕你走了，姐连个说话的都没了，现在看，可能害了你。"

"姐别这么说，还在我自己，我这犹豫的性格，注定一辈子成不了啥事，"他说，"我对自己的认识很清醒，不要自以为在破单位里被埋没了，真出来，眼高手低的，可能还真做不成什么，毕竟在单位里还可以混日子。"他喝一口酒，"最近我常想，在笼子里待久了，真就可能被规训成另外一种生物了，既羡慕笼外鸟的自由，却又畏畏缩缩的，害怕出来，翅膀已经萎缩得厉害，真让飞，可能还真飞不起来。我们成了怪异的东西，既嫌笼子狭窄，又不敢出来，为了那一点豢养的饵料，争得不顾嘴脸，吃相难看。"

"别这么悲观，你还年轻，再有机会，姐一定要劝你出来试试，没准就大鹏展翅了呢。"

邱子虚苦笑一下。

"还有那个事儿，你知道的，那一次……姐给你道歉哈，那次，姐确实不应该，不过你狗日的那一段和季晓红走得近，我心里不忿，才逗你的……"

季晓红是办公室里芳姐的对头，那一段邱子虚听烦了芳姐翻来覆去的琐碎经，人和人不就这样，疏远了一个，不由得就和另一个显得近些。关键是那两个人一个觉得对方一把年纪还搽脂涂粉嗲里嗲气的，透着一股子矫情；另一个则觉得对方土里土气抠抠搜搜的整个儿一事儿妈。那天邱子虚要去市里呈送单位资格年审，临时一个补充材料要附上法人身份证明，大热天的，挥汗如雨，审查麻烦复杂，常为了一个破材料来要来回跑几趟，谁也不愿意做这个傻子，曹拥利只好指派他去。这本身就是捏软柿子，跑腿也就算了，你倒是提前和市里审核单位沟通好啊，一会儿这个资料一会儿那个资料，邱子虚跑得两个蛋滴哩咣当乱撞，赶着下班前要拿了法人证明材料再送过去，急着去敲曹拥利办公室的门，没人，电话也没人接，邱子虚气囔囔地到办公室咕咚咕咚喝了一气凉水，愤愤骂道："妈的，每次就会狗一样耍老子。"芳姐诡谲地说一句："刚才我见他去了楼顶茶室。"旁边季晓红想说什么，又没吭声。邱子虚没多想，大踏步直奔楼顶。这茶室偏居楼顶一隅，外边看去不显山露水，粗制铁皮包裹似的，可内部装修考究精雅，是老曹写写字喝喝茶顺便监督全院科室的所在。邱子虚到了门前，举手便擂，砰砰砰砰，炸雷似的。屋内人正入巷，被这突兀的催命鼓打了个措手不及，两人匍匐下来屏息静气，所有的金戈铁马上下探索骤然停歇，有的地方受到惊吓停得过于急遽，事后才发现它报复性的后遗症。邱子虚不甘心，又擂一通，良久，还没回应，气得波涛汹涌，索性坐在楼梯拐角处，等曹拥利。老曹骂一句："肯定又是邱子虚那个愣头青，老子早晚得赶他滚蛋。"过了很久，屋内人以为风平浪静，才有人悄悄开门，是陈美琪，探头看看，衣衫已整，却仍下意识地安抚衣角，蹑手蹑脚走来。邱子虚这才明白芳姐刚才的阴险。陈美琪走过时，邱子虚以档案遮脸也来不及，低下头去，恨不得夹在裤裆里，倒像是他做错了事一般，无颜见人。

芳姐又说一句："对不起哈,小弟。"

邱子虚笑了："没啥,还不是我傻,你们都知道老曹在那里干什么勾当,就我愣头愣脑的,让他多忌恨一层而已,没事。"

"你也少喝点吧,姐要回去了,还有个在床上等着端屎把尿呢。以后有空多去家里,陪姐说说话,姐给你包饺子。"

邱子虚起身抱抱芳姐:"姐你保重。"

芳姐走后,被认出叫黎娜的女子踱过来,问他:"刚才你们桌上那秃顶男的是你们什么人?"

"领导。"

"看上去很难缠嘛。"

"外号'死不要脸'。"邱子虚说,"怎么,他纠缠你了?"

"那倒也没有,"黎娜揉揉眼,"他一来,我眼皮就跳,怕不是什么好事。"

6

陈美琪在下班前来他办公室两次,憋着什么似的,一会儿来找裁纸机,一会儿来借个资料,邱子虚都装没看到。等到同事都走了,他也要关电脑出门,陈美琪才磨磨蹭蹭地倚着门说道:"邱哥,能约你吃个饭吗?"

邱子虚大约知道她的用意。"领导跟前的红人,可高攀不起,有什么事还是在这里说吧。"他为自己言语间带着嫉恨的酸气而觉得无聊,都是狗,不过是一个多得了些骨头和恩宠,一个没得到还被踹了一脚而已。

"也没什么事,"陈美琪红了一点面皮,"曹主任也常提起要我多向你学习……"邱子虚打断她,愧意瞬间变成愤怒,约个饭还要抬出曹来压他:"学习我怎么被排挤的,还是学习我怎么失意落魄?在这方面我很有心得。"

他的人生是一个伪装成体面的罐子,逼急了,炸弹似的负气摔开,以为会炸到谁,其实没有,只会让人一眼看到其中暴露的破败。陈美琪无声一笑,像是在说还有什么招儿都发泄出来吧。邱子虚意识到和对方道行的差距,垂头丧气,说:"我走了,待会儿你把门带上。"

走到楼下,才发觉忘了带钥匙,在楼下站了一会儿,才返回办公室。没想到陈美琪还在,原样坐在沙发上,似乎就在等他回来。邱子虚拿起钥匙要走,陈美琪在后面说:"你就这么怕我吗?"

邱子虚回转身,试图去直视她,但失败了。对方那种咄咄逼人的目光他招架不住。

"你就不能成全我这次吗?"

邱子虚不知道她听说了什么,她以为他会垂死挣扎,举报她?笑话。他做不来那样的龌龊事。可她在害怕,以为有把柄在他手里。这造成一种虚假的威慑,这种效果是他想要的,所以他板着脸:"是你们逼我的。"他说,"你们只顾自己的锦绣前程,可谁关心过我的活路?"

她走过来,把门关上,灯也摁灭。"现在没人了,"她说,"只有你我。"她把手机当着他的面关机,放在一边,消除他录音之类的疑虑,挨近他,"你对我有什么怨恨,现在来发泄吧,"她甚至落了泪,"求你了,哥,我知道芳姐给了你材料,别寄出去,好吗?"

她眼泪的收放自如程度,让他惊讶,泪珠颗颗分明地挂在脸颊,制造出的伤心恰到好处。他不知这是经曹拥利锻炼出来的技能。陈美琪以泪水为诱因,痛陈她的不易,家里重男轻女,她大学里勤工俭学,现在租住在城中村里,在这城市举目无亲……一个女孩,没有背景,长得也不差,有欲望,想往上爬,只好祭献自己唯一拿得出手的东西——年轻的身体。如果她所言属实,也确实不易。邱子虚几乎要理解她了,又恨自己不争气,她爬上去了,骨头就这一点,你呢,吃屎吗?

"你的做法也许是对的,"邱子虚推了一把唾手可得的身体, 空调关着, 夏天的热度放大了她身上的香气, 很张扬了, "但不是每个人都是老曹。"说得很坚硬,可他吞咽喉结的下意识动作出卖了初衷。陈美琪迷蒙的泪眼后面, 带着透视的嘲讽,所有的男人不都是一个德行,无非是穿的衣服不同,所谓的良好品格和道德操守,在她看来,不过是你穷,没有机会罢了。

她这种对男人无差别的物化眼神激怒了邱子虚,他很想也一把剥去她的衣服,对她重蹈老曹的覆辙。这个进击既是抗议,也是对曹拥利的报复,手都抓住她肩头了,陈美琪的眼神是不出所料的,微带厌恶的,小伎俩得逞的。邱子虚反手向上,扇了她一巴掌。其实很轻。他也不知道这突兀的举动是为了什么, 就是不想按她的剧本往下进行。陈美琪错愕地望着他,怎么不按常理出牌呢？要不是有求于你,你这样的这辈子能有机会一近老娘的身子？真给你脸了还!

她赴会售色,待价而沽,本以为胜券在握,却被这不识货的玩意儿白白羞辱, 也难怪她如此盛怒。陈美琪还击过去一掌:"真以为我怕你背后捣鼓呢?"她说,"有本事你就去弄吧,看谁能弄过谁!"捡起手机物什,"都三十多了还屁都不是,天天装什么清高呢!"

邱子虚笑了。

## 7

只隔两天,曹拥利就又光顾了。曹能记得那么牢,是因为她的号吉利,906,上次他还有点恍惚,以为或许认错了,这次再来,在座位上观察了半天,确信无疑,是她,那个眼睛里总水汪汪的女孩。这么快,从良了,还这么近,就在身边,大摇大摆上了岸,过起了正常的日子。老曹带点恶作剧心理,他掌握她的过去,而她的过去,是可以作为要挟的。像一场猫逗老鼠的游戏,老曹觉得挺有意思。

那时老曹还没上任乌有区,在镇子上做副职。那个镇子以服务业著称。那时候老曹体力好,应酬多,难免出入各种娱乐场合。曹拥利感慨过, 本地人一度蔑称来此工作生活的人为"北佬",以强调他们在这片瘴疠之地上根正苗红,老曹虽也常蔑称,且很多场合以一嘴本地白话彰显优越性,可他心里到底明白，真要感谢这些背井离乡的北佬的，这些傻子，在各个行业供奉了这个城市，要不然他们本地佬傲娇什么？这么个地方，别人不知，他还不知道吗，小时候天天嚼着鱼干饭，屁股都露着，没有了政策和外来者，不还是顶着北回归线的大太阳陷在泥水里插秧？老曹总感慨地想，政策真是好啊，三生有幸，赶上了。坐在家门前，红利尽享。

仅是那些源源不断拥来的年轻女孩，笑声和蜜语供养着老曹们的声色辉煌。老曹那些年简直如钓鱼人赶上了连绵的渔汛，开始还手忙脚乱的，兴奋中带着因不知哪来的隐秘好运而略微仓皇，之后鱼太多了，钓了一桶又一桶，钓钩都要累坏了。渔夫们在岸上抽支烟，聊聊天，不急，急什么，川流不息的鱼，五光十色的鱼，呼朋引伴的鱼，都是鱼，围绕着，扯拽着，赶都赶不走，大可从容悠闲，挑挑拣拣，再向那急于上岸的可怜的鱼们施舍钓竿。

老曹试过各种不可描述的玩法，为这项事业几乎掏空了身体，这些花样最初的刺激渐渐麻木，老曹感到一种人类本质的空虚。老曹这人玩起来残忍，没有把她们当成对等的人，要不然也玩不尽兴，当成什么呢，就好比洗温泉的啄脚鱼。那一次，他正在漫不经心地享受，女孩曲尽缱绻地奉承着，却不时打开手机看看，然后再投入对他的服务里，可过一会儿，又要抽离，再去翻下手机，看完手机脸上还笑着，牙齿都恰到好处露出八颗，眉宇间却掠过一丝忧悒。反复几次，老曹烦了，太不敬业了，哪有这样没职业精神的，夺过她手机，本想一摔了之的。女孩尖叫一声,过来抢,老曹一脚踹开,打开手机,看了下,是女孩和家人的对话,大意是孩子病了,在医院输水,她在反复问托付的阿姨孩子好点了没⋯⋯

老曹看不出这娇小的女子已是个一岁女孩的母亲,更不会知道这个孩子是她养着的男友不小心的结果,也不会知道她养着的男友拿着她挣来的钱再去找别的女的⋯⋯生活就是一场荒谬,他对她的生活一无所知,而他们却在一起消遣。她心思不在这儿,却前一秒还在承欢伺候,这种表演的分裂感,让老曹一下子觉得格外无趣。承欢左右是假的,娇声浅笑是假的,一切都是假的⋯⋯老曹把手机还给她,女孩真真假假跪下,泪落满腮,求他不要反映给前台,她接下来会更卖力地服侍的⋯⋯老曹摆摆手,叹口气,至少知道她此刻的眼泪是真的。老曹像是给小白鼠揩泪的狼猫,带点真情流露的样子,也没说话,也没什么可说的,只是温柔了下来,多了一份情调。可能因为哭过,女子身上弥漫着泪水清冽的味道,人也多了一份楚楚可怜,老曹竟感觉比往常所有的都好。女人那种配合不再是商业行为,而是发自内心,老曹高兴坏了。原来这事儿还是要有点情做底子,用起来效果才更好。老曹想自己之前都白耍了,到现在才琢磨出点味道。

老曹就好上了这口。他不再相信笑,转向信奉上哭。可欢场里的女人哪能回回都给你哭呢,哭得假了还不行,纷纷骂,这老变态,太他妈难伺候了。老曹认死理,也有几次摔桌子砸板凳的,阴谋得逞,真把女孩给吓哭的。可感觉还是不一样,那种哭是带着恐惧的恓惶,怕扣钱,怕投诉,从始至终都紧绷着,不知哪一下又惹了这位爷呢,一场下来,调料没加上不说,弄得老曹很沮丧。老曹本有个原则——狗日的还玩出原则来了——从不吃回头草,不重复点某个女孩,可为了找回那次的感觉,只好继续求救于那晚遇到的906号。

等第二次完事,老曹松了一口气,是吃上了对口味东西的那种快慰:"就你了,以后。"他说,"我就喜欢你这水汪汪的样子,眼里老像含着泪,哎呀,着实心疼死了。"就握了她的手,问她,"叫什么?"

女孩也许是随口说的,不可能把真名告诉他:"黎娜。"

芳姐聚餐后,曹拥利不知从哪里得到了她的号码,他发:"你还很美。"她没回。他又发:"真不做了?"也没回。他再发:"再来一次?"依旧没回。他反复发:"见一次吧,见一次吧,就一次,钱好说。"她回一个字:"滚。"然后拉黑。

那天,还没到营业时间,烤鱼里的豆皮存货少了,宋刚临时去拿货,黎娜在柜台整理东西,隐约觉得有人来到台前,果然是他。曹拥利扒着柜台:"说起来也是奇怪,这么近的地方,也经常路过,以前怎么没发现还有这家小店,也没发现你就藏在这儿。"他说,"万人如海一身藏,嘿,你倒聪明。"

黎娜无动于衷,手里没停,也没看他。

"装清高范儿,想多抬点儿价?"他说。

"告诉你,别再来骚扰我的生活,好吗?"她抬起脸,眼睛雾蒙蒙的,像沙漠中的泉水。她的眼睛,是她身上最美的那部分。

他紧盯着她的瞳仁，无限放大了迷雾的感觉。老曹敲敲桌面，手不由自主伸过去，似乎想抓住那往日的迷雾："看来日子过得不错，用不着再曲意承欢，流眼泪了……"

黎娜打开他的手，终于骂一句："去你妈的。"抓起杯子泼过去，水如子弹上膛，然后绽放在他脸上。"这样再三纠缠我有意思吗，很好玩？"她说，"你是不是智商有问题，听不懂吗？"黎娜握着电话，他再不滚蛋她就要报警了。

水淋淋漓漓地挂在他脸上。曹拥利反而笑了，像是她的反抗更加剧了故事的紧张感，让事情更富有戏剧性，确实越来越好玩。"别急，我会让你哭的。"他说，"不急，你再想想。"

"想你大爷。"

这件事像是石子砸破水面，石子沉下去，水面也平静了。可那石子到底压在水下，平静得很不自然。过了半个月，直到消防检查员来了，沉在水底的石子又要波动了，她想，他玩真的了。黎娜倒不后悔那天没收住火气，是觉得对不住宋刚，因为这爿店，是他人生里最大的成就，也是他的梦想。

消防来查的时候宋刚还在据理力争，愤愤不平地抱出灭火器指给来人看："这不都有吗，巴掌大一点的地方，有必要做消防疏散指示和喷淋系统？"

制服戳点一下："有必要。"

转到厨房里："烹饪位置也没设自动灭火装置，燃气灶和管道上的紧急事故自动切断装置呢？"

制服打开文件夹，宋刚滔滔不绝的辩解像被一下子斩断了,因为刹住得太突然,张大着嘴巴,嘴唇犹抖动着,生生哑在那里,人却本能地扑过去,矮下来,拽胳膊,递烟,堆上比哭还难看的笑脸,手忙脚乱:"别别,领导,别呀……"结巴了,声音也劈了。可制服不为所动,念叨着:"根据《消防法》某条某例,"然后拔刀一样,当场甩出一份《责令限期改正通知书》,并说,"念及你是初犯,就不开罚单了。"然后抽身而去,把五大三粗的宋刚晾在原地。

这一系列动作黎娜都看在眼里,可她抱着臂膊,似乎置身事外。从制服一出现,黎娜就知道他开始刁难她了。宋刚一拳头打在柜台上,骂了句:"当初不就是按他们要求弄的,现在又说不行了!"他很委屈,他的委屈和愤怒是相辅相成的。

她找出创口贴打理他出血的手。"和他们计较什么?"她说,"正好我们店面也要装修。"

"你有钱?"宋刚仍气冲冲的。

"我有。"黎娜平静地拍拍他的头,"好啦,别气啦。"她揪他的耳朵,像安抚一个暴躁的孩子,又摩挲下他的后背,"去,听话,给我炒个酸辣土豆丝,我想吃。"因为她远远地看见那个人的身影,往店里走来。

"我真想揍他们一顿。"宋刚抹抹眼睛,不过还是去后厨了。

曹拥利先是在座位上坐下,看宋刚走开,来到柜台,扣着手指,意味深长地笑笑:"想明白了吗,现在还不打算答应吗?"他向后厨瞟了一眼,"我也不想这样,你是明白事的,再固执下去,对谁都不好。"

黎娜抱着肩膀,面色平和,波澜不惊里是坚定,她说:"你厉害,那天我冒失了,不知道你会这么醒龊,我承认斗不过你,但是,我现在不会哭了,真的,不是我现在过得好,是那几年眼泪流光了,你确定还要这么费劲糟践我吗?"

"不是的,别把我们的关系想这么脏,没有糟践的意思,你觉得我会缺女的?我一直觉得我们有过感情,至少在那时候是这样的,你再回想回想。"他说,"要么就是你演技太好了,让我以为你是动了情,心中有恼,才哭的,我形成依赖了,不哭,我就提不起神来。"他说,"其实我也老了,想在你这儿再找补回来一点。"

风月场里女人的好看有两种:一种是打扮出来的,如粗头乱服的人到了花园,左一朵花右一朵花地采,不管不顾都戴到头上来,可到底只是个遮掩,底子里还是蓬头垢面;另一种是出落天然,乍看之下,没那么强的职业风尘感。黎娜是后一种,更有一点好处,她身上有一种冷清,这就高级了,是洞察繁华之后的那种虚无,折射到眼里,是一份清寂。情到深处,小肩膀一抽一抽的,冷清的脸上挂着热的泪,无法不令他怦然心动。

他怀念那种感觉。

黎娜冷笑,嘀咕一句:"你他妈还这么变态。"她说,"你这种无聊的老男人就爱玩劝婊子从良勾引良家妇女的把戏,我可以陪你玩,没关系,在你眼里,我不就是一个从良的婊子吗,再拉下水,你可能会觉得很刺激。不过还有一件事,你可要想清楚,"她隔着磨砂玻璃往后厨看一眼,灶火轰响,勺铲铿锵,模糊粗壮的身影映在玻璃上,"他可能不会让我为谁再哭的,要是败露,他别的本事没有,拼命还是会的。"

"那他知道你之前是做什么的吗?"曹拥利笑了,"要不要也一并给他说清楚?"

黎娜捏着水杯,眼里杀意陡起。他还在进一步挑衅:"我手机里还有几张你那时楚楚可怜的图片,一直没舍得删,要不找个机会,也和他一起欣赏下?"他握住她握杯子的手,"是不是还想再泼我,水太凉了,不够热。"

宋刚炒好了菜,酸辣土豆丝、莲藕汤、水芹百合,用托盘端了出来。曹拥利的手拿开得慢了半拍,猛见得陌生人对他莫测地笑,宋刚心里不快,口气很冲地说道:"今天不营业,去别的地方吧。"

老曹无所谓地笑道:"没事,小心你的菜,端好了,别洒出来。"转身走开,在楼梯口碰见背着破旧帆布包的邱子虚,两人一怔,然后错身交汇。

宋刚见到他来,开心了一些:"老家刚捎来的野生水芹,邱哥你来得正好,来,一起吃点儿。"

宋刚在二楼平台桌子上摆下饭菜,邱子虚从包里取出米酒,也不客气,拿了一双碗筷,随他们夫妻吃喝起来。宋刚吃饭快,三下五除二,饭碗就扒拉完了,抽支烟,等他们吃得差不多了,收拾杯盘去厨房里洗刷。黎娜拎来红酒,排开两个杯子:"让他忙,咱们再喝点。"

"真是个居家好男人,"邱子虚碰了一杯,忍不住感叹,"羡慕你们。"

黎娜旋转着酒杯，看光线在酒体上变幻，人也似乎沉浸在某种时光里，忽然侧着脸，低低说道："我现在很知足。"她的侧脸被柔光映着，有种流丽的线条感，"不只是他对我好，"她说，"我当然也值得他对我好。"她一笑，俏皮，小小的骄傲。

　　"那当然，这么漂亮的妻子，不珍惜才傻呢。"

　　"你错啦，你们也许都以为他和我在一起，有些配不上我，是他的福气；不是的，我常觉得配不上他。"她说，"我以前在酒店工作，明白了吗？"黎娜像在说一件再平常不过的事，表情里没有任何波澜，是那种沧桑历练后的安静感，散发着寂静的香气。

　　邱子虚想了想，明白了。这些日子，和她见得多了，能看出她体态里掩藏的媚气，似乎经历过什么了，愿意委下身来，和一个持重的男人做烟火夫妻。"那有什么呢，谁还没个过去，现在不挺好的。"他在劝慰，可劝慰得词不达意。

　　"要是你老婆是做过那个的呢？"她绽开嘴角，挑着一抹笑，轻轻地呛他一句。

　　"那他知道吗？"

　　"我想他是不想知道。"她说，"不知道也好，或者装着不知道，都好，就怕有人撕破这层窗户纸，非要揪着耳朵告诉你。是个男人，谁也受不了，是吧？这也正常。"

　　"我猜，你的意思是曹拥利认出了你，是吗？"

　　黎娜继续转着酒杯，那些深红的酒液，像是被隔离的眼泪，从时光里汇集到杯子里，和她对视。"我知道会有这么一天，可没想到会这么快，也没想到他会这么不要脸。"她说，"店面开在这里,总会有以前的男人认出来,这我倒不怕,怕了也没用,可最近这几天我却常做噩梦,也不是怕被他揭穿或者要挟,那有什么呢,我就是做过嘛,也从不后悔做过,要不我也不能有底气过现在的生活,那几年,确实挣着钱了。"

她的语气如此安宁,邱子虚甚至听出一份坦然的感动,对于这样内心强大的女子,他能做的只是为她斟一杯酒。

"现在的生活,安静、踏实,很清闲,我在看《还珠格格》《金粉世家》《流星花园》,是不是好幼稚?可我以前从没看完过,要么没时间要么没心情,现在终于都可以补上了。这种生活,是我以前梦想的,也是我努力得来的,包括这个男人,"她说,"所以我不想他知道我糜烂的过去,让他以为我是干净的,至少好像是干净的,就好。"她加了一句,"因为他很干净,我不忍心伤害他。"

她眼中波光流动,脸上含着笑意,她给他添酒,率先在他杯子上一碰:"所以我求你帮我做件事。"

## 8

邱子虚第一次进来的时候,正襟危坐的表情里带着一些飘忽,眼神很容易发虚,不知是因为酒意还是来自生活的挤压,站在柜台后面,隔得很远,她都能感受到他身上的不得意,以及与之而来的艰难对抗的努力。她陪他喝酒,是觉得他寂寞,果然不出所料,没过多久,他便将所有的淤积都悉数倒给了她,并不是他们投缘，而是他太需要一个人倾诉罢了。

他喝喝小酒，自以为宁静致远，不屑于同流合污，其实只是假象，不得已的，有时说到某事，他怒气冲冲的态度，暴露出他其实也很在乎，这才是真实的。都活在实在日子里的人，谁能对该得到的东西不在意呢？

所以她找他助她完成那个小计谋，是对的，他知道，对他有好处。

宋刚还在为整改的事生气，骂起人来磨刀霍霍的样子，在她看来，特别可爱。早上醒来，她喜欢半梦半醒间一转身就能抱着他，吻他胡子拉碴的脸，他身上有股大动物的蓬勃温暖。这温暖让她安心，天塌下来也不要紧，还有他可以依靠。

当初黎娜感觉到他喜欢她，后来想想，都是认识半年以后的事了。那时宋刚还在张老三烧烤城做小工，她们姐妹有时晚上回到公寓，会点一些烤串、炒粉、啤酒之类当消夜，黎娜几乎不点，也不是怕发胖，而是她一吃那些油腻的东西就拉肚子，有天早上还亲眼得见有人在饭店附近的下水道往桶里捞泔水，可把她恶心坏了。她们合租的是个跃层，她怕吵，住在楼下拐角一个小房间里，每次宋刚送餐都要她开门，一来二去也算熟了，宋刚不善言语，总共也没说过几次话。后边隔壁楼里出过入室抢劫的案子，她们再点餐就只让送到保卫处那里，然后再去取，见面就更少了。黎娜不知他怎么就对她暗生情意。

他竟然跟踪她。

开始还把黎娜吓个半死，以为他有啥不轨呢，弄得每次都是跟相熟的出租车打好电话在楼下等她,直接开去酒店。有天晚上下雨,她没打到车,一路走来都不怕,到了可园北路那边,离住的地方有一段路特别空旷,两旁巨大榕树遮蔽,夜里尤显阴森,经常传闻这段路有抢劫发生。黎娜到了这里,看着昏黄摇曳的路灯,运一口气,刚顶着坤包跑了一段,前面忽然晃过一道身影。黎娜一个惊恐,心说,坏了坏了,这下要遇到抢包党了,还好还好,包里除了补妆的物什,没啥值钱的东西。情急之下,她率先把包朝黑影扔去,黑影愣了一秒,也朝她脚下扔过来一个东西。她低头看清,是一柄大黑伞,然后那黑影一蹿不见了。黎娜撑开伞,倒笑了,原来是你呀,傻瓜,送个伞还鬼鬼祟祟的,弄得像是抢劫。这才明白之前的跟踪是怕她下班路上落单,在最危险的这段路上悄悄保护她呢。黎娜忽然心生感动,想着他肯定还埋伏在路那边绿化带里呢,就喊:"喂,那谁,你傻啊,我走累啦,开你摩托车来接我啊。"

宋刚就直起身来了,挠挠头,去附近榕树下取车,骑到黎娜跟前。即使是深夜,也能看到他羞红的黑脸。黎娜大大方方地坐在后边,一手揽着他的腰,一手把伞撑在两人头顶,他上身保持着军姿一样的僵硬,脖根也一路飘红,到了楼下,他鼓动了几次,才嗫嚅着说:"以后我还接你,行不?"黎娜拍拍他,刚一摇摇头,立马看到他脸上突然耷拉下去的沮丧。"就知道你会嫌弃我这破摩托,"他憋红着脸,"但是我很快就会买车的。"他声音很大,像是要和谁吵架,急欲宣誓什么似的,还带着一种委屈,样子简直傻死了。不知道怎么了,黎娜忽然就是想哭一哭。

她刚从一场失败的恋爱中抽身，这些年，她经历过的男人可是海了去了，可就没见过这么傻的，还这么五大三粗，她是真想哭一哭。"傻瓜，是我辞职啦。"她说，"我不要你接，要你养我，能做到吗？"黎娜本意是逗他一下，这男人倒好，愣神了许久，忽而蹲到地上落泪了，那样突兀，倒把黎娜吓了一跳，他一边掉泪还一边历历倾吐："认识你这是一千三百二十五天……我见你在路上笑过三十四次，哭过二十一次，我都数着呢……每一天，我都在想你……可现在……这是真的吗……"

黎娜也流了泪，她没想到，还有一个男人，对她这么上心，真不知是哪里摊到的幸运。

之后，黎娜还真辞了职，更重要的原因是已有小道消息说要全城治理夜店。没过多久，所有酒店那种名闻遐迩的服务业一下子被连根拔除，和以往欲盖弥彰不同，这次是斩草除根的，长风一过，万里无云。黎娜收手及时，这些年小心存身，攒下一点儿钱，赶在房价大涨之前，在市区按揭买了一处小房子，做了一段时间网络直播聊天，竞争不过那些更新鲜上市的同行了。和宋刚的感情也升温到了合适的程度，就帮他盘下这家烧烤店，主要做烤鱼。因为她喜欢吃。做了半年，赚到点钱，宋刚第一时间买了辆车。"你烧的？"她说。宋刚不吭声，抱起她，让她坐车上，带她沿着东江一直开到入海口，在沙滩上停下。刚要掏出准备好的戒指，天不作美，南方的夏日就是这样子，几声震雷，随即大赦天下般一阵繁雨。"大哥，拜托，下次求婚能不能看下天气预报呀，太煞风景啦。"黎娜口中虽这么说，却没去车里,按着他的头,压在自己胸口,任雨水流过她又流向他,她忽而郑重地问:"傻瓜,你真不知道我以前是做什么的吗?"他抬起头,一字一顿地说:"你不给我说过,你离过一次婚,有一个女儿,她叫媛媛,在老家,之前在酒店做行政后勤管理,你说的嘛,这么快就忘啦?"她抱紧他的头,说:"嗯,嗯……"不知道是雨水还是眼泪,自她脸上源源不断地滑落,她说,"傻瓜,我要你这辈子都给我撑伞啊……"

吃完早饭,她酝酿了很久,忽然说:"上次捎来的那个野芹菜吃起来不错,你回老家再去采点。"她扑在他怀里,不让他看到她眼里的犹疑。

他这回倒答应得干脆,平常她要出去和姐妹们聚会玩两天,他都丧着个脸,很不情愿,不是不愿意她出去,是希望她在他身边。"正好也该回去看看媛媛了。"他说,"整改装修的材料都联系好了,这几天你在店里监督一下就行。"

她揪揪他的耳朵:"放心啦,你老婆没那么不中用。"

然后开车送宋刚去车站,看着他买票上车,才发信息给邱子虚:"开始做吧,这两天他不在,你弄好。"

## 9

曹拥利进来后,还说:"干吗非选这个地方,油腻腻的,难不成最危险的地方最安全?"黎娜冷着一张脸,他绕着店里巡查一圈,"没有监控吧?"嘿嘿笑着。

"不愿意滚蛋。"

"好，好，听你的。"他谄笑着，欲搂抱黎娜。黎娜打开他的手，自行宽衣解带，犹如抽去利剑的剑鞘，在最后几道防线解除前，她再次确认道："试过这一次，以后再也不会找我麻烦了，你能保证吗？"

"保证，保证。"老曹信誓旦旦，急于突破防线。可此间黎娜的手机响起，是邱子虚发来的。"收手吧，"他说，"我想了想，不能对不起老宋。"黎娜真想爆粗口，你大爷，都快祭献出去了你叫收手，箭在弦上，她回一句："收不了了，好戏马上开始。"邱子虚接着的一句回复，她不只是气恼，心也凉了："我没装摄像头。"

黎娜真想手撕了他，这是什么猪队友！

原本黎娜提议她再献身一次。"就当被狗咬了，"她说，"要不他纠缠着不会放过我。"这还事小，小店被刁难着，开不下去，宋刚没法活，除了她，这爿店是他生命中至今唯一的亮色。当时邱子虚反问她说："正是因为宋刚在乎你，你才不能这么做，之前他真不知道也罢，装不知道也罢，现在若再欺骗他，他知道了怎么办，你怎么对得起他对你的好呢？""我为什么要让他知道？"她说，"这些道理我不懂吗，用得着你强调？"黎娜很生气，"你以为我想这样，还不是没有办法？"她扣住酒杯，"要去陪睡的是我，不是你，你只要关心这事做下来对你有利不就行了。"邱子虚沉默了很久，才悠悠说一句："我混得再不如意，再失败，也不能拿朋友妻子的清白去要挟那个傻×。"黎娜旋转着酒杯，另起一行，说其他事："人家都说我老像是刚哭过，其实不是的,生来这样,也可能是小时候哭得多,眼里总水意蒙蒙的,你看是吗?"邱子虚被迫盯着她的眼睛,一双眼,大,明明经历过那么多龌龊和沧桑,却依然清澈,那份潋滟的水意更凸显了无辜的底色。他叹一口气,也许男人面对这双明澈又迷茫的眼睛都要沦陷吧。"我找人算过,说是眼睛里水太多了,命不好,"她说,"可我不信命,"黎娜敛起碎花裙角,舒然起身,下意识地摩挲着腹部,"所以我求你答应,不是为我,也不是为了宋刚,可是请你为了我们的孩子,"她笑了,"我怀孕了,"她说,"我以为怀不上了呢,我想给他生个孩子,最好也是个女儿。"黎娜笑得温柔、富饶,还有一些骄傲。

邱子虚答应了的,到了这节骨眼上,却反悔。黎娜进退不得,此时老曹的电话也响了,他看了下,举着手机朝她:"摄像头在哪儿?"

手机上发来一个陌生号码的短信:屋里有监控。

黎娜蒙了,她能想到信息是邱子虚发的,可不知他葫芦里到底卖的什么药,临时投敌变节,还是为了阻止对她的侵害?

曹拥利在屋里转来转去,试图揪出摄像头这个元凶。"你答应了嘛,我也不是白玩,公平买卖,为什么还要这么搞?"很委屈的样子,他在质问,"装在哪儿了?"他检视每一个可疑物体,捧捧打打的。

黎娜抱起胳膊,看着他:"一句话就把你吓住了?"她说,"也许那是我让人发的呢,就为了诈你一下。"她笑吟吟的,在曹拥利看来,近乎邪恶了,这是一个圈套,他想,真歹毒。他暴怒:

"把摄像头交出来！"

"在这里。"黎娜指着自己胸口，那里就剩下最后一片遮挡，已经到了这个份儿上，她决定一赌，她相信邱子虚是在某个角落装了偷拍的微型摄像头的，她愿意相信刚才的临阵退缩是为了她虎口脱险。

曹拥利看着，没觉出诱惑，倒激起更大的火气："等着，"他说，"小婊子，你这回玩砸了。"

黎娜盯着他胯间那个软塌塌的东西。"你不是那次被邱子虚砸门吓得不举，想在我这里重找自信吗？"她吟吟笑着，"你不觉得是你有求于我吗？"她说，"态度不打算好点吗？"

曹拥利额角开始冒虚汗，他这一段觍着脸费劲纠缠，吃回头草其实是表象，重振雄风才是关键。自那次邱子虚突然擂门事件之后，他的那个东西就保持被惊吓的状态，在陈美琪那里纠错补偏，却次次败下阵来，每次临到关头就响起"咚咚咚"的金鼓之声。老曹不信邪，越是要试，越不行。几番折腾下来，陈美琪看他的眼神里多了一种可怜和嘲讽，他一巴掌扇过去，陈美琪竟没配合着哭："你自己不行，能怪我？"

黎娜坐下来。"来吧，老曹，这一次该你哭一场给老娘看看了吧，"她说，"你可就这一次机会了哦。"

曹拥利恼羞成怒，砸过去一个杯子，黎娜偏过头晚了一点，划伤了眼角，洇出一痕血，像某种残月。

黎娜抹掉眉梢滑落的血珠，穿好衣服："你觉得玩砸了的是谁呢？"

## 10

连续很多天，几个人心里都绷着一根弦。最先绷不住的，还是老曹。

黎娜不用赌其实也知道，摄像头装了，邱子虚还在犹豫要不要连同这未完成的不够劲爆的视频和芳姐提供的相关资料一起递交纪检部门时，单位年度评优重新出了结果，两个人，有他一个。陈美琪下去了。

结果出来的那天，曹拥利罕见地来到邱子虚所在的大办公室格子间，仍然像纠错别字一样挥舞着文件，展开在邱子虚面前："小邱，好好干哈，今年表现不错，这一批政府聘员会优先考虑你的。"老曹笑得嘴巴开合很大，"怎么样，今晚上不表示一下，请同事们祝贺祝贺？"

邱子虚咧嘴想笑，因为太潦草，带着哭相。

晚上还是在来云轩聚餐了。邱子虚和其他同事，虚言周旋，吃喝一番，意兴阑珊，同事渐渐走散，到了快十一点，邱子虚正在给妻子发信息："我升职了。真的。"他说，"可我又让你失望了，我不打算干了。"对方没回应，他接着发，"有空就回家一趟，把离婚协议签了吧。"

这次回复了："好。"又回，"谢了。"

他趴在桌子上无声地笑了，一抹，才发现笑得眼角都湿漉漉的。他又给芳姐发微信："姐，我要去公司里试试了，祝福我吧。前几次的转账你都没收，以后收下吧，就当你借我的，给姐夫看病要紧，别担心我，我现在一个人了，花不了那么多。"

忽而有人拍他肩膀，是曹拥利，笑得春风满面："我就知道你小子还没走，"他说，"刚陪完上面的领导，累死我了，怎么样，再喝点？"

黎娜就知道，他会主动来的。她笑着相迎，如狭路相逢，短兵交接，眼神后面都是刀斧争鸣。

"这么快就整改完开业啦？"

"托您的福，今天刚开业。"

"那以后要吸取教训哦，不要再惹火啦。"

"先别说笑，说，吃点什么？"

"怎么着我也来过两次嘛，没记得我爱吃什么？"曹拥利不带一点痕迹，像和所有刚熟的餐馆老板娘那样调笑，"把你刚才那笑红烧一盘，我看挺下酒，是吧，小邱？"他拍拍邱子虚，"这个点了，也没几个顾客，这样，老板娘，你推荐几个看家小菜，把你家男掌柜也叫出来，我们一起喝点，人多，图个热闹，如何？"

"老板您吩咐的，那有什么不好。"回话的倒是一直在旁边抽烟的宋刚，他掐灭烟蒂，"您等着，我炒几个家乡菜，感谢重开业第一天老板就这么捧场。"

不多时，宋刚端出几盘菜来，布在桌上，拉着黎娜，一同坐下。"你来了，很好，"从不喝酒的宋刚倒上了，先喝一口，"我一直等你来呢。"他说。

"听你这口气，好像很想我啊，有这么好个媳妇儿，可千万不要对我有啥想法哈。"他兀自笑,笑得孤掌难鸣,喝了两口鱼汤解围。

"前几天从老家带来的水芹,野生的,鲜嫩清香,非常爽口,"宋刚说,"等着你来才吃呢。"他忽然这么多话,黎娜很疑惑,邱子虚也是。可宋刚低眉顺眼,自己先揲了一筷子,嚼嚼吃了,又喝一大口酒,脸立马红彤彤的,他近乎灿烂地劝说:"你也尝尝。"

水芹菜的茎叶细长,清口美味;而和它相像的野芹菜,则剧毒,一点足以致命。

这一把野芹菜他一直包裹得严严实实地放在冰箱最深处,她还打趣他:"什么好东西呢,不就是一把野菜吗,怕我偷吃啊,小气的。"

"等着你来才吃呢",什么意思?

黎娜深想一层,蓦地毛骨悚然。

曹拥利看着碧绿的一盘:"看着就不错,野菜,有营养。"见宋刚吃完一口,他也放心地揲一筷子要尝。黎娜突然起身,一把掀了桌子,撕心裂肺地大喊一声:"宋刚!"

宋刚倒在地上,嘴角抽搐,口吐白沫,眼睛里闪动灼灼精光,盯着曹拥利:"你来这里打我女人什么主意,你当我傻,看不出来吗?"他伸胳膊蹬腿的,一时真假难辨,搞不清他是真的中了毒还是以此来吓唬老曹。曹拥利只觉腹部咕噜一下,似乎隐隐作痛,捂着肚子就要夺路而逃。宋刚大笑,爬起来,在后面送他一句:"跑快点哦,就算你没吃野菜,鱼汤里老子也下了药哦。"

# 时光化蝶而飞

## 1

慕瑶走后，我常坐在老院子里，痴痴地望着天边浮动的云。云朵流动，风起青蘋，不时有野鸟掠过。它们欢快自由的叫声，像是嘲讽。这个时候我就有点恨，恨自己也顺带着恨父亲，再看什么都不顺眼。

老鱼甩给我一棵烟，喏，抽一支。在我跟前坐下。

我瞪他一眼，接了烟，吹吹，熟稔地架在唇边，吐出一片蓝。或许是抽得急切了些，带出了颗粒不均的细碎眼泪。

老鱼在指甲上蹾蹾烟棵，说，走了？

我没好气，烟快抽完，才浮光掠影地回他，那还不走哪，你以为还真会在这破地儿留下？

他嘿嘿笑笑，也好，走了也好，这样的女子我看你也降不住。

我猛地转过脸,用眼神甩他一鞭子,还笑,就你降得住。

他呵呵地笑,用一种既悲伤又欣赏的眼光看着我,一脸的沟沟道道微微抖动,说,小子儿,没哭,像我的种,这事儿就得这样,拿得起放得下。

我没搭理。他呷着旱烟,一派悠然。我扭过头去看黄昏中的归鸟。我当然知道我和慕瑶根本没多少戏。但经他一提,我就忍不住来气,进一步还击他,你还好意思说,你不知道这时代都在拼爹啊,合该我倒霉,摊上你这个只会神神道道吓唬死人的爹。

他没变色,一支烟抽得风生水起,一笑带过,说,人家拼爹是人家的事,我拼儿子。吧嗒一口烟,又说,别老看不起你老头儿,那也不叫吓唬死人,最后过那道门,总得有人来引导他们。

我打断他,"在门这边留下沉重的肉身,破蛹而出蝴蝶般飞走的是轻盈的灵魂",是不是又要给我背你在报纸上现学的这几句,跟多有学问似的,就你会胡咧咧,也不怕起腻。

他回身,拿起仔细压在桌子抽屉里的《南方周末》,上面有关于入殓师的专题报道,然后他有依有据地大声嚷道,这么大的报纸都有报道,你小子还狗眼看人。

我才懒得搭理,撇下他的唠叨,起身四处转悠去。身后他嗬嗬出气,似是微笑,又像是叹息。我头也不回,走马观花地想自己那点儿心事。

在市里上那个小小的专科的时候,我也是搭错了神经,主要是环顾四周找不到几个说话的人，就只有闷头看书，一不小心成了个文学愣头青。埋头写了几大本子，有几篇还在省刊市报上登了。慕瑶他们吃饱了撑的，弄得什么春蕾春花之类的文学社，发现学校内竟还有这样一个深藏不露的奇葩，就撺掇我也加入她这什么社。我懒得记住，对什么都缺乏热情。

那时我正对自己的人生失望入骨。

学画的时候我不知从哪里抄了这样一句话：我们都是无限时光的人质，要想得到救赎，只有艺术。彼时我以为只有画画才是艺术，才是我平庸到灰头土脸的生活的一抹光。然而，光束很快离我而去。我像一个失事的水手，在茫茫海面上，抱着一块沉浮的木板，眼睁睁地看着天边驶过的帆影，我呼喊，我号叫，然而没人回应，帆影渐远，我也淹没海里。梦醒来，我仍在这个逼仄的小小专科学校里混日子，而已。

我对一切都没了兴趣。

想来也只是那天黄昏的时候，我倒卧在学校后面那个落满卫生纸的假山上，无所事事地翻看一些短文，她兴冲冲地过来，手里卷着几本印刷拙劣的杂志，面对着我一本正经地坐下来，说要和我谈谈。我没笑出来，她一本正经，我就没敢再笑。此后一来二去就熟了。也只是因为，那天黄昏的光影里，衬托得她傻乎乎的样子，也有了动人的气质。

以后的交往里，有时候谈到家乡，我也半真不假大言不惭地吹嘘成老牛炊烟山环水绕的世外桃源。这样的村庄倒是我想象中的模样，我说的时候是玩世不恭的表情，说说也就一撇即忘,她竟也当真,一直嚷嚷着要鼓动社里来一次乡村踏青。我都敷衍过去。这个人来疯衣食无忧的城里丫头,她怎么知道那只是我心里悲哀的虚构。

原就没打算和她有什么插曲,为此,我额外再懒散一些,不爱运动,飘忽不定,我以为她也就是和其他那些叽叽喳喳的女生一样,手拉手貌合神离地逛个操场,四处撒望那些个荷尔蒙旺盛的男生炫耀投篮的身影。女孩子们往往喝彩着在篮筐下多晃几圈,以期自己也能像个球一样在那几个肌肉男心上投篮……所有的都和我不相关,就连那近似于表演性质的助学金评选我也没参与。这一切我都不喜欢,再也不摸灰尘蒙住的画板,看都不想看一眼,想想总是难过。

原来我以为我能登上想看的山呢,却半山腰落了下来,摔得鼻青脸肿,我哪里还会再注重自己的那副形容。

三年前,我报考的是某个心仪的美院,且成绩名列前茅。可那有什么用,还不是落在这破学校里,每天,听着那几个没有水平的教师在台上灌输着腐烂的学说,我就觉得生命真是一场无聊的劳役,没有什么乐趣。像是个溺水的人,我心知就算是抓住几根虚无的稻草,也无法将我从坑里打捞起来,那么算了,就一同享受般地沉溺。我总是一副睡不醒的漠然表情,虚应着围绕的人和事,打不起精神。

慕瑶说,你看,黄昏多美。我虚晃着抓她眼睛前面的晚风,嬉皮笑脸的。她随即花枝乱颤地往后退,婉转地说,讨厌。

我从身后拿出一卷纸,给你。一张潦草的素描而已,把她的头发画得很长,在黄昏里线条飘扬,算是她生日礼物。主要是没闲钱买那些花里胡哨的东西,只好涂抹一张纸,到时候也好蹭顿饭。

在这幅画面里,她像一株毛茸茸的小白杨,健康饱满地生长,黑发很长,米黄色对襟带扣的长裙子,随便就勾勒出她流动的曲线。

她展开,叫声很尖。没有办法,她连惊喜也无可救药的好看。

我看看落寞的夕阳,温暖很远,夜色很近,我眯着眼漫不经心地测量黄昏和夜晚之间的距离,顺便也把她纳入视线,测量一番。我笑嘻嘻地扯她的发梢,说,小姑娘,你穿得可真够动摇军心。

她笑着扑打我。

我说说而已,就像看一道好风景,看完了,它美它的,看的人也没太往心里去。

我还有点自知之明。

可到头来,那么多人追她,偏偏她要和这个疏离寡言没有前途的浑小子走得近,不知道什么道理。我也不是没劝她配一副眼镜看看清楚。另一个系练体育的男生扬扬肱二头肌,在厕所威胁我说,你,小子,离她远点。我笑笑,掏出东西放水,放完了,抖抖收回,懒得看他一眼,心说,去你妈的,老子就没想着离她近过。

这么一个凡事都格格不入的破人,她偏要说成幽默风趣,画几张画写几幅字她就没见过世面地说成才气,就连凡事敷衍的冷冷然她也能诠释出高傲不羁。真是应了那句话，当初惊艳，只因为少见世面。

比如说，我在那里安然地啃我的馒头青菜，还有一碗免费的稀汤。老鱼每月给的生活费是四五百，是四百还是五百，这主要看当月在电话里我和他顶撞得是否厉害。这点儿钱刨去买书和四处瞎跑，偶尔开开荤以外，正好够我吃馒头青菜。这个月再加上上个月，差不多有六十天都没给他打过电话，老鱼一气之下也不打个招呼就给我克扣到只有三百，如此一来，有得吃就不赖。我啃着馒头，想，老鱼，你行，你不要现在神气，等你老了我也这样治治你。

她就来了，说她也没吃呢。那我就只好起身给她也打一份饭菜，在此基础上又多加了几个菜。一顿饭而已，我想应该能说得过去了。

谁知在我等菜的间隙，肌肉男也平地出现，我都没看见他从哪儿冒出来的，好像就单瞅准机会来羞辱我似的，看了一眼，就嚷嚷说，这哪儿是人吃的？慕瑶，你等着，我到楼上给你弄几个小炒。走开的时候还拿眼角挑衅地看我。

我笑啊，说，喊得可真亲啊。说，不错呢，沾你的光，我也开开荤了。

可是她转身气鼓鼓地走了，唾沫星子喷我碗里，叱我，你知不知道，我一看你那什么都无所谓的样子，就来气。

我就没打算知道。

可是她更生气，上脚要踢，还挺霸道地说着，你对其他的无所谓我不管你,但是对我你就不可以。

我主要是怕她尖尖的鞋角,那踢一下可不得了,弄不好零件都会被她报废掉,情急之下,就顺势一把拽过来。老实说,一点都不温柔。

可是她顺应着挣了几挣,不挣了,扑扑腾腾掐了几把,却笑了,踢踢腾腾捶我。跟女孩子你有什么道理讲去?就坐下来,跟我一起吃那清汤寡水的饭菜,还很可口的样子,说,大傻瓜,你咋知道我正在减肥?

好吧,我承认我那僵硬的心即刻柔软了一小下,甚至差点有水溢出来。就为了这一句话我挨一顿揍也值了。

因为肌肉男买来了菜,一切都看见,就摔在我们面前,然后就打了起来。老鱼这老东西教的,该像男人的时候就不要手软。他说我娘当初就是被他这么骗过来的。

结果,我胳膊上缝了七八针,肌肉男也没占多少便宜,眉脸都发生了巨大的弹性变形。临末还被慕瑶帮衬着附加甩了一巴掌。我战斗这么长时间都没有她这一巴掌来得有分量。

就这样吊着胳膊和她好了。弄得出生入死似的,完全出乎意料。

也好不到哪儿去。胳膊好了,冷静了,也就是抱抱而已。这份情感我一眼就能看到终点,终点就是没有终点。我们是不同河道上两条船,只不过在这码头暂时交会几天。

我最好的结局也就是个小学教师,或者是小公司里点头哈腰的小员工;而她不同,弄不好真能成个煽情节目的主持人。

听说她老子电视台有关系。

不冷不热地就拖到了最后一年,其间我多次怂恿她脚踏两只船,她不听。还很坚决。织围巾,买手套、袜子,所有小女生的小温暖她都擅长。我也是三天打鱼两天晒网,想起来了就好一阵,然后再冷一场。其实只因心里矛盾重重,爱情这份甜蜜合同里附加的责任,我不想负担。我也负担不起。

所以我宁愿不要这爱。

可是她当面一笑,或者很肉麻很好听地喊一声,大傻瓜——好吧,没有丝毫办法,突然乱了章法,我心里的那些顾虑和防线,就全面崩塌下来。

我就觉得自己很有犯罪感,占着把好琴不去弹,实在浪费了她美的资源。

最后一年是实习,就试图和她不要再有太多的交往,我想我自制力很强,可以抑制住对她的想念,习惯了也就好了。再对自己默念一遍,习惯了也就好了。每一次想她的时候都是这样,挣扎着默念几遍。

最多的时候我念了几十遍。

开始是在一个小图书公司里打杂,说是公司都觉得可怜,就是几个写字间,可是就那点儿学历,只带着疲惫的背影在别人背景下千挑万选之后找一份合适的工作,可真作难。天天校对,校对,对着屏幕,枯坐着,一天一天枯坐着,干了两个月我觉着再干下去我眼睛不熬瞎肾功能也会就这样坐枯竭掉。

老鱼说,小子,不缺你那几个钱,累了就回来歇一段呗,我也能给你开个实习证明啊。

我想了想老头儿就你那个乌七八糟的破诊所,我丢不起那个人。

可是过年不能不回。老头儿于是很兴奋。我说,我是想巧祯才回来的,你以为想你了啊,你来什么劲儿?

老头儿顶嘴,谁稀罕你想了,我也是看巧祯回来,我高兴,咋的?

妹妹巧祯就笑,看我们一来一回斗嘴。

我帮着妹妹烧火炸丸子。我娘老去之后,这些都得巧祯来做。我往灶里填柴火,说,老头儿,你为心疼你那几个钱,就亲手埋没了梵高埋没了米勒,你知不知道你在犯罪?

我也知道,学艺术学费贵,不如给学习好的妹妹上大学用呢。可我一想我这一生就这样在厌倦的生计中荒废,心里就莫名有气。

老头儿对着炭火点烟,吐一口烟气,说,那个画拾麦穗的不也没上过学吗?我把灶火猛地一吹,火苗差点燎到他眉毛,吓了他一跳,冲他挥手,去去,离远点儿。

他不去,在那儿叽叽咕咕地把憋了一肚子的话拉拉杂杂地说出来。不过都是装作说给妹妹听。

## 2

过了年,风三吹两吹,就吹来了春天,天气慢慢变暖,我还在家里。每天到莽山山坡上逛逛,闲得像个二流子,叼个烟卷或嚼着根狗尾巴草,躺在刚长出的草滩上看天上变幻的云,好像无比惬意自由,却没人知道我心里的煎熬。我想我也在愁闷的时光中,日渐苍老。

看着山坡上那些按辈分排列的大小坟包,活着的时候端碗吃了一辈子饭,老了也不过是一个覆碗的坟,就掩埋了所有的命运、所有的欢笑和眼泪。看着它们,我感到一阵阵一眼望尽的恐惧。生命是如此的没有意义,就像身下的草远处的庄稼而已,一茬一茬地被命运收割,不过是在岁月中生长这么一季。

常常无力自拔地陷入巨大的空虚,从正午坐到黄昏,再从黄昏一直坐到繁星升起,我坐在茂密的黑暗里,想,总要在这世上留下一点痕迹才行,哪怕是一张画、一篇作品、一个爱的人,要不然等到大风刮过坟岗,身后的死亡该是多么荒凉。

可是,兜回到现实的场景里,我又不知道自己能干些什么。那种在黑暗的隧道里想跳出来的冲动,而左冲右撞却看不到属于自己的光明,时时咬噬人心的挣扎,想不明白,看不到明朗的未来,找不到一个合适的出路,觉得自己这二十来年的生长还是难逃这破败的小村庄。这样想的时候,心里无比的荒凉和茫然,那种不甘而真切的挫败感在心里纠缠。这眼前春天的姹紫嫣红开遍,都是灰飞烟灭的灰暗。

就连放羊的傻二黑见了都要讥刺地问候一句,小崽儿,大学毕业了啊?来家里留学了呀?家里蹲这专业不错吧?他还兀自问自答地说,我看不错。故意笑话我。

我拔一棵烟丢给他,砸在他脸上,随手抱起一只羊,二黑,你狗日的把羊养得挺肥啊。他脸上洋溢着愚蠢的骄傲,那是,我饿着也得让它们吃饱。我笑,二黑哥,那你见过咋偷羊的没有?他说,这倒没见过。我一举手把咩咩叫的羊翻身扛在肩上,看见了没有,就这样偷走的。说着头也不回大步往前走。后面二黑也顾不上抽烟了,哎哎地赶着喊,你给我的羊,给我的羊。

我给你大爷,炖了喝汤正美。

就是这么无聊赖。

老鱼说,你要没事也来帮我看看诊所呗?

我嫌恶地走开,说,老头儿,我忙着呢。

老头儿在后面骂我,你个小浑蛋。

我顶他,爹,遗传。

老鱼气得胡子翘上天。

我想,得先这么忍着在家过这几个月,拖一拖,等慕瑶彻底对我这"小浑蛋"冷了心,我再到市里随便找个工作干着。要不然现在去了又忍不住找她,在一起又没什么希望徒增伤感,不在一起近在咫尺又想得慌,不如先窝在家里。

就踱到镇子上上网。网吧是我一个中学同学开的,一个虎背熊腰银盆大脸好汉一样的姑娘。我常说她,红菱,您老吉人天相。

她就在柜台上吐着瓜子皮回我,滚。她知道我主要说她胖和壮。

抓了一把瓜子,和她闲嗑,净说一些不入流的话,反正她也是荤素不忌。一番闲聊下来，她总结说，你小子是越来越浑蛋。

我说，姐你好眼力。心里失败地想，还不如这个当年每次考试做选择题就抓阄的主儿呢，人家打了几年工攒了钱还能开个小网吧，你呢，快成了一个笑话。

就抽着烟坐下来，不停地击打键盘，被红菱过来教训了一番，说，你狗日的温柔点儿，弄坏了我摧残死你。我一边和她贫嘴，具体点，说，怎么摧残？一边开机子打游戏，可打个破传奇都得等上半天，费了九牛二虎的力气买了把刀，甩一刀又得至少六十秒，对手还没死呢我先从彩色变灰白了，黑屏了。接着重启，无聊发慌，邀红菱一起看个爱情片观摩观摩，老半天打开了，可谁知亲个嘴都要半小时。我算是服了。问红菱，你这网速是瘸子瞎着眼用板车拉来的吧？

红菱比较豪迈，瞄一眼说，破小子还看那儿，来姐给你实地普及普及。

我躲开她欺压过来的庞大身躯，说，姐，我忌口，不吃荤肉。

就这样贫嘴瞎闹，晃荡到天黑，夹着几个包子，想路上吃完正好回家倒头就睡，明天干啥，那谁知道呢。浑浑噩噩，想想我确实也够浑蛋的。

晚上，老头儿喊我吃饭。我迷迷糊糊醒过来，说，吃过了。坐起来问他，下午又摆弄死人了吧？去去，你到那屋吃去，我受不了你。想想他刚用给死人穿寿衣化妆的手转过脸再做饭，我喉咙里马上就有一股子新鲜的呕吐感。

他分辩，洗了，我又不是没洗手。

看我嫌恶的表情,老头儿有点受伤,嘀咕着骂我,做好了端你眼前,你竟还嫌老子,不吃拉倒,饿死你。

我也不甘示弱,猛地起身,老鱼,你说啥,再说一遍?

老鱼立时气馁,没说啥,我又没骂你,这狗日的盐,太咸了。

我笑也是在心里笑,这老头儿你就得天天给他点颜色瞧瞧,继续不依不饶,给你说多少遍了,没人吃你做的饭,你做够自己吃的就行了,你就是记不住。

老头儿委屈,嫌弃你倒是做啊。

我说,我娘没教我。

他还附和,喝着汤含混地说,她也没教我。

一提我娘,我看他眼泪又要落进碗里,叹口气,心想算了,何必跟老头儿老这么顶真呢。我自己天天闲着,好歹人家老鱼还有个工作,并且还很受乡亲们尊重,虽然尊重之中多少又有点闪躲。

他也没心思吃饭,我靠着床沿,扔给他一棵烟,彼此烟头上的红点在黑暗里一闪一闪。烟雾中我看不清他的脸,但我却能看见自己,左右不过是一双没有生机被烟熏着半睁半眯的眼。

老鱼说,这包抽完别买了。

我说,那你多买点儿,也行。

老鱼看我那个蔫蔫的状态又要来气,你看你跟个老烟鬼似的,都是谁教你的?

我笑,你也别气,老鱼,主要是榜样的力量。

老鱼把烟锅拍在凳子腿上,气呼呼而无可奈何的模样。

## 3

平心说,老鱼是方圆几十里难得有二的能人,是个百事通。什么东西到他手里,他看看摸摸琢磨琢磨就会了,就比如修家电这样很有点技术含量的活儿他捣鼓捣鼓也能会,此外他会看病,刷石灰字,打罗盘择宅基,选墓地,种蘑菇,嫁接西瓜,下粉条,主持婚丧嫁娶……我一时还真数不过来他到底会多少,唯一遗传给我的恐怕也就画画这点儿小天赋了。

他说他年轻时考师专考了前几名,硬是被人顶替了。在当时我们那里,成绩最好的学生才敢考师范,差一点的才考高中再高考,因为考上师范学杂费饭费都全免,上两年就有个体面的铁饭碗,最差也是县城或镇子上的公办教师。他考上了,却被别人将学籍弄手段给顶了。当年,祖父活着的时候因儿女众多,显然无力支付我的父亲再去考高中,每年收入就那一点点,目不识丁的大老粗祖父对他复读一年的要求吼一声,上学顶个屁用,你看你上学上得连四两劲儿都没有,还上!他刚十五岁的孩子,有什么办法,在屋子里不吃不喝也不知睡了几天,起来,掂了镰,去割麦子去了。都以为他会疯,没有,他认了这叵测的命。只是那一年的麦子被他染红,他一直割一直割,都不抬头,手上磨出血泡,再磨破……

当他随口说电视上某某就是顶他学籍的那个,我嘴上说他吹,但心里是信的。因为顶替他的那人现在是市里有头有脸的人,有年还专门托人给他送了礼盒,老头儿从没有打开,只叹一口气,很长的一声,唉——几十年的时光命运都随着叹息成了地上的尘埃。没说一句话,什么话也没有了。他那样的人,连恨都不会。

他常年在村头开一爿诊所,也不知道他跟谁学出来的,西药看不好他就给人开中药方子,中药也看不好他就给人算八卦掐风水。前几年我们那儿扎丧事花圈的人老了,现在他又多出了一样,整天诊所门前摆几个完工未完工的花圈。这算什么事儿?可他比原来那人还能,捣鼓了一段时间,他用竹篾彩纸还能扎出加长版的轿车、彩楼、丫鬟、司机等等乱七八糟的玩意儿,还按需定做。

服了他了。

母亲走了之后他更厉害,简直成了个半仙儿,求婚论嫁批八字,良辰吉日他张口就来,破诊所简直成了小茶馆,天天有人在那里听他摆那些仙儿道儿的。

我是宁愿绕一圈也不从他那诊所跟前路过。我说,老鱼,你成天信口开河胡咧咧,也不怕到时候下地狱把你炸成麻花?

他呵呵笑,不怕,你看着架上丝瓜藤上也有个谎(黄)花,我就是给他们个安慰的话。

他还有理。

这些还不算什么,最让人受不了的是他现在给死人送魂。以往他在村子里主事丧礼,仗着他懂得那些烦琐的老规矩,我算是也没有多少异议,但总觉得不吉利。可现在呢,他变本加厉，去侍弄那些亡人尸体，我就觉得老头儿有些不可思议了。我说，老鱼，天天摆弄那些死人，你也不嫌脏！

老头儿说，小崽子，你懂个屁，它不过是暂停了呼吸，你见一棵刨掉的树倒那儿，你嫌它脏？

我说，老头儿，你别偷换概念，那不一样。

老头儿说，咋不一样，都是命。小子，我来问你，你念书也花了不少钱，你读过《庄子》没？

我笑，老头儿你又显摆你那点儿发霉的学问了，我可没那心情听你絮叨。

老头儿磕磕烟袋，好，那我给你说通俗点，考考你成分可疑的智商，说蠓虫可以活一夏天，南方有一种椿树可以生长八百年，东海里有种神龟能活上几千年，你给我算算人这一辈子生命的长度是多长？

我立刻迎上顶撞，你才是可疑的智商，你不就想说我脑子都是面糊。还成分可疑？你也好不到哪儿去。想老头儿莫不是又弄一些偏门经书上云山雾罩的话唬人，那就不说太满，说，这咋算，没法算，有的活七八十年，有的也许就活几天呢。

老头儿摸摸下巴，笑得很神秘，我一看就来气，跟他握着多大玄机似的，丢过去一句，老头儿你爱说不说，我还不想跟你唠这个闲嗑呢。

老头儿眯着眼，说，呼吸之间。

生命的长度，就在呼吸之间。

想想，还确实是。

老头儿接着说,是人都有那一天,所以说它不过是生命升级了一版,关一扇门又从另一扇门上路看风景去了,你说有什么可让你感觉脏的,嗯,小子?

我还真被他唬得一愣,还升级了一版,你以为是软件呢?懂得还不少。

老头儿看我迷糊,得了理了,说,你说是不是这个道理,明白过来没有,天天懒得四个棒撑着,还嫌弃我做的饭,还不吃,还没转明白吧?说你智商可疑还不服,就你这个脑子数学英语学不会也不亏你,你还不到你老子的十分之一。

揭我的短,我愤然,说,那也是你当初偷工减料,没用心制造。

老头儿说,都怪你妈,怀你的时候疼你,猪肉猪蹄子吃多了,把猪的那点习性也吃到你身上去了。

老头儿可真能绕,我反应过来,哎,老头儿,不带这么骂人的。

老头儿嘻嘻笑。又绕回来,解释说,我只不过摸摸亡人,回来你都嫌我脏,那是你心里恐惧,这事谁都一样,本能里排斥,那些将死的人也一样,比活人往往更恐惧。你老子的作用就是做个导游,在临终给他讲讲那边的风光景象,不抵抗即将到来的死,帮他推开门,顺利地完成脱壳后的飞翔。

我算是找到一个反驳的依据,老头儿,你又没到那边儿去过,你就在这儿蒙我,你怎么知道死后是什么景象不景象?

老头儿不说话了,我想,你再嘟瑟,再给我讲你那些自己发明的邪门道理？老头儿不讲了，缓缓抽完一袋烟，在地上磕磕，收好，眼睛忽然潮湿了，泪水落了下来。他说，你娘走了我不是跟着也死了一回吗？

## 4

春天过了一半，我去学校转档案，慕瑶要跟着来赶庙会，她觉得新奇。拒绝不掉，倒显得我小气似的，我心说你可别后悔。只不过是平原上一座低矮浑浊的蜿蜒小山，庙会又能出彩到哪儿去呢？

于是找红菱小姐弄了些山上古墓寺庙的免费赠票，她人缘好，路子广，弄得到。红菱说，小子可以啊，还泡上城里的妞儿了，哪天带来也让姐姐看看？

我说，有啥看的，不过一个鼻子两眼，局部区域还没有姐姐你饱满。

红菱搡我一拳，我揣着票躲开，怕她一拳把我捶出肩周炎，反身招手，回见您哪。走出几步又想起个事儿，问她，能不能让她在你这儿住几天？

她问，为啥住我这儿？

我敷衍过去，这小忙，不帮就算了。转身作势要走。

她拦住，哎哎，我欠你啊，你还来脾气上脸，好吧，住我这儿，你那家里就你爷俩估计也乱得像个狗窝，可说好了，我这儿就一张床。

我笑，那也不怕，你可以睡地下，就当成全老同学了。

这一回真被她打了一拳，你浑蛋，先说明啊，我晚上要一翻身把你那小美人儿给压坏了可别找我赔。

我趴她肩膀上作势闻闻，说，奇怪，你老人家那熟悉的新鲜的狐臭味怎么没了，我还怕你熏着人家。

这一回挨得更结实，转眼看红菱真有点恼的意思了，自觉也有点过了，我不过也就是仗着当时上中学时红菱爱往我抽屉里偷偷塞她在家烙的馍、煎的知了、糖果之类的，换个人可能也懒得搭理我这样儿的。不知道发什么神经，挨了她打，倒有一种忽然涌至的亲情，就顺势抱了抱她。

原来她也没那么胖大，抱得过来。

我走开，骑车载慕瑶到山上玩儿，直到发动摩托，觑眼看见红菱还在那儿脸红着愣愣地保持着刚才的姿势，倒像个小女孩儿。

看样子这几天小姑娘在这儿玩得还挺开心，庙也进了，古墓也去了，甚至好奇地连艳舞也进去看了，觉得玩得差不多了，她就要回去了。老鱼还在后面热情地挽留说，再玩几天啊再玩几天……再玩就玩露馅了，幸好没让她住家里，要不然万一知道了老鱼的工作性质还不得吓晕过去。

在车站等车的时候，她说，大傻瓜，你什么时候回市里？

我没看她的眼睛，说，那谁知道呢，到时候看吧。

她没笑，沉默了一会儿，忽然说，鱼在洋，再过几个月我就二十三岁了……她看着我，眼神幽幽的，很悠远。

我在想着老鱼给我取的这个一厢情愿我都不好意思说出口的名字，还鱼在洋，鱼在沟还差不多。我不接她的话茬儿，说，我知道，到时候生日礼物少不了你的。

她以为我真不懂呢，又说，我家里传统，早早地就安排我相……

我有点烦躁，打断她，所以最后的"亲"字只是一个颤抖的尾音，我当没听见，说，知道了。

她嚅动口唇，还想再说什么，一时却找不到一个合适的切入点。

我掠过她的眼神，抛开她欲言又止的嘴唇，说车来了，就往前推她。

她的眼泪就裹挟着下来了。

我绝望地想，这世上的女人哭泣的时候，真让人心碎。

我潦草地挥挥手，转过身就往回走，我这个没用的浑蛋忽然间也泪流满面。转过身来走得很快，不想让她看见。我才知道原来眼泪有一套独立的排水系统，是不听指挥的。咬牙也没用。

晃荡到红菱的网吧里坐下，她问，走了？

我说，嗯，走了。

还来吗？

管她。

我想她再来的话，估计得等我混得能把这破山头买下来的时候了。

难过了？

我迎上脸嘻嘻笑给她看，谁说的？

红菱绕过我挨个去擦拭桌面，你挺给我看有什么用，谁心疼装谁心里。

我像是要倒下去，在倒下之前抱住她弓着的腰，贴在她宽阔的身上，红菱，还是你好。她挣了一下，也就不挣了，抹布掉到地上，说，浑小子，别闹。

晚上红菱陪我喝了许多的酒，我不知道自己哭了没有，我想应该没有吧，毕竟我这么浑不吝的人。第二天醒来却发现睡在她床上，我问红菱，没趁我睡着占便宜吧？

红菱说，老娘在外面沙发上坐了半夜。

我说，那不还有半夜呢嘛，你别客气，占了便宜老同学也不跟你计较。

又免不了遭她毒打。这个彪悍的娘儿们。

静下来，又想起慕瑶走时的身影，似乎涨满了新生的风，心里就丝丝缕缕地，疼。疼得很韧性，身体都软软的，还想继续软下去，是那种淅淅沥沥、牵扯不断的疼。幸好这种衍生的疼，只在自己心里，不说也就没有人会知道。于是，在酒醒后的头痛欲裂中，继续和红菱嘻皮笑脸地贫嘴。

红菱不搭理，指指我的脸，叹一口气。

我说，什么？

红菱说，你的泪。

我摸摸，没有。是干涸的泪痕，应该是昨夜里梦中遗落的。我笑得有些匆忙，说，哪儿是，如实说，是不是昨晚上你偷亲我留下的唾沫印儿?

她这回没打我,反手绞着抹布,似是自言自语地看着前方一个虚无的点,说,没良心的,你都没为我哭过……

回到家,老鱼说,小子,从明天开始跟着你老子实习吧?

我正没心思,倒头回他,老头儿,别想!

老头儿说,嘿嘿,你的鉴定表我偷藏起来了,已经盖了章,你想换地方也不可能了,所以还是乖乖地跟着你老头儿吧。

老鱼拍拍我恨不得和他掐架的肩膀,小伙子,底下就看你表现了,兴许到时候我给你填个优秀呢。

我气得岔气,翻翻果然我根本没当回事的那几页表格还真不见了,我原想着老鱼那儿有个基层医保点的章,到时候就盖一下敷衍过去算了。我斥责他,老鱼,你好不狡猾。

老鱼哈哈笑,对付你这种小浑蛋,就得这么着。

我扑倒在床上,又翻身四仰八叉地想睡觉,借着隔夜的酒劲儿,干脆不理他。

迷迷糊糊醒来的时候,睁开眼,见床头多了一块木板。

是画板。

有很光滑的抛面,做工细腻,看得出来是刨子滚刀一点点打磨出来的,打了蜡,摸一摸,手感好极。我心说,这老头儿……

一时凝噎无语。

这画板太让人感慨,交织着所有的无奈和热爱都杂沓地涌来。

我有三年没用过它好好画一幅作品了,就仿佛眼看着自己最珍爱的花园在时日中被迫逐渐荒芜，我有一种苍白的愤怒，对自己，对无法左右的遭遇，以及压在头顶看不见的情绪……我掂在手里，想摔，我早已荒疏了那些色彩，我画得再好又有什么用，生命还不过是一片灰白，望不到头的灰白……

摩挲着画板，可我又舍不得摔它。在它上面我曾倾注了那么多的梦想和热爱，空空的画板我曾以为是梦想缓冲时的留白，我用天分和汗水就可以在上面浇灌出花开来。那光洁的板面，我看到那些颜料变幻的色彩，还有那色彩的声音、味道以及浓烈时的喊叫或是淡色时的疏影流利，这所有的感觉瞬间都被调动起来，可到了最后，这些都褪去，裸露的只是荒凉的木质……过了许久，啪嗒，有水珠掉在板面上。

老头儿的做工也实在太好，从小他给我做过好几块画板，可这个是最好的。

晚上我做了饭，也就是煮了点面，炒了一盘鸡蛋还炒糊了。老头儿意外地开心，呼噜呼噜吃得很享受，说，继续努力，我以前怎么没看出来你还有点做饭的天赋？

我就不吃他这一套，少来，想得美，老头儿。

他就笑。

过了几天，老头儿还真买来了炭笔和颜料，对我说，儿子哎，接着画吧，别老觉着没上成美院，你的翅膀就断了，依我说心打开了，你笔下的世界兴许会更开阔呢。

我把这些东西连同他的热情都搁在一边，画给谁看，我再画有什么用呢？

老头儿抽烟的手在半空中点了几点,说,给你自己看,你看你的两眼,像火烧过剩下的那堆炭灰,风一吹恨不得就随风飞了,你就当在画板上用颜料给自己的双眼调配出一顿大餐,不是做什么事儿非得用"有用"来衡量的,浑小子。

我揶揄地冷笑,说,还"大餐"?画什么,就画咱这儿破山丘,还是画您这张老脸?

老头儿用烟头砸我,说,对,就画你爹这张老脸,能画好也算你能耐。

我瞅着他那张被时光狠狠侵蚀的脸,嘀咕道,那还不如画那山头呢。

老头儿说,山有山心,人有人心,你把心揣摩透了,谁的脸都能画,明儿跟我去诊所,仔细观察那些人,就画素描,看看你能不能揣摩出他们的心。

我不置可否地笑,放下碗接着去找红菱聊天。平心说,老头儿确是懂得不少。但我们再聊下去,总免不了磕磕碰碰地又要吵。

我琢磨琢磨他的话,也有些道理。我知道我太消极,就像一个时代里的多余人,看着别人都在各自的轨迹上兴冲冲地忙活着,忙着活,忙着死,一副副很有奔头的快乐样子,可我就是找不到自己的轨道。


5


最近老鱼总是头晕,蹲在那里一起来稍猛一些就捂住太阳穴两眼冒星星,问他咋回事,他还笑呵呵地说没事,就是让你小兔崽子气的。

我嘴上顶他几句,心说,好吧,老头儿一个人忙里忙外也不容易,先不跟他顶嘴了。他让我去诊所里,我就去吧,也不是什么大事,把他气没了连个能在同一级别吵架的人也没有了。让着他。

我说,老鱼,现在我让着你,你也别太得意,不要以为我服气你。

老鱼嘿嘿笑笑,说,差不多,我看差不多,服不服气还不是早晚的事。

听他这样一说,我就觉得不欺负他都对不起他这张嘴。

不过诊所我还是去了。

所谓诊所,也就是两间破旧的屋子,小病小恙老鱼凑合着还能治,大的病反正来这里的人几乎也都看不起,生死随命,老鱼就又是中药又是卦理地云来雾去,可好像有几回还挺灵验。老鱼算十里八村的有点名气,几个有了大病根的人来这里听他八卦、命理再加上药用术语一气乱炖,也是死马当成活马医,寻点安慰而已。

诊所前是一株大叶梧桐,树荫密密匝匝直延伸到屋里,我坐在门口边,看树下老鱼一边把野蒲柳的长条剥皮分拣,一边和那些垂垂老矣被外出务工的子女们撂荒在村子里的老人聊天,有一搭没一搭的,空地上还摆着他尚未缠上纸花的光杆花圈。这场面怪异又很和谐。

我把画板支在桌子上，摇摇晃晃地坐着，有来拿感冒药、咳嗽药、痢疾药的人，觉得有特点，就心不在焉地在纸上勾勒几笔，聊以遣闲。

　　我想就我这样一个没能耐又不服管懒散惯了的小祸害，就这样整日清闲地过一辈子也不坏，没必要非得在城里做个小职员如我做销售的同学所说："天天忙得孙子似的，点头哈腰挨骂的唾沫星子攒起来都能浮起艘船……"可在这山村里的日子，往往又陷入狭隘平庸，一眼就可以看到尽头，不免又觉得恐惧。

　　我们这些个从村子里上了几年学的人，只能这样蝙蝠一样鸟也不是兽也不要地徘徊在城与村、压力和煎熬的痛苦边缘。心里的沮丧并不是吃不了苦，而是看不到希望……我在纸上涂抹半页风的形状，让它吹过我眼中的荒凉。

　　老赖捂着个嘴要止疼药，打断了我的思绪。我起身给他包一些消炎片，他疼得嗷嗷叫说，多包点。我就多包点。他静脉曲张，又拿了一些膏药，总共二十七块钱，找给他钱。坐下来，继续发呆。

　　没过一支烟的工夫，老赖这回牙不疼了，进门就骂，你个小狗日的，怎么找我张假钱？

　　都知道他是个蛮不讲理的赖货，我看都不看他手里挥舞的那张二十元假钱，在画板上快速勾画出他此刻的嘴脸，觉得很好玩。

　　他又嚷嚷了一遍，外面几个颤巍巍的老人都引颈而看。我说，你别大白天找事儿，我刚找你的是两张十块的，一转眼就自动合成一张了,你吃药吃多了吧?

老赖还耍泼皮,在那儿嚷嚷来嚷嚷去,我没理他。你不嫌累,请继续。我画我的。

老鱼停下手里的活儿,过来说,唉,我看算了,二十块钱,给他换一张好了。

我没这么好脾气,正闲得无聊呢。我说,凭什么,你再赖皮,老子不认!

老赖又嚷嚷几句就骂骂咧咧地走了。这不积德的老东西。

我忽然心里一紧,拉开抽屉,一看,日你先人,刚才给的那张五十的我也没看就随手丢里面了,也是张假的!他还先声夺人,真有他的。

老鱼也没训我,我倒窝了一股子气把老鱼说了一通。老鱼笑,不是大事,那点儿钱饿不住咱也撑不住他,老赖也不容易,没儿没女地瞎混了一辈子,我看也是没钱穷急眼了。

我还愤愤,这样的孬货死了也少浪费点儿空气,什么人!于是在画纸上给他添了两个癞头疮。

没过几天,刚到初夏,天气估计有点兴奋,忽然一下子就执行了夏天的温度标准,我倒更愿意在老鱼诊所里了。树荫不说,老房子的好处就是冬暖夏凉,喝点茶,风一吹,很舒服。我也画了有十来幅素描,都是来看病的,有女人、小孩,更多的是老人。我慢慢开始认真地对待,老鱼说得对,都是些平常朴拙的人,但要想画得传神也不容易。比如,显然是缺乏男人照顾的在家女人,邋遢的表情里忽然会凭空一声叹息,谈话时倏忽闪过一个想念丈夫的眼神；孩子打针时那种即兴的哭泣；最多的是老人望着太阳打着哈欠痴痴呆呆的空洞目光，那是听到死亡在不远处磨刀霍霍而他们对此没有多少心理准备的茫然和恐惧，恐惧久了，也就是听天由命的木然神情；等等。

我承认，眼皮下所有这些，画好了也是一门学问。

中午的时候，我正伏在桌子上瞌睡，老鱼进来推醒我。我看他穿上了那一套不似道袍又不似僧衣他自己发明的青灰色行头，我问，你这是要去给谁送魂？

老鱼说，走，要不你也去看看？

这一段由于我对老鱼略有改观，嘴上一如既往地顶撞，可心里不再有那么强的抵抗感，就同意了。老实说我还没见过他怎样给濒死的人当"导游"呢。我问，是谁老了？

我们那地方不说人死了，说"老"了。

老鱼往包里收拾他那些罗盘、桃木剑、咒符、纱布之类，想了想，又从诊所墙角的小花圃里剪了几枝热烈开放的月季花放在盒子里，说，走吧。

原来是小满的奶奶，瞎婆婆。

她儿子柴龙几年前在集市上卖肉，脾气火爆，他老婆有点轻佻，人家和他开个荤玩笑说又看见他老婆从牛二家出来了，一句话说恼了，他二百五的脾气一来，就拎着杀猪宰羊的刀捅过去了，并且给牛二也来了一刀，就进了南监，出来还得有十多年。不隔一年，老婆就带着小满改嫁了。老人哭儿想孙，把本来就白内障的眼活活哭瞎了。

我们走到门口的时候，屋子里一片狼藉，几个邻居在帮着整理寿衣。老鱼叹息一声，说，柴龙就算赶来也见不着最后一面了。就进屋里。

　　屋里很阴暗，散发着浓烈的尿臊味儿。老鱼撑开窗子，先往湿乎乎的地上撒石灰。我隔着模糊的光线，看见一个皱缩不堪的老人在床上低喘着疼挛，头发因长久未打理而黏结成蓬乱的一大团，遮住了她的脸。只听见阴影里含混不清地喊着什么，也只是发出急咻咻的喘气声。

　　这是我第一次眼见一个人在最后怎样被死亡一点点地摧残，好奇而又有点恐惧。几年前母亲得胃癌走的时候我赶上中考，等我赶回家母亲已经入殓，我哭得昏过去老鱼也不让我看她最后一面。那是夏天，他怕母亲变形后的脸吓着我，所以我恨了他很多年。老鱼说他把母亲装扮得很美，就像你想的那样美。我就趴在棺材上流泪……

　　撒完了石灰，老鱼开始在一个洁净的盆里用松柏枝叶泡水，等一会儿给亡人擦洗用。然后，点了几炷松香，用黄纸画了几张符咒贴在门楣，桃木剑也插在上面，驱除不怀好意来扰乱的厉鬼。做完了这些，老鱼在瞎婆婆榻前坐下，握着她的手和她说话，几乎挨着她的耳朵，大意是说：

　　　　花开有落，所得必舍

　　　　儿孙福多，莫须挂念

　　　　艰辛苦痛都成过去

再睁眼看就是天国

十里忘川,九重黄泉

莫惧莫怖,安心上路

命似秋叶,风一吹,辞枝自轻落

惟幸惟欣,伉俪会合

涉水过河,彼岸花,三界佛渡我

…………


婆婆渐渐安静,但嘴唇仍在嚅动。

老鱼又唱了一遍。

他声音朗朗然,音域很宽,缓慢入心,听得周围邻居女人都悄悄泪落沾襟。我看着他瘦高衰老的身体,似乎忽而有了一层柔和的落晖包围,有一种向外辐射的光芒在身。这寂静的光辉让人的心也柔软下来,心里溢满了水,落出来就是泪。

可是老人还没有完全安静,她的嘴唇还在不甘地翻动,只是那些呼喊无力成形,只是疲惫的喘气声。

老鱼忽然叫我,他从外面跺了几脚弄出很大的动静,然后冲进屋里,粗着喉咙,急切地抓住老人的手扑通跪下,喊,娘,我是柴龙,来看您来了……我明白过来,也抓住婆婆另一只手,喊,奶奶,我是小满,你看看我,奶奶……

此情此景,我竟然真的哭了。

老人的脸舒展开来,嘴唇动得更厉害,我听不见,但知道她在声声呼唤她的儿孙,那是她一个农村妇人一生存在的根据。

她想举起手来摸我的脸,我接过她颤抖抖枯萎的手,放在脸上摩挲,哭着喊她,奶奶……她嘴唇上有一个呼之欲出的笑意,最后以为摸索着她最疼爱的孙子小满的脸,作别了人间。

父亲用松柏泡出来气味清新的热水给老人洗脸,用纱巾蘸水轻轻擦了一遍,然后让相邻家的女人们来给老人擦拭身体,穿上寿衣。

最后的时候,父亲在老人梳好的头发边,放了那几朵月季花。

婆婆生前爱美,年轻时是村子里的美人。

父亲退出门,把门楣上的符咒揭了,洒了一圈清水,阖上逝者的眼睛,轻轻地说,老人家,门开了,去看花吧。

## 6

我把纸上的慕瑶寄给她看,这一次画得用了心,在她的美之上,我加了诸如露水、花朵、月光等事物,来辅助她的芳菲。她说她就要二十三岁了,我说不管你二十还是一百岁,我愿意为你留下你的美和眼泪。此外,我还随同寄了几张现在在诊所画的素描。

过了一些天,她发来短信,说,坏人,你就会让我笑让我哭,不管是哭还是笑,我都觉得幸福,就像做了一场好梦,梦醒了,心里空空的,但是真的知道自己哭过也笑过……

她还说,她把那几张乡村人的素描给他们那小区里一个美术系教师看了,说是挺有韵味,很另类。她还鼓励我,你那么热爱颜色,那你就多画吧,说不定将来还能出成画册呢。她说,别灰心,坚持下去,阳光很快就会照到你身上,我爱的人。

我看着手机,像个傻子,天空洁白,一些事情慢慢地想起,花的香气,风吹过树叶的声音,泪走过脸上寂静的湿痕……我看着那些云,像是一万年也看不够。

老鱼在烧火,问我,小子,我做饭你吃吗?

我没理他这话茬儿,他以为我还嫌弃他,我声音有点大,说,老头儿,做好吃点,多放点辣椒。

老鱼笑,骂我,小狗日的,你倒轻巧,就会指挥你老子。

目睹老鱼送瞎婆婆走后,我冷漠的心多了一点温柔,对老鱼,也对这个世界。心中生出一个主意,我要画那些临逝的人的样子,自己装订成册,不为任何别的,只为给逝者留一点影像,也给自己一派灰暗的心带来这一抹安慰。

画的第二个人是邻村的一个女人。

我们到了她家的时候她已经快不行了。人们说她是想男人想的,发了怔。他的男人在南方的城市里估计是没挣到钱,说的麦收就回,可麦子收完了又种上玉米,眼看着玉米长出了苗抽了穗灌了浆结了实又快要熟了,她的男人还没回。她就有些心思恍惚,人也蔫蔫的,早上睡到好晚都不见灶里冒烟,做什么事都无精打采的。婆婆看不惯,她一这样,婆婆就冷言冷语地说离不了个男人,说到了她的病根,她就羞了,再说就恼了。他们是新婚,夫妻正好的时候。有一天耕地,耕之前要撒化肥,她眼神迷离神思恍惚，竟然弄错了地，都撒在了相邻的地里。婆婆那个心疼和气啊，就大吵大骂了一顿，女人一时想不开，关上门就喝了敌敌畏。发现时都晚了，眼都直了，身上都是青紫色，因为蚀肝断肠的疼，头发拽掉了许多，被子也抓破了。婆婆这会儿在跟前抽着自己耳光，哭得昏天暗地。围观的人在做最后的努力，往女人嘴里灌屎尿水，让她吐。

但显然都已于事无补。

父亲拉住那些人，说，晚了，让她干净地走吧，别折磨她了。

就设了灵堂，拿出他的法器，在烟雾袅袅里给逝者做最后的开导，逝者魂归之后，他就绕着榻前洒着松柏水缓缓唱死者的一生，都是他现编的说辞。这是他最让人服气的本事，唱词很妥帖，唱得死者亲属都哭。

…………

黄泉有路你何苦，

相夫教子终无福，

且自归去且安心，

百年等得无心人。

父亲一声叹息，以此收束，她等的那个男人或许还不知妻子此时已恨恨而去，可怜这女人，一时激烈负气，终是渺渺孤魂。

她的婆婆很害怕，因为这样含恨死去的人是不肯好好投生的,心愿未了,她的魂会盘桓在孤坟野地。婆婆自觉在劫难逃,在一旁问父亲,有没有咒语可以镇住她的鬼魂。父亲慨然叹息,说,火化之前你给她化个妆吧,就按结婚那时候打扮,也是你一点惭悔心意。可婆婆却连连摇头,没有了平常和儿媳吵架的泼辣和凌厉,祈求说,给你钱,多少都行,我不敢摸她,先生,你来吧。

父亲看看我,面有难色,他这一辈子只为母亲一个人化妆就够了。我在旁边早在纸片上简单勾描出女人最后那一刻挣扎的表情,心里想着怎么样才能把她的痛苦和眷恋以及不甘在画纸上替她还原……看到父亲求援的眼神,我说,好吧,我来吧,把她生前的化妆品拿过来。

我并无多少经验,慕瑶从来都是一张明媚素脸,我只为她描过一回眉,还描坏了。没有办法,只能用在画板上调色的那一套来对付了。

先用温水擦洗她变形的脸,虽不至于觉得恐怖,但很不自然,梳头的手就有些慌乱。父亲帮着用热毛巾把女人失血的脸敷柔软,我先给她扑了点粉底。女人新婚不到一年,皮肤还细腻,不像那些妇人脸盘黑粗粗的质地,上粉就容易均匀。我把口红抹一点在手里,蘸着几滴热水在手心化开,抹在女人两腮,淡淡的,是一层有血气的红晕,这样一来,就遮盖了一点女人因暴死而脸上呈现的凶惨。再描一下眉毛,打磨装扮,把她面容恢复到安详的样子。

女人原来长得很好看的,真是让人哀叹可惜。

化好了妆,女人的模样就像睡着了一样,我搁下眉笔,心里却一阵翻涌的哀伤。

院子里,窗台下面,女人种下的一蓬指甲花赶在夏天结束之前,在极力释放最后的殷红,那些热烈绽开的花瓣,朵朵都似乎在呼喊女人的名字……可是女人已再不能听见。

这一次,我画了一夜,画出女人深藏在心里的表情和凤仙花撕心裂肺的喊声。我涂改着,画了几十遍,到了天明才算画出一张满意的来。那种经过一整夜唐僧取经般艰苦跋涉作品完成后突然袭来的淋漓快感,和纸上的女人一生的心酸纠缠在一起,忽然让我泪流满面,忍不住捂住脸,对着初升的太阳大放悲声……那突如其来神经质的哭声,把老鱼也惊醒,他愕然地看着我哭,嘴巴翕动,却不知道怎么安慰。

这人世生存的种种艰难和孤独感,潮水一样卷激着我的心绪,一时分不清哪里是海水哪里是海岸。我对自己说,我要好好完成这个独特的画册,给那些生前几乎就没有尊严感的人,留下一点美感。

因为目睹这些死,我为自己找到了一点生命的意义。去了一趟市里,没敢去看慕瑶,而是买了足够的画纸、炭笔和颜料,我要把这份在别人眼里也许是怪诞不经的工作做下去。

我坐在诊所里,仔细观察所有的病人,也许找不到他们的病根,可我想画出他们灵魂折射出的眼神。我又有了艺术表达的小小野心。尽管我知道这种未经学院训练的野路子画法,也许永远都不会得到那些所谓的专家承认,不过我也不需要,如一朵云,没必要由别人决定在天空飘浮的快慢。

## 7

这一年夏天的雨水来得特别多,经常就是一连下几天。下雨的时候,我就待在红菱网吧的楼上房间里,发呆,看窗外泼洒的雨。有时生意不好,她也上来,聊天。雨下大了夜里有时也不回去,就在她那沙发上凑合一夜。听着雨声,在画好的素描下写一段文字,或者给一些画的大样上色,心里一如既往地一边喜悦一边寂灭。给在地里收麦子的自己在画底配了两句:

左手收割,右手写诗

一边活着,一边去死

生命大约不过是这样,"所谓的希望,就是在马路的一角,奔跑中被一颗流弹打死",是因为这个世界不符合我们的理想,对它失望,但我在路上,还是要奔跑,要不然对不起这年轻殷红如樱桃一样的心跳。

在这雨声如沸的夜里,我一遍遍想着被人嘲笑的问题,写了许多散乱的文字,不停地翻书,我想解决那一块看不见但是又存在于心的虚无。

红菱说,你最近咋了,也不见你说浑话了,脑子里想啥呢?

我掷下铅笔,有一瞬间邪恶地想,如果把丰满到要炸破的红菱按到床上那些形而上的问题是不是就会暂时遗忘?快乐只存在于液体。但液体风干得很快,那会是更大的空虚袭来,所以还不如和她贫嘴呢。

她看着我空洞的笑,推我,笑啥呢,不怀好意的样儿!

我说,红菱,想给你画张画儿,坐那儿吧。

她过来摸摸我脑门儿,今儿是咋了,温柔似水啊,是不是白吃我几天饭吃出味儿来了?

你要是不跟她贫她还以为你病了呢,爱画画,不想画拉倒。

她坐那儿,不要脱衣裳啥的吧?

我笑,你是不是《泰坦尼克》看多了,就画你一张脸,你把脸上脱了就行了。

她失望似的说,不画身子啊?

我比画着说,姐,我这纸没有这么大,盛不下。

我照例是挨打。挨打倒有一种痛在当下的存在感。我想,偶尔被她打打,可能对这世界的悲观和虚无都会少一些。

红菱说,那可把我画瘦点。

## 8

雨季过后,天光放晴,黄昏的时候东边现出了彩虹,还是很少见的双虹,正虹附近还有一道副虹,很美。可有许多生命也被雨水带走,蜻蜓、蝴蝶、被雷击中的梧桐树,还有一个孩子,戏水时滑进了漩涡里溺死。我只能在纸上彩虹旁边,为他们留下生命走出时间后残余的光影。

夏天快过完的时候,镇子上有一个私立学校招老师,我说,老鱼,我去试试,好歹挣几个工资。

老鱼还做样子,不急,你歇够了收了心再去,老头儿我还养得活你。

我撒手假作真地说,那我就不去吧。

老头儿还是笑。

对于我半年多来的游手好闲,村里人有许多讽刺,我当然可以不在乎,可我想还是顾忌老鱼的脸面吧,总得找点儿事做,先干着。等我有一天不想画了,再带着画板,离开这山这村子。其实,我想画与不画或者都没那么重要,重要的是它是一种热爱,借以附着生命的存在。做这件事的时候即使心里依然悲观,也觉得生命有了一些温暖和美感,这种安慰对我而言,才是重要的。

我带初一的语文,一个月底薪两千多加上课时费和奖金,第一年算算每个月平均不到三千。红菱说,还没有我生意好时半个月弄得多呢。

我打击她,你那是祸害青少年,出卖色相勾引他们天天在你这儿打游戏、看毛片,不学好,你防着点家长来砸你的摊儿。

她抽烟,烟雾吐了我一脸,我连你都勾引不住,怎么就祸害祖国的青少年了。

老实说她开个小网吧也不容易,不仅要对付那些个荷尔蒙刚开始旺盛分泌的小青年,还要和镇子上的几个地痞流氓周旋,小小网吧,要不是仗着她强悍,滋生不断的琐碎事早就让它关门了。

我说,红菱你何苦,在外面制衣厂生产经理不做,来咱这狭隘的小地方耽误挣钱的工夫。

我当然知道她是因为要照顾瘫卧在床的老娘。

她说,那你不也没出去吗?

我拔掉她嘴里的烟抽几口,别和我比,我只会东逛逛西逛逛,给花朵做偏旁给眼泪导航给石头加俩翅膀,我多余,别和我比。

她说,就你这不正经的样子真不知道你怎么在讲台上板着脸给学生上课。

不说还好,一说我就恶心不止,这教育轻者说是跟人的胃过不去,不说学生不爱学,我教了半个月就忍不住时时有嫌恶感,每一篇课文都要画出重点、考点,归纳思想,作者想要表达的意思,这么多年了还和我当初上中学时没什么两样,对着教科书翻检那点儿腐烂的学说……不说了,我看我也难以做长。

红菱说,说真的,你还是到外面闯闯好,我也觉得你画得好,可这地方太小了,没有人识得。

我笑一笑,扯她发梢,拍拍她肩膀,红菱是个好姑娘。

秋天来了,可天气仍然炎热。玉米熟了,我和老鱼流着大汗把它们搬回家来,剥去外皮系在一起挂在树上风干,然后再搓下玉米粒。那一嘟噜一嘟噜紧紧挨在一起的玉米,给人一种触手都是金黄粮食的满足。

中秋节要上坟,把母亲坟头的杂草清理干净,插上野菊,也摆上新收获的玉米，对照着假期勤工俭学这会儿才回来的妹妹，我给母亲画了一张肖像，把她的微笑画成月光，就像她的善良，曾清凉过整个村庄。肖像燃烧的时候，看着那一蓬火苗，我愿意相信母亲在天上看着我们，眼神温暖、慈爱。

接下来的日子，我代课，继续画册的工作，因为离得近，经常在红菱那里蹭饭。或者再一两年，我终究要离开。年轻时总是那样想，以为远方才有自己的未来。但是，会是什么样，谁知道呢？

我记得很清楚，秋天过完是冬天，到了年底，过了年第五天，慕瑶打来电话，说，大傻瓜，我订婚了，不等你了。

我说，好啊。就不知道再说什么。只说，好啊，好啊。我没想到会这么快，心里倒有一种石头终于落下来的实在感，竟然长出了一口气。那一会儿心里没有恨也没有疼，却都是祝福。只觉得自己软软的，握着电话站在那里，身体很轻，接近于一颗泪水的透明。想起那时候亲吻她的时候，是一个很好的月夜，她说要送我一个小礼物，是她的吻。气氛很好，嘴唇都要挨在一起了，她忽然说，我觉得我还不够美呢，等我再瘦五斤咱再亲。我很气愤，故意说，爱亲不亲。不亲最好，省得和她的心这么靠近。她撒娇，嘴角扬起，说，不许生气。就踮起脚尖，凑起湿润的唇，我们轻轻亲吻……

她的唇，若一朵温柔而清凉的云。

我还是流下眼泪。

后来，她结婚的那天，我花了当时几乎所有的工资，给她买了一串项链，拴着的是一个可爱的金娃娃。她说过的，她还没长大。托同学送给她,曾经陪我两年的傻女孩。她很可爱,只是我,不敢爱。

我代课快一年了,从初一带到初二,那些孩子们的压力越来越大,心里早就麻木了,我也是,我想带完这一届,等他们参加完中考,我这个题材的画也就表达完了,也就该离开了。

9

那天是周末,天很热,老鱼说,还想画一个人吗?

我问他是谁。

他说,去看看不就知道了。

我真宁愿没听到这句话,因为刚到地方我就后悔了。这样的现场暴露出死亡最肮脏最骇人的真相,扑鼻的臭气,这种腐烂的恶臭带有邪门的速度和重量,一下子能把人重重击倒在地。到处都是硕大的苍蝇、蠕动的腐蛆,被老鼠咬噬的面目全非的尸体……我扶住门框吐得眼泪涟涟,连苦胆都要吐出来。这时候我算是真正服了老鱼,他面色不改,看了现场就清扫起来。

死的是老赖。

这个愚蠢的老浑球死得真是凶残又可怜,他静脉曲张的腿血管破裂,他也没当回事,被我骂了之后,也不好意思到诊所来看,自己抓把草木灰糊上,那管什么用,一样地溃烂。天热,蚊虫叮咬,他烦不胜烦,真是蠢得可怜,竟然想到农药既然可以杀死虫子那也一样具有防蚊蝇的作用,就在血管溃烂处抹了些农药,当即就痛得鬼哭狼叫,不一会儿腿都不能动了,就这样号了半天中毒而死。他一个光杆死了也没人知道,知道了就是这个样子了。

我冲老鱼说,这样的你也骗我来,回去我再跟你算账。接着又吐,只是一阵干呕,什么也吐不出来了。老鱼还在那儿扫,我走过去一脚把他手里的扫帚踢飞掉,还扫什么扫,赶快叫火葬场的车拉走烧了算了。

老鱼捡起扫把,摇摇头,说,他也是个人,乡里乡亲,让他干净一点走吧。

继续清扫。撒石灰,洒水,点香,画咒符,插松枝,整理遗容,唱他一辈子的故事。老鱼一样的语调柔和,导语,劝说,神情安静而有力量感,透露出温情和庄严。

我离得很远,想,怎么从来没想过画一张老鱼此时送魂的像呢。即使是老赖,他也让死者此时有了一点温暖和尊严。我这会儿好受了点,捂住胃,也帮他打扫。

他看我一眼,说,不吐了?

我回瞪他一眼,说,等会儿再吐。

弄完了这些,目睹着破碎肮脏的死亡,回到画板前,我脑子里一片空白,我忽然觉得虚无,想急切地抱住一个人,以此来抵消我心里充塞的恐惧和恶心。我几乎是跑着过去,到红菱卧室里,抱住她就不松开,抱紧她的丰腴,她的身体,很粗暴而激烈地要她……她不明所以,但让着我,让自己很柔软,说,傻小子,怎么了,怎么了……到最后,她说,都是你的,早都是你的,你别急了，慢慢吃……

颠簸中，身下的女人竟流泪了，她说，浑小子，我还以为你有问题呢，都这么些年了，你才挨我……接着，她一声贯穿近十年的叹息，我知道你看不上我，没你城里那个妞儿肥瘦相宜，是不是？

她这一声悠长的叹息，把她当初偷偷往抽屉里塞东西的旧事都勾起来。我抱紧她，将她尽力搂进怀里，像搂住那些断续的记忆，鼻子一个劲儿地发酸，她依偎着，几丝发梢飞起，细看竟也有些美。她说，上学的时候所有人就你和我说话最少，可是我却喜欢你，你那个小浑蛋的样子，也不知是怎么了，就是让我着迷。她摊开手脚，那时候就想了多少回，原来是这个味道。

我不知道她是幸福还是失望。她抱着我的头，头发在我脸上轻轻飘扬，有点香，有点痒，我想，她心里大约还有点说不清的爱恋与恨意吧。

我说，红菱，对不起。

她早就不在意，早就不是上初中时的小女孩，爱与不爱什么的都是尘埃，她说，晚了，小浑蛋，现在知道姐姐的好了，晚了。

她翻身摸过来手机，让我看相册里的照片，翻了几下，调出一张脸，喏，就这个，明年春天办喜事。我拿住手机看，看不出什么所以然来，她往床上仰面一摊，出一口气，我老了都，不想出去了，在家照顾着老娘，让她也再多活几个冬天，多过几个年。

她定下的是镇子里倒卖山上石头的男人。那几年建材涨得厉害，石头也成了宝贝。见了面，那男人很丑，也老相，但是金碧辉煌,有钱,人也还实在,应该靠得住。她很好看地叹了一口气,觉得对面这男的既悲哀又实用。就这么定了。她心里那一瞬间已经都权衡好了。

我说,挺好的。

她说,不好。

那就不好吧。

她又缠着再好了一回。她说,这几天你得补偿补偿吧,以前吃了我那么多东西,现在你也该干点儿活儿了。

我说,好,可我怕你的那个"不好"拿石头砸死我。

她说,砸死活该。又扑过来。

最后,她说,你还是出去看看吧,老窝在这小地方,难有什么出息不是?

我不吭气。

回到家里,我翻检我这两年来的画作,积攒了有七八十幅之多,我把它们收在一起,自己排好顺序,做出封面,装订成册。老鱼还帮我做了一个很薄的木头盒。等我带的那两个班要升初三了,我就辞职了。

我说,老鱼,我该出去走走了。

老鱼低着头抽烟,闷闷地说,那你去呗,腿长你身上,我又留不住你不是?

我说,你看你,放心吧,老头儿,每年都回来看你。

老鱼低头嘿嘿笑,不置可否。

我北上,去一家出版公司做了一名美术编辑。

# 10

第二年的冬天,命运开了个恶毒的玩笑。父亲在给邻村一位老人送魂归来的路上,因为喝了酒,脚步有些踉跄,走山下时过一条小沟跌倒在地上,撞着了头,再也没有起来。

那天下着雪,雪把他洁白地覆盖。

他一面是醉了,另一面是脑部血管淤塞。他之前经常头痛发昏,原来都是脑血栓的症状。只是他谁也没告诉。

自从母亲逝去,这许多年来,他都要给附近村子里要走的老人们最后一番安慰。我们生在这个粗暴而冷漠的世界,到处都是孤独寂寞的人心,他只愿那些村庄上遗留的老人们,在生命的最后一段,会被温柔对待。

他是真正沉静读过几本书的人,他以前说:一个人、一条虫、一棵树,生前活过的时光最后组成生命的蛹,所有的时光都藏在这蛹里,死不是生命的丧失,而是时光破茧而出,化成蝴蝶飞去,像无形无迹的风,不再为时间限制。那时候他这么说,我还很不屑,对他语带讽刺。

而现在他化作一片雪花,也许就落在我和妹妹的脸颊上。

为他送魂的是纷纷飘落的雪。我看见大雪如天空倒长的荒草,随着我的奔跑都倒向一边,似乎要将倒落的父亲打捞起来,最终却只能为他送上一地银白。

面对他安睡的样子,我说,老鱼,我还没给你娶儿媳呢,咱爷俩斗嘴还没斗够呢,你还没看着妹妹读完大学呢……可你却一声不吭地就走了。我多想推醒他,说,喂,老头儿,过年了,我回家了,你不要觉着是来看你啊,我是来祭奠我妈……一瞬间我意识到父亲、母亲都走了,在这茫茫世间,我真的是一个孤儿了。我牵住妹妹的手,说,巧祯,不要哭,老鱼这回耍赖,还是我们来做饭吧……

我们想留着他过了这个年,又怕母亲在天上看着,等得孤单,就给他洗脸,换衣裳,刮胡子……我摸到他冰凉的脸,双手捧着,慢慢搓,想让他暖和起来。我终于可以好好看看他的脸,我和他有着同样血脉的脸,只不过是分属于不同的时间,他遗传给了我,我也终将把他在我身上还原,即使百年以后,后代的子孙仍然会在无限的时光中拼凑他的容颜……

燃上松香,插了柏枝,给他做好了打扮,他即将起身和母亲一起去过年。唯一遗憾的是围绕他身边,我没有他那个本事,可以随即把他一生的故事用韵律唱出来。我只能坐下,支起他为我做的画板,为他最后画一张画像。

在画像上我把他的笑容化成玉米的那种金黄,像黄昏时的太阳,那正如他为逝者送魂时浑身笼罩着的神秘光芒。


## 11


几年后,我的那些素描出成了画册,名字就叫:时光化蝶而飞。

# 烈焰梅花

## 1

母亲带来的辣椒染着霜红,浓烈的辣下面是一层凛冽的冷静。这种辣椒是母亲在田头自己种的,朝天椒,果实密集,钉子一样直戳天空,风也吹雨也打,太阳暴晒一夏,味极辣。这种辣有原野的日头星辰做背景,辣得辽阔,辣得厚重,也辣得层次分明,何烈梅喜欢。母亲说:"你呀,和这辣椒一个脾性。"

母亲说这话的时候,她笑了,她懂得这话里的心疼和无奈。其实,母亲何尝不是辣子一样的火爆脾气?在她出来之前整个青春期,她们的母女关系一度是紧锣密鼓的,动辄剑拔弩张,三句话说岔了,做娘的不拘逮着什么,扫帚疙瘩、拖鞋、鸡毛掸子,都可以充做凶器,拖过瘦弱的她摁倒就打,打得大张旗鼓。可她死倔,就是不哭,小小年纪,咬牙切齿的,很有骨气。母亲只好祭起新一轮的暴力，可到底也镇压不服她，母亲丢了扫把或拖鞋，自己倒呜呜嗬嗬地哭起来了。母亲哭得迅雷不及掩耳，像是受了很大委屈，样子也丑，撇着嘴，瞪大眼，头发蓬乱，泪水漫漶，像在质问命运何以如此？可你哭死，命运才不管不问呢，所以母亲声势浩大地哭了片刻，便遽然刹住，很突兀。命运刚要抽支烟闲看她笑话呢，这利落的小娘儿们，一转身甩掉眼泪，该干啥干啥去了，倒打了个命运措手不及。

后来想想，母亲那时候也难，一个女人家，挑一副小吃担子，要挣两个人花销，还要负担她的学费，担子摇摇晃晃，左一步辛酸，右一步辛酸，哪一天不是度日如年？

她还记得母亲瘦瘦的身子挑着担子的样子，走在黎明前的小巷里，路灯三好两歹的，坏掉的地方缺出一个黑窟窿，母亲就在这明明灭灭的路灯下飘摇穿行，身影薄薄的，也硬硬的，晨风都吹不动。她小时候也曾是个乖囡囡，小手小脚的，特别懂事，早早起来，帮母亲把碗碟装好，还打一把湿毛巾，拴在担子上，让母亲热了擦汗。母亲收拾妥了，拉过她，亲她脸，抱她回床上，盖好被子，让她继续睡。等母亲出了门，她再爬起来，趴在窗前，看母亲在路上渐行渐远……

那时候母亲赶早集卖油茶。油茶是当地的叫法，棒骨做底，吊上鸡架牛肉，混上面筋，咕嘟咕嘟熬上半夜，熬得糯糯的，用包着厚厚棉纱的大铜壶装了，盖得严严实实，到了早集，那些卖菜的卖肉的卖小玩意儿的刚摆好摊子，顾客还没来集市，正好有一小段空闲，买两个烧饼或是取出自备的干粮，喊一声："雪姨,来一碗。"雪姨就驻下担,拽开壶把,身子微弯,一手执碗,一手倾倒铜壶,顷刻间油茶注满,锥上壶口,接了钱。摊主就环抱着热气腾腾的粗瓷海碗,沿着碗边吸溜吸溜地喝起来,间隔咬一口烧饼或干粮。有那爱说浑话的,吸溜两口,先道一句:"雪姨,香。"再喝两口,又说:"哎呀,你看,忘带干粮了,雪姨,把你那俩白馒头借我吃吃吧?"雪姨也不恼,笑一笑,柳眉一立:"吃你娘的去!"浑人就哈哈而笑,玩笑不再深入,都知道雪姨脾气,弄不好热油茶敢泼你脸上。就这么从东到西一趟下来,雪姨一铜壶油茶基本就见了底,她买了菜,再从西到东把碗收了,挑着担儿,迎着朝阳,回家做饭。

干了两年多,母亲就在镇上买了一处小小的房子。房子很破,冬冷夏热,墙皮脱落,露出粗糙的红砖,不过总算有个属于自己的下脚之地了,雪姨很满足。请老孟打了一套简单的家具,自己买了白纸糊了一遍墙壁,房子焕然一新,有了家的温馨舒爽样子。可也就是因为答谢老孟的这餐家常饭,何烈梅对母亲的态度随后转了个大弯。

老孟叫孟长顺,可他一点也不顺,老婆跟人跑了,撇下个儿子,老孟常带着他在市场卖菜。小男孩黑黢黢的,拖着鼻涕,小眼睛滴溜溜转,像只瑟缩的耗子。别人卖菜都言辞婉转,吆喝起来一套一套的,透着亲切透着巴结,老孟黑着张脸,人不问他不吭,问到脸上才有一说一。那些妇女不过是故意挑点儿刺,讲讲价钱,他却直来直去的,人问:"这菜蔫巴的,怕不新鲜吧?"他回:"净胡扯,昨个还在地里长着呢。"人再问:"叶子上咋有虫眼？"他回："石头上倒没有,能吃吗？有几个菜不生虫的。"得,这生意还做个屁。买菜妇女白他一眼,去邻近菜摊了。

雪姨看他可怜,常在他那儿买菜,有时候她收担早了,也帮衬着老孟在摊前招揽一会儿。其实老孟的菜实不错,换成雪姨,不大会儿摊前就人头浮动。邻近的菜贩子眼气："雪姨,你也在我这儿卖一会儿呗？""让你家里的卖去,价钱可要高点。""哟,你不是爷们儿大家的吗,啥时候成了老孟家里的,咋的,老孟那二两棒槌就比兄弟的好使？""比你爹好使,要不咋弄出你这么个玩意儿。"那人口风上占不了便宜,可被雪姨骂骂好像也很受用,嘻嘻哈哈和雪姨闹,直到老孟黑着脸把秤砣在秤盘上砸了几下,要打谁的样子。那人讪讪的,道一句："我日,老孟急眼了,这不还没婆家里呢,就护上了。"

说实话,老孟的家具打得挺业余,毕竟是小时学的木匠手艺,多年没怎么锻炼,桌子椅子样式都笨笨的,好在挺耐用,雪姨用了半辈子,直到岁月把他俩都用旧了,它们还好好的。

那天晚上,雪姨做了一桌子菜,让她去叫老孟："孟叔帮我们做了这么多事,我们总要谢他一次哈。"她这么跟女儿解释。

等她领着老孟进了院子,看到母亲,她惊呆了。在她出去这一会儿,母亲洗了头,换了衣服,发梢仍湿漉漉的,头发底层随意披拂,上边儿松松绾了一个云萝髻,脸上润润的,配上草绿的裙子,不唯她,老孟也惊住,仿佛一件瓷器扫去了附着的尘土,露出原本精美的釉质。她从来没有意识到,母亲这个词除坚忍、勤劳、含辛茹苦之外,竟然也是美的。这美却让她不习惯,并隐隐不安,她感到有一种尖锐的东西探出水面,终究要把她们母女隔开到河流两岸。

母亲大约对自己洗去尘垢也有点害羞,轻轻笑了下。这一笑,老孟咽了咽唾沫,声响大得像砸了块砖头。

她早早吃完睡了,像是闷闷生着谁的气。中间她渴醒,起来找水,母亲和老孟还在吃喝,她躲在屏风后面,渐渐发现他们之间不对劲。老孟喝了点儿白酒,黑脸红扑扑的,望着雪姨,伸出手,想触碰她长发又不敢冒犯,大着舌头,嘿嘿傻笑。雪姨手执酒杯,忽然拿起他的手放在自己身上,老孟似被烫住了,退缩了几下,在雪姨的眼神鼓励下,每个指头像苏醒的春蛇,活泼得很,凌乱得很,走两步退一步,章法全无,老孟的手上也带了不少度数,但大方向没迷失,须臾,钻进了雪姨衣服里,而雪姨腰部拱出一个丰满的弧度,很配合的样子。风撩着屏风,一动一动的,波光粼粼了……出于恐惧或是惊慌,她拼命捂住嘴巴,许久,才从愣神中回转过来,蹑手蹑脚退回床上,蒙住被子,绷紧身体,像睡在一面鼓上,只心脏在夜里咚咚繁响。

之后,老孟就时常来家里喝酒。每次都是深夜,每次都以为她睡着了。

她刚上初中,因为贫穷,因为单亲家庭,更因为关于母亲的传言,她敏感而自卑,恨不得把自己蜷缩成一个圆,在风中守着内心孤独的花园取暖。那个晚上老孟的手一直在她眼前暴走,她愤激地想,关于母亲的流言,这下好了,都坐实了。她不恨老孟,却恨雪姨,你是做母亲的啊,怎么可以这样子……下贱呢?

## 2

那时她还随着母亲的姓,叫钟安安。何烈梅这个名字是她后来自个儿取的。出走之前,她把名字和姓氏都还给了母亲。

曾经,她对母亲,只有偏执的恨。她的恨还因为,正是和母亲逐日扩大的裂痕,才将她推到丁秋石跟前,虽然,那时她能认识丁,还曾很开心。

是和母亲一次吵架后在巷子里徘徊遇上丁秋石的。

母亲对她岌岌可危的期中成绩不满意,数落了几句,都很刺耳:"成天也不知想什么,闷头闷脑的,"又说,"你不好好学习,将来能干什么,难不成继承我这副担子沿街叫卖吗?"又说,"考这点儿分数,还一天三顿照吃不误,真有脸。"又说,"打死算了,也不知费心巴力养你有啥用?"雪姨就这样,脾气上来了,刀枪剑戟斧钺钩叉都抢上,不泄完火闭不上嘴。说起来,也是拜生活和命运的揉搓,对唯一的女儿,爱压在心底,表达出来却都是枪林弹雨。

面对母亲"你怎么这么笨怎么就考这点儿成绩"的连番质问,她一句话就成功实现对敌反击,她轻飘飘地说:"那还不得感谢你给的好基因。"说完她还扯着嘴角,微笑,看母亲愣住、抓狂、跳脚。还没等母亲抄起扫把,她偏着头已主动请缨:"你打,往这儿打,不是要打死我吗?"雪姨再次愣住,望着仅比她低半头的女儿,瘦瘦的,倔倔的,带着青春期危险的质地,小狗日的,什么时候蹿这么高了?

女儿脸颊骄傲地上扬,迎着她的巴掌:"你打,你打呀!"一千个一万个回声,你打你打呀……扫把掉落,雪姨的手也垂下来。"你不打是吧,那我可走了。"女儿挂着得胜的讥笑,临末还不忘再追击一句,"不就是个打嘛,我还以为你有多大能耐呢!"

雪姨立在原地,蒙了,回过神,喊一声,带出满腔的号啕。

而她冒着夜色,出了门,微笑还没保持半分钟,眼泪就下来了。

巷子里远远来了一个影子,等走近了,她抬眼,在迷蒙的水雾后面看清是丁秋石。刚分到中学的美术老师。学校没怎么给他排课,毕竟中考又不考这个,他在学校暂时负责出个黑板报之类需要画点什么的杂活儿。刚就被校长叫去问他学校旁边的大垃圾坑填上土绿化出个什么图案比较美观,以应付上边检查。他在那儿听校长滔滔不绝指示了半天,脸上笑着,心里却恨不得一脚将其蹬入垃圾堆里。丁秋石唉声叹气,他在学校里不得意。

她溜墙站着,叫一声:"丁老师好。"巷子窄,等他走掉,她再孤魂野鬼一样,继续漫无目的地游荡。可丁秋石没即刻走开,看看她,俯身说道:"怎么啦,受委屈啦,谁欺负你了?"

彼时的钟安安以后的何烈梅后来想,早一步或晚一步,也就遇不上他了,可能也就避开了她一生都难以启齿的灾难。虽然,灾难在露出狰狞的面目前,带着人畜无害的笑脸。丁秋石明明猜知她刚和母亲吵过嘴,却说出的每个字都偏向她这一边。这份体贴本身就值得怀疑,可到她那里,听起来都是巴心巴肺的熨帖,她多憋屈啊,这一会儿简直要引为知己。挨打挨骂她都能扛着,笑笑无所谓,可陌生人一点温暖安慰,她就受不了了,要哗哗落泪。当着他的面,她真哭了出来,泪珠子扑簌簌的,内心藏着积满了委屈的湖。

丁秋石叹息一声,带着感同身受的语气,很有感染性:"没想到哇,在这世上,一个女孩家也怀着份大委屈……"一个不得意的闲置老师,一个离家的叛逆女孩,他这一叹,有点同是天涯沦落人的意思。他抚摩下她的背:"去老师那儿坐会儿,别再瞎逛了,天黑。"

像条无家可归的小狗,她就顺从地跟他走。

到了他租在巷子尽头的屋子,丁秋石捅开炉子煮了一锅面,下了俩荷包蛋和一把青菜,煮熟,捞出来,滴了芝麻油,拌点辣椒,一人一碗。她没顾上吃晚饭,这会儿才觉得饿极,接过碗呼噜呼噜就吃了。吃完了,望着空碗,眼泪又滴落。丁秋石笑了,揉揉她的头发,很有点师长的样子。

十来年后她想,多傻,陌生人一碗热面就把你感动得稀里哗啦,娘呢,吃喝伺候了十来年,倒喂成仇人了。人是多么容易鬼迷心窍。

丁秋石给她看了散在地板上的油画草稿,抱怨了一番,诸如"这小镇真他妈烂透了,连颜料都买不到","学校领导一个个都是吃屎的,成天叫我干的什么事儿,来这么久,连张办公桌都没分我","真是倒了八辈子血霉,分到你们这个鸟不拉屎的破地儿"……没想到他有那么深的怨恨,整个小镇都不入他的眼目,这个世界都对不起他。他的语气是玩世不恭的,故作洒脱的,也是日暮穷途的。

在她看来,他不得志艺术家的悲观气息和潇洒神气,正和她灰色调子打底而又茫然叛逆的青春期相契。他似乎向她昭示了一种更辽阔的生活,关键这生活是区别于小镇这片灰蒙蒙的低矮天空的,这一点最要命。

临别,丁秋石寥寥几笔勾勒出一张少女画像,并在少女的脸颊上画了一枚绯红的月亮,他说:"今天晚上月亮很好,让我遇到了你,以后我就叫你月亮少女吧。"

## 3

在岭南,即便寒天,三角梅也不改其热烈,红艳艳的,却也是寂静的。是冷的火焰。这姿态和气度让她喜欢,艳也好冷也罢,开了就开了,它只逆着节气红妆清简,望着这个世界,不发一言。

她立在前庭花丛前,沈宽经过,似怕惊扰了,轻声问一句:"看花呢?"他是来送善水堂秋季书画拍卖展的设计效果图的。沈宽开个设计工作室,挣不了大钱却也过得体面,因工作和他接触过几次,知分寸,不讨厌,大约对她有些好感,几次约她,何烈梅都委婉拒绝了。据说他女人缘挺好,而她离婚后带着孩子,过了玩玩的年纪。

"沈总来得挺早哈,看来这单不少赚钱。"

"老孙这抠门货,你又不是不知道,撒泡尿都恨不得拿箩过三遍,生怕尿碱里漏了什么宝贝,要不是看你的面子,才不接他这活儿呢。"

"哟,还傲娇上了,我可没那么大面子,"她顺手指指,"老板在茶室那儿。"笑说,"给我点封口费哦,要不我可告诉老孙。"

沈宽笑笑,眨眨眼:"人给你好了,敢要吗?"

何烈梅浅笑轻叱:"老沈,哥屋恩。"

然后同事送来参展的出席名单,何烈梅看了一眼,脸上的笑还没收尾,猝然就跌进了深渊。名单里赫然印着:某某学院教授,著名画家,丁秋石。

何烈梅摇晃一下,头晕目眩,胃腔里翻腾着一股呕吐感,同事上前扶住她:"梅姐,你怎么啦,不舒服吗?"

"没事,"她仓促地笑了下,"刚早餐吃出了个苍蝇,一想还恶心呢。"

坐在向阳的办公桌前,阳光猛烈高悬,她感到一种来自内部的冷,哆嗦着,抱紧臂膊,那些封存的记忆又一幕幕浮现出来。

初二那年,老孟给雪姨买了一辆三轮车,还帮她把车子焊接改装了一番,更适合她装铜壶瓷碗。车子牵到雪姨跟前,她红了眼眶,看了良久,忽然蹲下去,把头埋进臂弯。这一哭让老孟手脚不安,他哪经过这场面,一个劲地说:"看你天天挑担太辛苦,早就想买了,我没本事,才攒够钱……"雪姨哭得更厉害了。

这天晚上,和往常一样,雪姨做了一桌子菜,烫了酒,洗了头发,哼着歌,去换裙子。打开衣柜,歌声断了,火光乱飞,雪姨掐住虎口,闭上眼。那件她最心爱的绿裙子,被铰碎了,还放在原处,像一堆被揪下的残叶。雪姨连瞪她一眼都没有,平稳地给她每样菜都拨出一点,让她先吃了做作业,早点入睡。

她很沮丧。恨意满满的恶作剧没有兑换出敌军相应的愤怒,有一拳打空了的失落感。吃了饭,她磨磨蹭蹭的,假装做作业,在纸上瞎画一气,停下笔,才意识到勾出的是丁秋石的眉脸。她想起这几次和他相见,都是夜晚,他一边向她抱怨灰败的现实处境,一边向她展示最近的画作,在他脸上一半是飞扬一半是落寞,他滔滔地说:"我要考研我要离开这个鬼地方我要让那些笨蛋知道他们都瞎了狗眼……"说到激动处,他还紧紧拥抱了她,并且贴着她的耳朵,无限忧伤地说:"在这里,幸好有你,我的心才略有安慰。"在最多第三或第四次见面时,他就提议让她做他的模特,为她画一张最美的肖像,留给时光,留给记忆。他的劝说是那么动人心意,在他的蛊惑下,她虽忸怩,却情不自已,清澈孤独的少女,还是衣服落地,坦露胴体……他像是一道情绪跌宕的海浪,以席卷的激情和感伤裹挟着她,随他起伏而去,这起伏虽然刺激,可极有可能沉入叵测的深海里。而她不知底细,沐浴在他给的虚伪光辉里,反而觉得一种荣幸和慰藉。在这里,幸好有你,我的心才略有安慰……想起他在她耳畔说的那些话,每个字都颗粒滚烫,直击心脏,她脸色发涨,将作业纸撕下来揉成一团,心也跟着皱了。有些心事悄悄爬上眉头,将她的眼神弄得水汪汪的,迷离了,曲折了。

母亲坐在饭桌前，等老孟。

要过多少年，她才能懂，作为女人，母亲其实比她成功，至少到老都有一个男人对她死心塌地。而在当时，她只是想，行啊，都不用支派我去叫了，肯定在集市上早对好暗号了，真够没廉耻的。

母亲那晚上好像特别温柔，灯光下，镀着一层娇羞，给老孟一会儿倒酒一会儿搛菜，百依百顺得像个小女孩。那姿态，实在让她看不上眼。她眼珠诡谲一转，在里间拉灭灯，蒙头大睡，为了做足样子，还拉起了鼾声。过了大约一个小时，在他们推倒杯盘入港之际，她突然从床上起身，拉开灯，拽开门，对着黏缠在一起的雪姨和老孟大喊一声："真不要脸！"

这一声将雪姨和老孟定格在肇事现场。老孟一双手无处安放，像被攥住腿的鸽子空自扑棱着翅膀，一张大红脸吓得灰扑扑的；雪姨脸上的羞红转换成铅青，从碎裙子到这时暗暗燃烧的导火索终于引爆了炸药，碗先飞出去碎裂地热个场，笤帚作为主力紧跟而上，鸡毛掸子以后备军旁敲侧击，几股力量齐心协力，将小小叛军包抄在中心打得落花流水……老孟反应过来，手忙脚乱，总算分开鏖战中的双方，刚要对弱势一方进行安抚，她立着眼睛冲老孟骂一句："狗男女！"

然后夺门而去。

这一夜，母亲和老孟喊着她的名字，安安，安安……找到天明，也不见她的踪影。

她蜷伏在丁秋石臭烘烘乱糟糟的床上，哭泣，任他涂着紫药水且摇头叹息。他的叹息落满她的身体,他扳过她潮湿的脸庞,掠起她缭绕的鬓发,轻轻解她的衣服,她以为他还是要他做模特,可又不像上次,只是让她坐在那儿,他画。这次,随着扣子解开,她微小的乳房草莓一样升起,他喉结浮沉,多了其他动作。直到他压在她身上,大手覆盖住少女无知微凉的胸脯,她才惊觉,刚要懵懂反抗,可丁秋石一句话,她抓挠的手和踢腾的脚忽而无力起来,心软了一下,他便趁机顺流而下,谋取了她。

因为他一边轻柔抚摩着她身上的伤口,一边满脸怜惜地说:"我的月光女孩,这世界给你委屈,没事的,让我来疼疼你……"

## 4

母亲将家里所有家具的边边角角都用棉纱包起来,因为安安开始学走路了。母亲包得很认真,包好了,博古架和花架那儿母亲还不放心,伏下身,用额头触碰一下试试轻重。把何烈梅笑得肚子疼。母亲说:"还笑呢,这么小,就遗传了你的倔,走起路来磕磕碰碰的,却不让人扶。"

是的,隔了十五年,她又把安安这个名字以女儿的名义激活了。她理解了母亲的心意,一辈子,平平安安的,比什么都好。平安地活着,对于两辈孤儿寡母来说,近乎信仰。

何烈梅笑着逗女儿:"看外婆对你多好,可比对妈妈亲多了。"

母亲手里忙着:"对你亲的时候你是没记着,净想着和我吵架了。"

她不嫉妒了,她确实曾让母亲操心断肠。

母亲忙完了,收拾针头线脑;收拾完了,哄安安睡觉;安安睡了,他们还想再说些什么;可这些天说得太多了,似乎想起的话题都已说过。母亲坐着,她也坐着,电视里放着冗长的剧情,石英钟啵啵走动,阳台上母亲在盆里种的朝天椒正红彤彤……时候不早了,母女俩却不舍得起身。她想,真好,哪怕什么也不说,母女俩就这么坐着,就很好。

"遇到合适的,还是再找找。"母亲说,"那个男人,鬼头鬼脑的,妈一见就觉得配不上你,真的。"母亲认真的模样,特别可爱,"我那时还担心生了孩子像他可咋办,幸好,安安随你。"母亲说的是她的前夫,在她孕期就和别的女人把持不住,"你也别有啥阴影,觉得遇到一个糟货底下就没好男人了,哪会呢,难不成踩了泡狗屎就不接着走路了?"

她笑了,母亲可真会比喻,她答应:"嗯。"

"不是别的,妈不是催,是有个伴,遇个事也有人商量。"

"我知道呢。"

"还是现在好啊,"母亲感慨地说,"以前一个女人家,过起来,日子真苦。"

长大之后,她见过父母结婚时的照片,照片上的母亲带着女孩气,笑笑的,给人一个娇弱羞怯的印象,特别是在父亲粗糙的国字脸衬托下。可以看出他们也曾度过一段幸福的日子。后来,父亲在矿难中出了事,身后留下一笔赔偿金。她问过母亲,为什么不跟他们争呢,那可是父亲拿命换来的钱。母亲很平淡,你是没见过陷在贫穷泥潭里的亲戚们忽然面对从天而降一堆钱的嘴脸。他们怕母亲改嫁,钱由他们保管,因为这笔钱,兄弟妯娌之间争吵不断,终于把母亲净身逼出家门,母亲才带着襁褓中的她在小镇上艰难存身。那柔弱的小女人在和生活狭路相逢中,也逐日蜕变成兵来将挡水来土掩的暴烈母亲,一手拿起针线,一手担起命运。

"妈,过年我们一起回去,你和孟叔要不就把证扯了吧?"

母亲纹路密布的脸上舒展了,从眼角那儿洇出一抹浅红:"傻闺女,说啥呢,都老成这样了,不让人笑话啦。"说开了,母亲也不羞了,因为沉入某些回忆里,眼睛眯着,呈现出朦胧的神情,"年轻时倒还真想过,怕你吃亏,就搁下了。"

母亲说得隐晦,是怕她难堪,她哪里会吃亏,要不是她阻挠作祟,可能他们当年就成婚了。想起那些恶作剧,她只剩下后悔,对着岁月,老老实实说一声:"妈,对不起。"

母亲没接话,过了许久,才抬起眼,问她:"姑娘,眉角还疼吗?"

她摸摸眉梢隐藏的伤痕:"你不说我都忘啦,早不疼了。"

事实上,她到死也不会忘,那是她为愚蠢而叛逆的青春付出的代价。


5


展拍会开幕还算顺利,市场虽不景气,可老孙作为本地人,政商界都有靠山，活动能量极大，还是忽悠了一帮人，卖出一批展品。最后一天的答谢晚宴，都得了钱，宾主尽欢。她们每个职员对接服务几个专家，各自将他们送入酒店。何烈梅在出口抽了支烟，给母亲打电话："妈，我晚点回，你和安安早点睡。"

沈宽的微信恰如其分地赶到："今天累坏了吧？""还好。""被老孙剥削有啥意思，辞了得了。""辞了你养我啊？""不是还有安安吗，哪能只养你呢？""别乱煽情，我喝了酒，容易感动，惹哭了小心我当真，赖上你。""真的，来我公司吧。""不去，我一做行政管理的，又不会设计，去你那儿干吗？""放心，有位子留给你。""什么位子？"

抽完烟，何烈梅不再和沈宽逗笑，收起手机，折身返回酒店。在电梯里，她还在想，这么做有什么意义呢？可她身不由己。对质也罢，凭吊也罢，她还是要见见他，就像她必须面对眉梢那一痕伤疤。

她先进洗手间，从拎着的包里拿出一件裸背的短裙，为了彰显某种职业性，短裙下边还缀着鱼鳞般的亮片。何烈梅咬咬牙换上，还挺费劲，毕竟生过孩子，肚腹那里怎么都不能抹得平如青春，可她决定放手一搏，戴上波浪卷的假发，掏出化妆盒，粉底、腮红、眼影、美瞳、睫毛，纷纷上阵，把她篡改得与往日貌合神离。最后，涂上口红，因为太用力，嘴唇像着了火。化妆完了，她对着镜子检视，镜中人此刻的样子，似乎急切地要把自己兜售出去。

手机又响了下，她打开，还是沈宽，接着她刚才的话，回她：

"还缺个老板娘,你要不要来持证上岗?"这个傻瓜,昭然若揭了。

沈宽应是怕她觉得是油滑的调笑,才隔了这么一会儿,答她。她没想到的一层是,怕她拒绝,他到最末,也只好以轻松的调侃剖白心迹。这个时代,谁敢轻易深情付与?像母亲的那碗油茶,旋转着从边沿敲敲打打,逐渐试探真情或假意。

她探明了,是真的。

何烈梅倚着盥洗台,被这句话击中,心里软软地一恸,很想烟花炸开一样,那么美好地、幸福地破碎一回。她仰着脸,试图让那层在眼眶里打旋的泪水回流,可没能成功,怕妆花了,她弯腰快速甩落那几颗眼泪。她回复沈宽:"半小时后,来接我吧,我醉了,被你灌的。"她捂着嘴,对着镜子痴笑,笑得眼角湿了,他妈的,妆花了就花吧。

何烈梅握着包里那瓶用朝天椒泡出的辣椒水,走出洗手间,在沈宽车到之前,她要了却那段孽缘。

上楼。敲门。

熟谙的敲法。咚咚,咚,咚咚。分三次,首尾两下呼应,中间孤独的一声。这是他们曾经的约定。那时她怀揣着寂寥而殷红的心跳,做贼心虚地去敲门投怀送抱。他在夜里预谋好的勾勾手指,她就迫不及待地献身。时隔十来年,她重蹈覆辙,为自己被利用的愚蠢,满心都是悔恨。

门开了。探出他光滑的脑门。

他也老了,头发率先裁军,裹着浴巾,肚子鼓囊囊的一坨,酒后的脸上泛着虚光,摊在中年的脸上,像油饼放久凉却后汪着的那层油黄。

丁秋石警觉地看她一眼,然后会心地笑了。"都说这城市特殊服务搞得好,我倒还是第一次领教,"他说,"进来谈?"

他把她当成上门推销的失足妇女了。她没想到能这么轻易达到目的,同时又觉得一层悲哀,才十来年,他就已认不出她,而且展拍会上他们也潦草打过几次照面的, 是她化妆得成功,还是他根本没曾在意?

她进去。

"什么价位呢你这儿?"他倒熟练,开门见山地说着,就上手试探成色。

"急什么,丁教授,夜才深,"她拨开他的手,"故事还没开始。"

"哦,你怎么知道我名字?"

"你名片上写的嘛。"她从桌上拈起一张铺满头衔的名片,夹在指间,故作轻佻地旋给他。

丁秋石如释重负。虽则名片上堆砌虚荣,这会儿,还是不要被认出。还好,既然是陌生风尘女子,交易大可继续。"都有哪些项目?"

"水中探月,体贴入微,佯装关心,假意温存,诱骗少女,要不要体验一下?"

"你这项目,怪怪的,没听说过。"丁秋石咧嘴笑说,"接着说,'诱骗少女'完了还有啥花样?"

"最后一项,"她说,"堕胎。"

她抠着自己虎口，才没让声音走样。

初三那年，他终得考研走开。临走时，他承诺，我到了学校就给你写信，注视着她泪雨迷蒙的眼睛，他甚至发了誓，他说你要相信我，我不会骗你的。刚说完，他便一去杳然。打着爱的旗帜占据了她的身体，之后，旗子拔走了，只在她肚子里留下爱的遗骸。当她终于瞒不住，向母亲坦白，母亲正在缝纫机上给她做衣服，然后，剪子魂不守舍地飞过来，她应声眉梢血红，却倒竖着眼睛，期待母亲泼水一样洒出密不透风的愤怒。母亲没有，她哭了，母亲一边哭一边扇自己耳光，叫天天不应叫地地不灵，母亲仰面号哭，她大骂道："我×你妈老何，你怎么就看不好我们的女儿啊，你在天上瞎了吗……"母亲苍茫的痛哭似裂帛之声，回旋于她整个青春。

"咦，我好像在哪儿见过你，怎么总觉得有些眼熟？"丁秋石紧紧浴巾，警惕起来。

"那你得好好想想了。"

"可能是在梦里吧。"

"丁教授平常哄女孩子也都是这个路数吗？"她挣扎出一个笑色，像是贴着冰面上开出的一朵幽凉白花。

"聊得不少了，"他错错嘴唇，干涩一笑，"干点正事吧。"

"不是还没说定价格呢？"

"那你说嘛。"

"拿你一幅画来抵，怎么样？"她说，"别害怕，知道你的画比婊子值钱，不要你的，你参展的旧画，就看一眼，如何？"

"你怎么知道我画过什么？"

"我们这样的，就不允许爱好个艺术了？"

"你要看哪一幅？"

"《月光女孩》。"

丁秋石闻言，眼皮跳动："你是谁？"他取出折叠花镜，戴上，审慎地打量。

而何烈梅笑吟吟的，一脸浓妆。

"你看我像谁呢？"

"你叫什么？"他逼视着她，一脸紧张。

"何烈梅。烈烈而又沉静的三角梅。这名字好听吗？"她取出身份证，"不信的话，你可验证。"

丁秋石对比了她的身份证，脸上绷紧的皮肉松弛下来，叠出几道褶子，近乎嘀咕道："我就说不会那么巧嘛。"他笑了，"你也真有意思，出来卖，还报真名，还随身带着身份证，嘿。"他说。今晚他喝得不少，动真格的还不一定能行。"算了，再和你聊聊也罢。"

"听你口风，我像你以前认识的某个女的？"

"嗯，"他取下眼镜，瘫坐在单人沙发上，嘘出一口酒气，开阖了两下嘴巴，抹抹额头，眨巴眨巴眼。从他习惯性的动作里，何烈梅知道，他又要编瞎话了。"那时候我在一个镇子支教，她还小，疯狂地爱上了我，小女孩家，一旦品尝了爱情，犹如患了羊痫风，见天缠着我，你不知道，很甜蜜也很苦恼啊……"

"然后呢？"

"我支教完要去深造，然后我凭着才华和奋斗，到了今天这个位置。"

"我问那个女孩，'疯狂地爱上'你的女孩。"

他有一瞬间的迷茫，似乎她提了一个无关紧要的问题，她应该问他如何一路披荆斩棘获得各项荣誉，这才是他愿意唾沫横飞的。

"我这辈子，咸池侵扰主星，注定命犯桃花，爱上我的多了，哪能都记着呢。"

"这些年，洋洋得意之外，你就没有一点忏悔？听说你诱奸那女孩时，她才十五岁。"

"你听谁说的，你是谁？"他气急败坏，"什么叫诱奸？我们是爱！我为何要忏悔，是我给了陷在小镇寂寞生活的她以安慰，明白吗？她对世界的想象是我给点亮的！"

"我听说的却没这么美好，那女孩怀孕了，打了胎，下了学，醒悟了，找了你十几年，一心要杀了你！"

丁秋石惊坐而起，刚要问："你听谁说的？"然而那女子笑吟吟的，透过浓重的口红，这笑简直血淋淋的，假睫毛后面满是肃杀，望着他。丁秋石感到一种突降的寒气，腮帮子哆嗦了一阵，跳起来，因为惊恐，滑倒在地，转而破口大骂："你他妈到底是谁，想干什么？"

女子不吭声，笑意盈盈，探进包里去掏东西，从包口望去，隐约亮闪闪的，装着某种液体，不知道是什么凶器。

# 濡　沫

## 1

　　事情的起因总是小的、平常的，或者说，平凡如你我的人们，日常生活里注定没有那么多风起云涌。可凡事也不一定，针尖虽小，扎着肉，也疼；一只蝴蝶扑扇下翅膀，引发一连串的效应，翅膀惊起了风，风搅动了云，云催落了雨，那忽然而至的雨，最终，恰有几滴打在一个叫罗小影的女孩眼睛上，当然，这雨，也落在徐更生黧黑的脸上。

　　周末了，难得轻松。罗小影上午在图书馆市民讲堂听了半拉免费讲座，下午美美睡了一觉，起来炖上排骨，然后洗衣服，收拾屋子，再划拉一会儿短视频，排骨也炖好了，盛在保温桶里。淋漓的小雨也停了，罗小影从博厦街的出租屋，坐上公交车，到郊区以代工驰名的大工业园区门口，打徐更生的手机，让他出来。打电话的时候,罗小影仿佛就看到徐更生狼吞虎咽的样子,吃一会儿还要停下来抬起头看看她,吃一会儿看一下,傻死了。想着想着,她就笑了。

可打了几次,都没通,视频语音没人接,电话是关机状态。罗小影心说,敢不接我电话,看待会儿怎么收拾你。然而,又打了几个,还是不通,她就急了。或许只是徐更生手机没电了,或是周末例会将手机关了,可到了罗小影这里,心里的担心就放大了无数倍,不会是出什么事了吧? 这会儿,她的思绪特别发达,都是不好的想法,真想逮住一个下班走过来的统一黑色工衫问一问;可园区这么大,五六万名员工,问到的人和徐更生在同一生产线上的可能性渺茫。罗小影无计可施,又等了大半个小时,眼看着热汤渐渐凉了,在晚风中,她的心也是,微凉。

他们只在周末才能浅尝辄止地见上一面,说说话,抱一抱,牵着手逛逛街。有时发了工资,两人手拉手去柜台机上,将钱存在由罗小影保管的那张银行卡上。卡上的钱在增长,虽然缓慢,可存下一笔,就多一分希望。

罗小影一月只轮休四天,她买零食说好话,每月和同事换班,就为了调到周日那天,好和徐更生见面。从周一盼到周六,离周末每近一天,心里就多存储一份甜。这个周末,徐更生要临时加班,说好了下午会早点下工的,却不见人影。现在,甜没有了,只有心酸。

没有办法,罗小影只得辗转回去。

回去的公交车上,罗小影抱着保温桶,想起上午听的讲座。

她喜欢去图书馆,听个讲座,看看书,翻翻杂志,哪怕啥也不干,就待在书架林立的阅览区沙发上,发会儿呆,望着广场上来去的人们,也觉得是好的。有时正巧遇上感兴趣的讲座,就在手机上预约领票进去听听。反正是免费的,喜欢的就多听几耳朵,不喜欢就退出来。吧台旁边有咖啡等饮品,罗小影也偶尔点一杯,坐在那里,想象自己是新晋的都市白领,经济独立,住着高档公寓,顶着淡妆,一张疏离的知深浅高低的脸,周末来这里做知识休闲……罗小影总爱这样想。这是她和同事不一样的地方。这次的讲座罗小影进去时已讲了大半了,她只记得开讲人来头挺大,专家、学者、教授、院长……海报上似乎都堆砌不下。老师从《庄子》讲起,讲隐逸,讲田园将芜胡不归,"有山有水的地方,建个房子,养点鸡鸭,挖个小鱼塘,种一片竹,这才是返璞归真安心养性的生活",一副逃离都市喧嚣的名士派头。罗小影听得云山雾罩大加崇敬的同时,又小小地啐了一口,恨不得脱口而出:要不咱俩换换吧,你去我们那山沟,可够你返璞安心的了,我就喜欢城市里。不光我喜欢,我还想和爱的人一起,能在这里留下,就好了。

就这么想着,刚到出租屋,手机响了,陌生号码,拒接,又打来。接通后,对方憋着心思似的,故意不吭声,罗小影刚要挂断,对方笑了一串,她才对上号来,是胡禄昌。胡禄昌轻易不笑,一笑嘿嘿呵呵的,嘴大,声腔共鸣强烈,笑得气势逼人。许是心情不好,胡禄昌的调笑让她听起来烦躁。胡禄昌问她:"小影,做什么呢,有时间吗?"

罗小影正准备洗浴，一时不知怎么回答。她不想得罪他，毕竟最近他挺照顾她的生意，可又怕他接下来提出什么。果不其然，见她不作声，胡禄昌接着道："这边新开了一家海鲜馆，怎么样，来尝尝，赏不赏脸？"胡禄昌的语气虽平淡，可和平常一样，有一种不容违逆的气焰。罗小影举着手机，不知道该如何回复，慌张地说："胡总，我感冒了，真的。"为使胡禄昌相信，她作意咳嗽了几声。但胡禄昌肯定一眼识破，问说："严重吗？昨天我不见你还好好的吗，怎么突然感冒了？"见她不说话，"这样吧，你住在哪儿，我正在外面兜风，顺路去看看你。"

她还想再说什么，胡禄昌说一句："微信通过下，再不加，小心屁股给你揍开花。"罗小影没办法，只得加了。她以前从不加工作时那些男人的微信的。

"地址发来，我在车上了。"罗小影再想回旋，对方已然挂断。犹豫了一阵子，输入了地址，迟迟，还是按了发送键。

她不敢得罪。

她惦记着徐更生，留言，打手机，还是没人接。合租的同事还没回来，兴许是出去了，就她一个人在屋里焦虑地转圈儿，心烦意乱的，冲了个澡，烦恼一点也没冲掉。她想要是徐更生在就好了，至少可以和他说说话释怀。

不一会儿，语音响起，是胡禄昌的，他到了路口，让她下来。罗小影深吸一口气，拢了拢湿漉漉的头发，下了楼。胡禄昌的路虎停在路边，摇下车窗："小影，你就住这地方？"胡禄昌说，"太破了，巷子这么窄，车都不好进来，快，上来。"

罗小影上了车,像是一脚踏进罗网,不知道会怎样收场。她的心跳得很快,脸上红扑扑的。胡禄昌笑吟吟的,目不转睛地欣赏。她局促地坐在那儿,身上新浴后洁净的气息在封闭的空间里弥漫开来,刺激得胡禄昌打了个喷嚏。胡禄昌齉着鼻子,贪婪地嗅了嗅,错着嘴唇笑笑,说:"小影,挺香的嘛。"

驶出巷子,在沿江大道转了一圈,胡禄昌问她要不要吃点夜宵,罗小影笑着拒绝了。胡禄昌将车停在江边,摇开窗抽烟,抽了一半,忽而回头突兀地问她:"小影呀,生过孩子吗?"

罗小影被问得一惊,不知道他什么意思,慌慌地答:"没,没啊。"

"那,处过朋友吧?"

罗小影看着他,不知他葫芦里卖的什么药,她不想说出徐更生,因为,她觉得徐更生是她一个人的,像一个美好的秘密,只藏在她心里。她笑了一笑,试图敷衍过去。

"这么说,就是没有了?"胡禄昌扬扬眉梢,点点头,"好。"也不知道他"好"什么。胡禄昌转过头看她,"你没骗我,是吧?"

罗小影想,都什么呀,哪儿跟哪儿,跟你到了交心地步了吗?罗小影就像对待一个酒鬼的醉话一样,不当事地笑笑,不置可否。

胡禄昌也笑了。抽完烟,又兜了几圈,罗小影心里想着徐更生电话打不通的事呢,兜转到路口的时候,她说:"胡总,这么晚了,你该回去休息了吧?"

胡禄昌哼了一声,望着高楼林立里明灭的灯影,自言自语地说:"回家,哪儿是家?"罗小影看他脸色不好,不再搭话。

车子到了小区门口，胡禄昌熄了火，转过脸看她："不请我上去坐会儿吗？"

罗小影双臂抱在胸前，分明是一种拒绝的姿势，却只能微笑着："下次吧，太晚啦。"

胡禄昌打个榧子，不急于一时的样子："等你感冒好了，下回带你去吃烤肉，怎么样？"

为了尽快脱身，空头支票开一下也无妨，罗小影说："好啊好啊，我还有几个朋友呢，到时让他们也一起去尝尝？"

胡禄昌点了一下她的脑门儿，像一个父辈对小女儿的娇宠。"就喜欢你这股装傻的伶俐劲儿。"然后，罗小影就下车了。一下车，她就觉得被某种东西所笼罩着，她转过身瞅了瞅，在三角梅花围后面，一个熟悉的瘦顽身影微露。

她刚要和胡禄昌道个别追过去，胡禄昌却突然改变了主意，拉住她的手，在她清亮的眼睛上亲了一口。罗小影躲闪不及，眼皮上弄了一片烟臭，挣脱胡禄昌的手就往拐角处跑。她跑，徐更生怒气满腔，也跑；她喊，他不应，她全力跑，他跑得更快……就这样罗小影眼睁睁看着徐更生从自己面前跑掉。

胡禄昌的微信及时来到：小影，不是说没有男友吗，骗我了？

## 2

罗小影一直追着他到厂区。徐更生坐公交，她跑，幸好到他厂区有好几路公交,她跳上一辆,下了车继续追。眼看着他进了厂区,她没有门卡,管不了那么多了,她纵身往前闯。门口的保安立马拉住她,拽住她的胳膊,她还往前挣。肯定是那帮保安下手没个轻重,罗小影咿咿哇哇地喊。刚入职的门岗保安看她闹腾得挺欢,连一个小女生都制服不了,被队长巡视看见那还得了,就上去推了她一把。罗小影趔趄着,肩头生疼,叫了一声。然后,就看见一个身影炸药包似的冲了过来,几乎将强壮的保安一下子扑倒。徐更生脑门上的青筋都盘成了雨后的蚯蚓,瞪着眼睛吼:"你再推她一下我弄死你!"

罗小影的眼泪立即欢快地落了下来。

平常,徐更生都很缄默的,没想到也会这样凶,没想到他凶起来这样好看。可徐更生很快就为他刚才的话付出了代价,门岗的保安们聚拢而来,电棍抄在腰间,随便来一下,就能合理地将徐更生打倒在地。厂子大,规矩严,厂里鼓励对寻衅闹事的员工强力压制。

多亏罗小影反应敏捷,拿出钱包,往外掏钱:"是我不对,家里有急事找他,手机打不通,刚看到他过来,急着拉住他,才闯门岗的,对不住,这点钱哥哥们买烟……"

保安队长拨开罗小影讨好的手,问徐更生:"屌毛,哪个科的,工牌呢?报下工号!"徐更生眼神恶狠狠的,不理会。保安粗手粗脚,将徐更生脖子上挂的工牌抄过来,看了看,甩回去。罗小影仍插在中间,堆满笑脸向他们讨饶。队长说,"你小子挺牛啊,信不信老子敲你一棍。说,这女的是你什么人?"

徐更生仍气呼呼的,队长问了两遍,他才梗着脖子,说:"我媳妇儿。"

"什么?"

"我媳妇儿!"

"……"

到了厂区外的绿化带里,徐更生的回答还在她耳朵边回荡:"我媳妇儿!"真好啊。罗小影抱住他的头,使劲儿扳,一直扳到她怀里来。她的眼泪落在他负气的脸上,她说:"更生,傻瓜,你再喊一遍……"

徐更生不看她:"去找你那个开车的吧,让他喊……"他没说完,罗小影举起拳头,雨点一样擂他胸口:"我不去我不去就找你就找你……"徐更生的眼圈红了,咕哝着说:"我又没车。"罗小影堵住他的嘴,用嘴唇。她一边亲吻一边掐他,说:"就要你,只和你亲。"

徐更生说:"也就我这么傻呗。"他摊开手心,罗小影就笑了,眼睛里含着细碎的泪;但是又打他,打一下停下来,揉揉再接着打:"谁让你买它了,这么贵……"前一段时间他们逛街,罗小影在一款树叶形状的玉坠上多停留了几秒眼神,徐更生就记住了。他撩起她的头发,笨拙地给她戴上,细细的链子闪烁着光泽,环护在脖颈上,链子下的玉坠,玲珑温润,与她白皙的皮肤相映生辉。罗小影抱着他,徐更生身子虽仍是硬冰冰的,可还是抱了她,并且那份僵硬也在融化。

徐更生要给她一个惊喜的,可不想刚到了她租住的小区,就撞见了那一幕。徐更生叹了口气。她知道他在想什么，故意岔开话题，问他："你手机怎么打不通，不会约会去了吧？说！"

"只有你才会，欠费，关机了。"最近线上难得单子赶着，加班多，他没顾上充费。

罗小影说："本来说好的嘛，害我白炖了一锅排骨。"

"我不吃不也有人吃？"徐更生还没转过劲。

罗小影捶他："喂，再胡说！"她恨恨的，"看你多厉害，让自己媳妇儿追了一路。"

徐更生还没翻过这一页："都那样了，我还不走？省得打搅你们好事……"没说完就被罗小影又给堵回去："我打死你算了，他是我们酒店经理的朋友，正好碰上了，顺路要送我一程。他喝醉了，犯傻，你也傻啊？"她说，"刚才厂子门口人多，没好收拾你，还不理我，还自个儿在前面一撇一撇地走，厉害得你！"罗小影踢他一脚，"只许我不理你，你敢不理我，门儿也没有，记住没？"

徐更生被海扁了一顿，恢复了平日两人关系里做小伏低的位置，嘟嚷着说："没你这么霸道的。"

"就霸道！"罗小影说，"还有哦，没经我允许就私自给媳妇儿买东西，下次不许啦，靓仔，听见没？"

"没。"徐更生声音很大，像和谁吵架。罗小影看着他，哈哈笑了："算啦，这回饶了你，下次发了工资记得及时上交哈，不许藏私房钱。"

"这是我额外加班挣的。"徐更生梗着脖子，那样子真是傻死啦。罗小影眼角潮湿，揽住他，嘬起嘴唇："傻瓜，再亲亲我啊。""不亲。"罗小影笑着跳起，以暴力达成了目的。

罗小影想起上午讲座里，老师讲《庄子》时顺嘴提到的一个小故事，两只鱼，处在涸辙里，快要晒死了，互相给对方舔湿身子，就为了让对方多活一会儿。罗小影当时听到这里，感动得不行，泪眼迷蒙，立马就想起徐更生。街边的灯光透过来，给他们镀上一片朦胧的光亮，他们紧紧地抱着，即便是夜色里，罗小影也能看到他眼里晶莹的闪光，像星辰一样细小而专注的光芒。被他笨笨地亲吻着，她心想，要是时光就停留在这一刻，该有多好。

亲昵完了，徐更生的肚子咕噜噜地叫，罗小影调皮地摸着他瘪瘪的肚皮，魅惑地笑道："靓仔，今晚上我打算包你哦，你这样子，怎么干活儿？"

徐更生勉强地笑，捏她脸颊："想得美，我会让你轻易得到？"其实他还要加班呢。

"在这儿等着吧，我回去把排骨热热再端来，伺候你！"

"算啦，我去你那儿吧，吃完再回来。"他说，"你就别来回跑了，这么晚了。"

他们就继续回到博厦街，一路上，罗小影依着徐更生瘦弱的胸膛，城市的灯火川流而过，那么多人，却只有身边的他和她相依靠。罗小影想着他们认识两年来的点点滴滴，想着他对她种种细小而周到的好，一种温暖的依赖感源源不断从身上散发出来，她本能地把自己靠紧徐更生。车上又陆续上了不少人，徐更生有些忸怩，想把胳膊抽出来，可罗小影抱得更紧，并且撒娇着说："你还害羞呢？"

到了小区，循例地，徐更生等在外面，罗小影去把排骨热了端过来，让他吃。

夜已深了，他俩坐在小广场座椅上，他吃，她看。吃了一半的时候，徐更生忽然抬起头愣愣地说："小影，下个月我还涨工资呢，两百三。"他在努力挣钱。罗小影听了，眼睛亮亮的，在路灯下，眼眶里含着两个小小的环形光圈，她摩挲着他的头发，说："傻瓜，我知道呢。"


## 3


胡禄昌今年五十一岁，发线在时间的进军下开始大规模地后撤，并且头发在撤退的过程中掉队的也越来越多，好在他经常漂染，还未见杂色。可肚腩是怎么也遮掩不住了，前几年，他还常去俱乐部的健身房锻炼，这两年，心思越发慵懒，到这个年纪了，懒得再逼迫自己。

他最近颇觉意兴阑珊，就是那种上山上到半山腰，下呢，下不来，上呢，又力不从心。厂子这两年不好做，可几个合伙人也找不到更好的项目，就这么维持着，好在日常管理不用他亲自过问。从二十世纪九十年代出来打拼到现在，怎么着，也小有可观。事业上已经过了让他凡事躬亲的阶段，身体也不允许他再在酒场饭局异性上猛战，人生进入了一个平静优裕也不无聊赖的状态,心境就很闲散。在衰老之前,可以撒个小欢儿。

五十一岁了,要说遗憾,胡禄昌最大的遗憾就是没个儿子。已知天命了,他感觉得到时间在刺啦刺啦地磨着镰刀,要收割他。胡禄昌坐在那儿八风不动,内心里的恐慌却像是皮肤遇冷凸起的颗粒,一起就一片一片的。他想着罗小影栀子花一样干净的笑脸,脑海里又浮现第一次见她的场景:

前一段,受疫情影响,生意不好,家里婆娘怪他不听劝,前几年没大面积投资买房,和他无果地吵闹一番。胡禄昌心烦,陪朋友去一家叫"都市闲情"新开业的会所散散心。进了深门之后富丽的小院,胡禄昌几乎第一眼就看到了罗小影。因为新开业,罗小影她们在院里搭建的 T 台上表演,那天,罗小影穿一身葱绿的旗袍,开衩很高,藕段一样的胳膊裸露着。也许是暖气吹不到台上,冷空气里,另外几个女孩嘴唇瘀青哆哆嗦嗦的,而罗小影却在门口持着彩牌站在那儿,笑意盈盈,葱绿的旗袍在她身上大开大合,曲折生动,风吹过,好像她整个人都是流动的,野花一样红的绿的都水灵灵的,那样干净而葱茏的生命力在广阔的寒天里独自散发着凛冽香气……胡禄昌一时看呆了,完全笼罩在罗小影碧绿的生命里。

胡禄昌原来并不觉得自己老,可和罗小影一比,就如新花前的废墟。胡禄昌叹了口气,心想,这个女孩挺好,生命力如此蓬勃、鲜艳,如陪我几年,生个一儿半女更好,不能的话,就以你饱满的青春陪我衰老,也好。

## 4

华灯下,夜幕里,忙碌中,徐更生其实偶尔会泛起一丝悲凉之意。就是那种,这个世界多好啊,这个城市多好啊,可是呢,跟他并无多少关系,他拼尽全力,在这里,也不能给罗小影一处安居的小巢。他握起拳头,使劲攥着,想抓住什么,却无能为力。他知道的,他的根基不在这里,他,以及园区里和园区之外的无数他们,都只是过客。乡村出产的候鸟,出来看一看风景,挣点钱,总要回去的;可回去干什么呢,他自是迷茫的,无枝可依。许多工友,都是拿到工资就潇洒胡花,不作他想,他非常理解,因为有时想了也没用,只剩下压在心头的沉重。可到底因为年轻,他洋溢着一膀子力气,觉得只要好好工作,脑子活络,总会有一份未来的。

他们原来在床具厂,疫情期间倒闭了,他因有模具的手艺,很快找到工作,住进了工业园区的宿舍。而罗小影没有技术傍身,许久没找到合适的,他安慰她,不要急,慢慢找,别随便就把自己打发了,他还有钱养她。罗小影笑了,可一转头,眉毛不由地扭起,住在旅馆里,每天睁开眼都要花钱,她能不急吗?然后,忽然有一天,她兴高采烈地告诉他,她也找到了工资高的事做了,在酒店管后勤,没过多久,还和同事合租了房子,却从不让他去她工作的酒店看她,说是要求严格,她也不许他去合租的屋里,说住的都是女生,不方便。徐更生信任她,也没怀疑。

他工作也忙，负责一条生产线上的模具质量，都是由罗小影周末去园区找他。

胡禄昌出现之后，徐更生请了假，专门到她说过的那家酒店去打听。酒店很大，富丽堂皇，但人流量少，也是惨淡经营，后勤部员工有几十号，问了一圈，根本没有叫罗小影的。

徐更生这才慌了。

他认死理，细想她最近的言行，越想越疑窦丛生。他本来就觉得有点配不上漂亮的罗小影，这下更激发他多疑的性格，他关闭手机，决计先不打草惊蛇，悄悄地跟踪，弄个水落石出。

一到夏初，岭南凉热不均，罗小影感冒了。她没当回事，继续上钟，仍然是胡禄昌点她，给他捏脚、松骨、捶背。她们的工作服简约，带着诱惑属性，在腹部松松地打了个蝴蝶结。胡禄昌有几日没见她了，逗弄地拉了一下。她脑袋发沉，回护得慢了半拍，乳房就露了出来。罗小影不似往常打他几下，一笑带过，她的脸色明显黑下来。这就没意思了。胡禄昌故意存着点气，嫌她没使劲儿，让她跪到按摩床上，好好服务他操劳的腰肌。

罗小影没心情和他玩笑，徐更生最近只说忙，不搭理她了，连她这样感冒生病，也不关心了。她就跪下去，在他腰臀位置下力揉捏捶打，累出了一头细汗，刚要换到另一边，起身时，眼前一黑，忽地直直栽倒下去，头磕在床头装饰柜上，额头都磕破了，沁出血痕。

胡禄昌这才注意到她是病着，他的意思，就近找一家医院去看看。罗小影不同意,嫌麻烦,也是怕花钱,一定要回去。她只是累了,想抱着床上和徐更生一样傻乎乎的布娃娃睡上一觉。

胡禄昌拗不过她,一路开着车送她回家。

到了楼下,罗小影租住的这种民房,泛着雨后的霉湿气味,没有电梯,楼道里不时有蟑螂携家带口漫步。罗小影说:"麻烦您了,胡总,您回去吧。我自己能上楼。"她还笑了笑,表示自己没那么弱不禁风。可她强打精神走了两阶,腿就打漂,晃晃地,要摔倒。胡禄昌赶忙接住,扶着罗小影走了几梯,就不由分说将她抱起。六楼,十二段台阶,胡禄昌硬是把她抱了上来。望着胡禄昌汗水涸湿的肩膀和呼哧的喘息,罗小影情不自己,眼中一股温热,落下来滚烫的几颗眼泪。

到了屋子,胡禄昌把她放下,给她烧水,扶她在床上躺下。胡禄昌环视了一遍简陋的屋子, 用心疼而惋惜的语气说:"小影,你就住在这样的环境啊?"

罗小影无法回答。

她反复说着:"麻烦您了,您回去吧,胡总,我能照顾自己的。"只希望他尽快走开。她在后悔为何没好好吃早餐,要不也不会虚弱成这个样子。

好在胡禄昌没勉强,盯着她喝了水躺下,说声:"我再去买点药。"就要走了。也许,此情此景,胡禄昌想起了自己年轻时在寒酸中爱过的女孩子;也许,他只是逢场作戏。胡禄昌调了热水,将罗小影的袜子脱了,捉起她退缩的脚,按在水盆里。最不该的是,胡禄昌撩起水之前,轻轻抚摸着罗小影脚上的茧,轻声一叹。那些茧,都是她每天上班爬楼挤公交找徐更生磨出来的。以前徐更生也这样怜惜地抚摸过。只不过现在不会了,都彻底联系不上了。

给她洗完了脚,胡禄昌也没有造次,倒让罗小影觉得不好意思,想着以前把他想那么龌龊,也许看错他了。胡禄昌交代了几句,给她掩上卧室的门,说声:"小影,你好好休息吧,我走了,明天再来看你。"

铁门响了一下,他走了。

罗小影蒙着头轻轻啜泣,想着徐更生,眼泪和委屈越积越多,她哭出了声音,罗小影越哭声音越大,她要把这几天来所有积压的眼泪都倾倒出来……

门开了。

胡禄昌没走。

胡禄昌刚才在外间只是开阖了一下门,并没有走出去。胡禄昌看着罗小影,喊一声:"傻姑娘……"

罗小影满脸泪痕,仓促喊一声:"胡总,您……"

胡禄昌靠近过来,拂开罗小影脸颊上潮湿的发丝,眼睛里亮了一下,胡禄昌说:"别动,我来照顾你。"

## 5

与此同时。

藏在绿化带后面的徐更生,在第七天的晚上,终于看见胡禄昌壮观的豪车驶进了视线。前一片刻，徐更生还想着，也许是冤枉罗小影了，守了这些天，她都是有规律地上班下班，并没有其他旁逸斜出的堕落表现。

徐更生想，唉，也难为她了，在那样的地方，也许只是想着赶快挣钱，毕竟现在，工资高一点儿的工作那么不好找。算了，不计较了，等会儿等她下班回来路过这里就喊住她，好好地向她道歉，把她哄好，再看看是否能劝她从那里辞了，再一起找一份好点的工作。

他正胡思乱想，忽而，一道明亮的车灯，往这边打了过来。徐更生虚掩住眼，从指缝中看清是胡禄昌的车，他揉揉眼，再看一遍。再不会错！

老胡的车牌他见过以后就再也没忘。

胡禄昌的车子越来越近，徐更生有一瞬间甚至是终于应验预料的亢奋，可很快，就变成深深的悲愤。徐更生攥紧着双拳，在车子进入小区的时候，他真想跑过去拦住，把胡禄昌拽出车门，暴打一顿。

可是，到了博厦街牌坊门岗，那样气派的车，骄傲地摁了几声喇叭，门卫便低眉顺眼地将栏杆升起，车便进去。徐更生自胸腔里溢出一长长的叹息，既有愤怒，也有相形见绌的无力。

然后，徐更生隔着小区的护栏，眼看着胡禄昌和罗小影一起上楼。

然后，他看着六楼的灯光亮起。

并且，一直未灭。

他守了一夜，直到曙色泛起，也没见胡禄昌下楼。

掩身处绿化带里的三角梅陪他守候，及至黎明，有几朵终于熬不住，蓦地怆然坠下枝头，那么艳红的花朵，落在地上，溅出巨大的回响，几近泣血于地。

徐更生顶着一脸一身蚊虫叮咬的包，忽而发狂，对着天空号叫，把起早的路人吓了一跳。他拔足奔跑，单薄的身影在凛冽的晨风中，如一竿旗帜，猎猎生风。他一直跑，一直跑，也不知跑了多久，直到园区附近，在路边一个小餐馆倒塌般坐下来。

女服务员问他："靓仔，来点什么？"

徐更生黑着眉眼，满脸虚汗，急切地说："拿酒来！"

女服务员笑道："这么早就喝酒啊？"

徐更生吼："要你管！"

他眼里憋着两泡泪，在睫毛下，颤巍巍的。服务员满脸疑惑地看看他，轻声嘀咕了一句"大早上的，神经病啊"，拿酒去了。

一盘花生，一盘凉菜，再加一瓶烈酒，徐更生倒满，太阳下自己的影子，孤孤单单，像是风中芦苇。他忍不住笑出声来。猛灌了一口酒，徐更生和自己的影子对饮起来。

酒在他心中升腾起火焰，虚幻的烈焰里，他想起两人的点点滴滴，一幕幕，一帧帧，似在倒带循环播放。他初见她皎洁的笑脸；她心情不好，给她讲蹩脚的笑话逗她；她想家了，他就打包给她家乡味道的小吃……那时，罗小影刚来这个南方城市，还很不习惯，多亏了徐更生照顾她。他对她的好，一点一滴，她记在心里。爱，就这样慢慢在两颗年轻的心里生根发芽，并逐日长大。

可现在呢?

徐更生哭了。

6

两个多月后,三角梅仍开得红火。周末,是罗小影生日,胡禄昌在滨江别墅花园搞了个午宴,从酒吧街请了乐队,由罗小影请了她以前的同事,在各色羡慕嫉妒恭维中,欢笑连连。

罗小影现在如愿过上了她以前幻想过的生活,胡禄昌将她安排到朋友的商会里做点事,时间闲散,工作没什么压力。周末去私房菜尝尝鲜,参加些商会组织的文娱节目,罗小影不单去听讲座,甚至和主讲人一桌吃饭也不再是什么难事。

众人簇拥着,她不好违逆胡禄昌的提议,罗小影强打精神,喝了口酒,在吹灭蛋糕蜡烛时,许是太用力,她有一点咳嗽,可咳几下,却带动出一股泪意,左手仍然捂着胸口的心形坠子。胡禄昌奈何不得,他买的项链她都不戴。胡禄昌看着廉价的银链在她脖颈勒出一道红印子,他伸手去拨,罗小影以为他是想拽掉,她护住,用的劲儿有点儿大,就感觉连带得肚子里突然动了一下。带着翻涌的恶心,她忍不住埋头呕了一声。罗小影刚要站起,腹腔里又是一阵翻腾的恶心,她蹲在地上,有股子酸苦的液体溢出嘴角。她困惑地左看右看,一时不知道怎么回事,满脸的茫然。

胡禄昌脑子里有个念头,白光一闪,突然跳起来,他一把抱住罗小影,叠声叫着:"小影,你好棒,这才两个多月……"因为激动,他的嘴唇哆嗦着,庞大的身躯支撑不起他的跳跃,动作显得夸张而凌乱,平日里那份持重和精明变成亢奋而莽撞的急喘。

胡禄昌还没来得及宣布他的喜悦,爆炸声就在这时不请自来地突兀响起。

如果说他手里那也算是一把枪的话,那也太粗糙了,但是,他还是把它扣响了。看来他做得不错。如果给他足够的时间和工具,他当然会做出来更好的,因为,以前生产线上的人都知道,徐更生心灵手巧,车出来的模具是最漂亮的。

响声之下,一块玻璃粉碎性爆炸,众人惊吓得嘴巴齐齐"啊"了一声。

音乐断了。

他笑了。

这瘦削的少年更瘦了,眼窝深陷,颧骨耸立,此刻,徐更生笑了,他叫着:"罗小影,我终于找到你啦……"可是他又哭了,哭声很大,"我来晚了,他妈的,他开得一溜烟儿,我跑啊跑啊,找了几个月就今天才跟上他的车……"

罗小影听到自己的心脏很响地跳了一下,悬在那儿,掉到地上恨不得都能砸出个坑来,嗓子眼被热乎乎的东西堵住,只能竭力忍住眼泪。她跑过来,拉徐更生,让他把那把类似于钢管和弹簧嫁接出的会让玻璃爆炸的玩意儿收起来。罗小影打他,使劲打。他也该打。

"你死哪儿去了,怎么不接我电话,这么久,也不理我……到现在才来……"罗小影也哭了。

徐更生拉起她的手,小气鬼的毛病就又犯了,拔掉罗小影手上的钻戒就朝胡禄昌扔过去,还说着:"不要他的破东西,我给你买好的,买个更好看的。"徐更生的右手伸在口袋里摸索了一阵,真的从兜里拿出一个系着彩带的小盒子,"喏,给你。"

可还没来得及打开,罗小影就发现不对劲,徐更生一直用的右手,左手始终插在裤兜里,眼神也有些躲闪。她上前一步,拽出他插在裤袋里的左手,手上竟然戴着一只手套,她把手套剥了,眼泪就下来了。

罗小影攥起拳头扑打他:"你怎么这么傻,这么傻啊……"罗小影呜呜哭。

徐更生想着能隐藏过去呢,现在被她揭露了,刚才呈献戒指的骄傲就打了一点折扣,可很快也就坦然了,挠挠头,神情平和而腼腆,看了看残缺的左手,不好意思地收起来,说:"咱也没亏着,已赔了三万多,差不多四五个月工资呢,值了……"

徐更生看着罗小影眼里喷薄欲出的火苗,她狠狠地拍打着他,他觉得,被她这样一直打下去,该多好……在他故意被冲压机穿孔打透无名指和小指的时候,那份剧痛徐更生都没曾掉过一滴泪,可此时,看着罗小影纷纷扬扬的拳头,他却忽然压抑着哭了。他没想到眼泪原来是那样多,几乎将眼窝都淹没,他在眼泪的覆盖下努力地笑着,脸都憋得扭曲了,却还是拼不出一张完整的笑脸,索性就放弃了,抵在罗小影颈窝前哭出了声音。

他们紧紧拥着,像什么呢,就像涸辙里互为濡沫的鱼。

胡禄昌冷笑。

其间,一众保安上来,要将徐更生拉开,徐更生被拽起来,脚尖扒着地,他喊一声:"小影!"这回她懂了,没有任何犹豫,就拉住徐更生,往后拽,和保安们争夺拉锯着……徐更生的身子被绷紧,隔着保安,仍然举着两只抗议的胳膊,身体呈现一个挣扎的弧形,欲以残损的手掌抱住她。

徐更生血管凸起的臂膊在拉扯中张开得那么大,像是要抱住整个世界,而整个世界在他眼里也不过就是她。

他们拉扯着,扭拽着,踢腾着……

胡禄昌终于看不下去,挥挥手,示意让保安离开。他趋近罗小影,说了一句:"你可要想清楚哦,小影!"他一手豪迈地往前方圈了一下,似在圈地,"这样的生活,以后可就没有啦。跟着他,你又回到挤公车住蟑螂出没的城中村里,你可要想好哦!"

胡禄昌笑了。

罗小影犹豫了一下。她拉住徐更生弯着身子紧攥着的手突然松掉,因为巨大的惯性,整个身子剧烈地向后栽倒。情急之下,因为不同的目的,徐更生、胡禄昌不约而同地奔跑过来,要将她扶住。罗小影脖子上的玉坠在胸口跳跃,像一叶飘摇的绿草。罗小影错错嘴唇,一抹苦笑。

# 后记

## 取千花之一瓣

为辑定这个集子，从电脑里上百篇已发表的作品文件夹里，翻拣出觉得合适的这几篇，打印出来，又将所收篇目重新校改了一下。其间，回看这些散乱的文字，写它们的时光和心绪交织，忍不住生出感慨，写几句交底的话。如果说前面的正文是一个尚不成熟的小说家的呈堂案卷，这几段话，大约就是最后的自辩或是认罪伏法的签字画押。

这几篇小说，时间跨度上，从2011年写的《时光化蝶而飞》到2020年末写下的《落下的都很安静》和《今冬无雪》，空间上，从豫东村子，到蚌埠、武汉、郑州、苏州、深圳、东莞。许多的夜晚，想着一些人，一些事，在指尖推敲这些或者辛酸或者温暖的文字，并不知道它们有没有意义，所有的书写，首先不过是在时光中安放自身。小说先是我和坚硬世界相处的缓冲剂，然后成了一种存在的方式。

我很感激，这段纸上的救赎之旅。

这些小说,大都以步步为营的叙事手法,描摹世道人心,试图呈现尘世生活的那种破碎,那种混乱,那种蓬勃热烈,那种活色生香,那么多绝望和希望,是着力书写的世相。

这些篇目,大都是关于底层的烟火人间,激烈的、温柔的、坚韧的、风情的,不同命运的笑和泪。

岭南多花木,四时都有千花竞艳,名贵的,低贱的,都在开。我的来历,只能和那些低矮的花草气质相契,所以,收在这个集子里的,写的也大多是他们普通的悲喜,他们的欢笑、幸福、哀叹、眼泪,也是我的。这些小说技艺并非多么纯熟,但底子是热的,情感是真的。千花万卉,繁花满眼,只截取小小的一瓣。这是我的局限,也是我的家园。

小说里,侯老师说:"我们这片几省交界的地头,千千万万的人,千千万万的牲畜,无数的生,无数的死,都跟风似的,都跟蝼蚁似的,没人知道,也没人在意,为什么呀?"他的眼睛再次越过镜框,盯住李峻星,目光炯炯,探照灯似的,"因为,没人记录下来。"侯老师又说:"人啊,没有几个年轻时就知道自己一辈子要干啥的,写不写不由你,是你的宿命。"侯老师笑眯眯的,似乎在说,你尽可以赌气,看命运是否放过你。末了,侯老师让他打开床头边的书柜:"留套书给你做个念想。"是那套苦黄色的仇兆鳌《杜诗详注》。侯老师说:"大过年的,家里忙,别再来了,不吉利。等以后你出书了,烧给老师就行。峻星,乖孩子,我们爷俩就此别过。"

我虽不是李峻星,可我也有我的侯老师,也有我的祖父、父亲、吴桐凤等等,这现实和虚构的交织,常常写到深处,泪落不止。

最后,说下短篇《鬼爷》,它以散淡的调子叙述了鬼爷的这辈子,有对朋友的付出,有和自个儿玩的虚度,穿插了一个男人对女人的守护。细水长流,暗怀热烈。一生做人写作的态度或许在此篇中。

一个集子,恰如小户人家,寻筐刮箧遍翻家底,打酒买菜,烹炒煎炸,只想尽心尽力款待客人一餐,可囿于写作年限、阅历、才华、技艺,最终呈上的也只能这样。感与惭并。能读到这里,已是感激。

李知展

2022 年 12 月 11 日

于东莞莞城